요양원 스케치북

요양원 스케치북

초판 1쇄 2023년 12월 1일

지은이 한광현
발행인 김재홍
교정/교열 김혜린
마케팅 이연실
디자인 박효은

발행처 도서출판지식공감
등록번호 제2019-000164호
주소 서울특별시 영등포구 경인로82길 3-4 센터플러스 1117호(문래동1가)
전화 02-3141-2700
팩스 02-322-3089
홈페이지 www.bookdaum.com
이메일 jisikwon@naver.com

가격 17,000원
ISBN 979-11-5622-841-7   03810

주말 오후 달콤한 잠에서 깨어났어.

"아~ 아~ 참, 잘 잤다.~"

나도 모르게 기지개를 켜며 긴 호흡을 내뱉는다.

상쾌한 마음으로 자리에서 일어나려고 하니,

"할아버지, 좋은 꿈 꾸셨나 봐요?"

나한테 손주가 있었나? 근데, 내 몸이 무거운 거야. 내가 늙어버렸나? 화장실에 들어서니 거울 속에 백발의 쭈글쭈글한 노인이 나를 빤히 쳐다보고 있는 거야….

인생은 마치 오월의 소풍 같아.

27세부터 한 출입문을 만 22년째 들어서며 내 삶의 도화지에 오늘은 어떤 색을 칠할까 기대감이 생긴다. 최고의 작품을 만들기 위해 내 인생의 붓을 든 나는 무척이나 신이 난다. 오늘도 요양원에 출근한다. 요양원에는 보물찾기도, 맛있는 음식도, 내가 좋아하는 어르신들도 많다. 난 오월의 소풍날 한가운데에 서 있다.

얼음이 녹아야 봄이 온다

　점심시간이 한창이다. 맛있는 닭볶음탕이다.

　초봄 실외의 조그마한 탁자 위에는 촛불의 심지가 바닥을 드러내고 작은 바람에도 꺼질 듯 말 듯 위태하다. 오늘도 L 어르신은 10년째 침상에 누워계신다. 가을이 한창이었던 지난 10월에는 촛불이 거의 꺼졌다가 작은 불씨가 간신히 희망을 키워 다시 잔잔한 심장박동을 유지하고 있다. 언제라도 휘이~ 하고 바람이 일면 금방이라도 영영 어두워질 것만 같다.

　3월의 따스한 햇살을 이고 어르신 창밖으로 흰나비가 꽃 주위를 평온하게 날갯짓한다. 그러다 갑자기 시야에서 사라진다. 이내 급한 발걸음이 L 어르신 방 안으로 바람이 휩쓸려 들어간다.

　"호흡이 빨라지고 있어요. 얼굴에 청색증도 나타나구요."

　"활력 증후와 산소포화도 수치를 확인해보세요."

　"산소포화도는 68%, 맥박이 매우 낮습니다. 손가락, 발가락 부위가 파랗게 변했어요. 그런데 의식은 아직 괜찮습니다."

　서둘러 보호자에게 전하고 즉시 응급실로 후송하기로 했다.

요양원 바로 옆에 병원이 있어 다행이다. 보호자도 빠르게 병원에 도착했다. 다행히 아들을 알아보신다.

지금까지 무수히 많은 바람을 맞으면서도, 폭풍우 속에서도 끈질기게 버텨온 촛불이라 이깟 미풍에 쉽게 꺼지지 않을 것이다.

그런데….

그날 오후 다섯 시경 촛불이 완전히 꺼졌다. 한순간이다. 어르신 심장이 멎었다. 불씨조차 남기지 않고 그냥 어두워졌다. 바람 때문이 아니라 심지가 아예 소멸한 것이다.

난 가슴이 먹먹해졌다. 닭고기 먹느라 어르신 마지막 가는 길을 보지 못했다. 정말 난 나쁜 사람이다. 촛불은 절대 꺼지지 않을 거라고 안이하게 생각했다.

영정사진 앞에서 차마 고개를 들 수가 없었다. 너무 죄송스러워 아드님만 보고 인사하는데,

"우리 이머니, 아주 편하게 가셨습니다. 여기 좀 보세요."

가리키는 곳은 영정사진이다. 어르신과 12년 동안 한 출입문으로 오고 다녔는데….

고인이 된 할머니는 환하게 웃고 있다. 그리고 내게 말한다.

"괜찮아. 괜찮아…. 정말 괜찮아."

나는 요양원으로 힘차게 발걸음을 옮긴다.

차례

Part 7 / 삶은 관계

Part 8 / 치매 속으로 퐁당

Part 1

꽃 그림자 키우기

날아가는 시간

일찍 떨어진 해가 밤을 재촉한다. 요양원에서는 저녁(식사) 시간이 지나면 하루가 정리된다. 촛처럼 해가 짧은 계절엔 시간이 날아간다. 땅이 얼어 동식물도 긴 잠에 창밖마저 고요가 내리면 이불을 더 빨리 목 위로 끌어올린다. 올해도 저물어간다. 세월이 또 한 겹 쌓여간다.

불 켜진 방에 어르신이 TV를 시청하고 있다.

"식사하셨어요?"

세 분 중에 H 어르신이 미소를 띠며 고개를 끄덕인다.

"세월 참 빠르죠?"

H 어르신은 그냥 TV를 보고 있다. H 어르신은 현존하는 요양원 최장 거주자다.

63세에 뇌졸중으로 요양원에 들어오셔서 한 가족이 된 지 16년째이다.

79세로 편마비와 치매의 모호한 경계선에 있을 뿐 요즘처럼 백세시대에 20년은 더 사실 것 같다.

어르신 옆으로 다가가 살갑게 어깨와 팔을 주물러 드렸다.

어르신은 싫지 않은 듯 입가가 늘어난다.

"어르신은 요양원 터줏대감이시네요. 태어난 아이가 고등학생이 될 만큼 요양원에서 지내셨네요."

엊그제 새 가족이 된 K 어르신이 잔잔한 미소를 지으며 바로 옆의 우리를 바라다본다.

K 어르신은 내년이면 99세가 된다.

어르신을 담고 담아
인생의 소중함을 펼쳐가다

    땅속의 생물들이 산뜻한 옷차림으로 기지개를 켜기 시작하는 계절이다. 저 화려한 색채와 향기가 콧등을 흩어가는 바람이 미소짓게 한다. 꽃바람을 타고 흘러간 향기가 요양원 2층 창문 안으로 날아가더니, 창가 우측에 10년째 누워계신 어르신 콧등에 살며시 내려앉는다.

    매일같이 천장만 보고 있다. 누군가 창문을 조금 더 연다.

    '아침 바람이 상쾌하네. 계절이 바뀌어 가나 봐.'

    힘겹게 고개를 들어 창가를 바라본다. 꽃향기가 기억 주머니를 두드리려고 하자 그새 어둠이 내린다. 시간이 내리는 창밖은 고요하다. 정신을 차리니 검은 하늘 아래로 온통 하얀 눈 천지다. 창문을 닫았다. 창 너머로 바람이 매섭게 달려드니 창가가 흔들린다.

    '겨울인가 봐.'

    움직일 수 없어 허공만 바라보고 있다. 하얀 눈이 몇 번이나 지나갔을까?

    가만히 생각하고 있자니 나에게 화가 난다. 지금 난 지랄 맞게도 오감이 멀쩡하다. 보고, 맡고, 맛보고, 들을 수도, 느낄 수도 있다. 그런데 움직일 수가 없다. 의성어조차 뱉을 수 없다. 창밖이 그림 액자다. 분명 존재하는데 정말 존재하는 것일까? 만져보려고 수없이 허공을 휘젓는다. 저게 나와 무슨 상관이지? 내가 뭘 할 수 있지? 내가 지금 살고 있는 건가? 무심한 액자 속 절경은 기억 속에서만 넋을 잃게 만든다. 현존하고 있음에도 존재의 무감각함은 내가 만든 것인가, 세상 속의 나를 부정하는 것인가, 머릿속이 답답하다.

이른 봄 그대가 실재하는 칼란디바 꽃을 내 눈앞에, 손에, 코에 가까이 가져온다. 아, 내가 존재하는구나.

작은 화분을 침상 가까이에 놓는다. 꽃향기가 바람을 타고 눈가를 늘어뜨린다.

정말 존재하는 봄이 또 시작이다. 요양원 액자 속이다.

꽃마리

봄 향기가 물씬 풍긴다.

오후 햇살도 따스해 요양원 정원에 나왔다.

노란 프리지아가 향기와 색채를 한껏 뽐내고 있다. 누구도 그 앞을 그냥 지나갈 수 없다.

K 할머니도 발걸음을 멈추고는 꽃을 한참 동안 바라다본다. 그러다 갑자기,

"카~ 악, 퉤!!"

걸쭉한 침을 뱉는다.

K 할머니가 꽃 앞에서 뱉어내는 독백이 꽃향기를 타고 주변으로 산산이 조각난다.

꽃은 금방 시들어~

나에겐 아주 소중한 꽃이 두 개가 있어. 이 예쁜 꽃은 나에겐 큰 힘이 되고 위안이 되지. 아무리 힘든 일이 있어도 그 존재 자체로 나를

지금까지 지탱해주고 있어. 그래서 아낌없이 영양분과 산소, 햇살, 음악을 주며 최상의 환경으로 애지중지 보살펴주었지. 시간이 지나자 꽃은 씨앗을 품고 또 뿌리를 내리더니 자신과 쏙 닮은 예쁜 꽃을 피우더라구. 꽃이 꽃을 또 피우고. 해가 지날수록 꽃에 대한 관심과 애정은 더욱 커져만 갔지. 꽃을 보고 있으면 모든 근심 걱정이 사라져. 꽃은 그 자체로 아름답고 특별한 존재야.

얼마 전 요양원에 들어올 때도 화분에 꽃을 담아 햇빛이 잘 드는 곳에 두었지. 늘 바라보고 다가가 많은 이야기를 나누며, 시간을 함께 보냈지. 그런데 이상하게도 요양원에 들어온 이후에는 꽃이 반응이 없는 거야. 옥토에 물을 주고 적당한 온도에 햇빛도 알맞게 제공했는데도 꽃이 숨 쉬지 않는 거 같아. 시들지도 않았는데 향기도 멈췄어. 왜 그런 걸까? 꽃에 무슨 일이 일어난 거지? 화분의 꽃을 보며 많은 생각을 했지. 시간이 지날수록 지쳐버린 난 멈춰버린 꽃에 화가 나더라구.

그날 저녁 옆 침실 Y 할머니가 내게 다가와 이야기하더군.
꽃 그림자에 아무리 물을 주어도 자라지 않는다구. 아무리 예쁘고, 소중하고, 특별한 꽃이라도 그림자는 자라지 않는다구. 요양원은 그런 곳이라구. 방 안의 화분을 이젠 밖으로 놓아주라구 하는 거야. 무슨 엉뚱한 말을 하나 싶었어. 난 내 꽃에 더욱 마음을 다해 사랑을 쏟았지만. 꽃은 조화(造花)가 되었는지 시들지도 않고 자라지도 않는 거야. 난 내 꽃에 지친 적이 한 번도 없었는데 이곳에서는 끝없는 기다림이 너무 힘들게 하더라고. 얼어붙은 시간이 계속되자 꽃에서 내 관심이 시들어졌어. 그때에서야 Y 할머니의 말이 물리적인 환경의 문제가 아니라 내 마음에서 놓아주라는 것을 깨닫게 되었지. 그제야 Y 할머니는 내게 웃으며 말하더군. 이곳에서는 혼자 남는 방법을 찾아야 꽃향기를 다시 맡을 수 있게 된다고 강조하더군. 처음에는 무슨 말인지 도무지 이해하지 못했어. 요양원도 다 사람이 사는 곳이고 내 꽃들은 내 마음 속에 여전히 자리 잡고 있기에 늘 한결같을 것이라고만 생각했지. 그런데 내가 키운 꽃과 자라난 꽃은 다르더군. 난 이곳에서 3년을 지냈어. 그리고 요즘에서야 누군가에게 의지하거나 고립되지 않고 나를 사랑하며 혼자 살아갈 수 있는 행복의 길을 조금씩 걸어가고 있어. 내 꽃 네 꽃을 구분한다는 것이 이젠 무의미하다는 것을. 집착이라는 것을 알게 되었어. 이제야 꽃향기가 사방에서 쏟아지는 것 같아. 여러 가지 모양과 색깔을 지닌 수많은 꽃이 향기를 발하고 눈부시게 내게 쏟아져 내리더니 이곳에서 하루가 다르게 자라게 되더라구.

K 할머니는 방문을 열고 거실로 향한다. 거실로 나오자 머리 위의 채광창에서 햇살이 쏟아져 내린다. 눈부신 햇살이 각각의 꽃에 내려앉으니 꽃 그림자가 사라진다. 이제 거실의 무수히 많은 꽃이 실제가 되어 눈앞에, 발길에, 코끝에, 할머니 볼을 스치고 지나간다.

꽃들이 나를 보며 웃으며 말한다.

"할머니, 안녕하세요?"

자식이란 그 이름

 L 어르신은 시설에서 생활한 지 1년이 조금 넘었다. 요양원에서의 무덤덤한 시간은 무기력한 혀의 언어를 빼앗아가고 발걸음을 멈추게 했으며, 기억을 무너뜨리고 있다. 그래도 자식 이야기만 나오면 희미한 안갯속에 한줄기 햇빛이 비치듯 기억을 더듬으려고 몸부림친다.

 주말인 오늘도 아들은 아버지를 보러 오지 않았다. 벌써 몇 주째다. 세상 사는 것이 너무 바쁜가 보다. 그래도 아버지가 보고 싶어 하는데 와서 손이라도 잡아줘야 할 거 아닌가! 몸이 아프니 더 서운함에 자괴감마저 괴롭히니 오늘 아침에도 빈 수저를 식탁에 놓았다.
 금쪽같은 아들이 일곱 살 때 일이다. 아빠는 학교 선생님이다. 집과 멀리 떨어져 있는 직장 때문에 짧은 주말부부로 살아가고 있었다. 짧기만 한 주말의 끝자락인 일요일 저녁이 되면 학교 근처 자취방으로 아쉬운 발걸음을 옮겨야 한다. 그때마다 아들이 "아빠, 하룻밤만 더 자고 가면 안 돼?"라고 말한다. 새로운 기운이 생긴 아빠는 피곤한 몸을 털어버리고는 즐겁게 아들과 밤늦게까지 놀고는 새벽에 일찍 일어나 첫

기차를 타고 학교로 가곤 했다.

"이 세상 다 준다 해도 바꿀 수 없는 우리 아들, 그 아들을 얼마나 애지중지 키웠는데…. 공부한다고 귀한 과일에 간식도 날마다 챙겨주고, 옷도, 책도, 먹을 것도 이 세상 최고의 것으로 다 해줬는데. 이젠 다 소용없어. 남의 여자한테 가버렸어!"

아들과 함께했던 지난 추억들이 송곳이 되어 심장을 찌른다. 기억이라도 없으면 서운하지도 않을 텐데. 이 세상 최고로 만들기 위해 세월을 깎아 피와 땀으로 작품을 만들었는데 죽 쒀서 개 준 꼴이 되어버렸다. 그 작품이 며느리에게로 가버렸기 때문이다. 부모님은 뒷전이고 제 마누라와 자식에게 푹 빠져버렸다.

오늘 아침부터 요양원 앞뜰에 이름 모를 새가 지저귀더니 오전에 드디어 내 아들이 왔다.

이게 얼마 만인가! 내 금쪽같은 아들, 외아들이 나를 보러 왔다.

"아버지, 식사는 잘하세요?"

함박미소를 짓고는 고개를 끄덕인다.

"어디, 몸 아픈 데는 없어요?"

이곳저곳 안 쑤시는 데가 없는데도 고개를 가로젓는다.

아빠는 아들의 손을 꼭 잡고 있다.

아들은 서너 개의 일반적인 물음표를 의무상 던지고는 더 이상 궁금증이 생기지 않는다.

십 분이 채 지났을까? 며느리는 주차장 차 안에서 내리지도 않는다. 그럼에도 여기까지 같이 찾아온 게 지랄 맞게도 감사할 따름이다.

아들의 전화벨 소리가 울린다. 아니나 다를까 그년 며느리다.

"아버지, 이제 가 볼게요."

꼭 잡았던 손을 살며시 빼낸다. 내 아들 얼굴이라도 만져보고 싶은데 불여시 전화 받고 벌써 가려 한다.

'그려, 얼른 가봐~'

아비는 떠나는 아들에게 발걸음이라도 가볍게 꽃길을 깔아준다. 어쩔 수 없지 않은가. 아비가 아들에게 뭘 어떻게 할 수 있단 말인가. 조금만 더 있으라고 바짓가랑이라도 붙잡아야 하는가! 아들은 이름 모를 새처럼 순식간에 눈앞에서 사라졌다.

아버지는 저녁 빈 수저를 들고 오늘부터 또 아들을 기다린다.

집으로 가는 길

부모님이 계신 집으로 가는 길,

퇴근하여 배우자와 자식이 있는 집으로 가는 길,

긴 여행길에서 익숙한 내 집으로 가는 길,

사람은 누구나 내 집(자기 집)에 가고 싶어 한다.

요양원에 사는 어르신이 집에 가고자 하는 마음은 안정을 바라는 당
연한 희망이다.

오늘도 K 어르신은 분홍 보자기에 짐을 싸서 거실을 서성인다.

"어디 가시게요?"

"내 집에 가야지."

"집이 어디인데요?"

"천안 삼거리."

"이사 가지 않으셨어요?"

"무슨 소리야. 거기서 쭉~ 살았고마."

"네, 잘 다녀오세요."

"그려, 근데 어디로 가야 하나?"

"여기가 어딘지 아세요?"

"여기? 여기가 어디야?"

"여기가 삼거리예요!"

"뭐라구? 정신 나갔구만~"

"세상이 많이 바뀌었어요. 저 밖을 보세요."

"그런가~"

어르신은 털썩 주저앉는다. 모든 것이 바뀌었다. 기억을 떠나보낸 후 과거 속에서만 살고 있다. 시간의 개념이 모호해졌다. 분명 현재, 지금을 살아가고 있는데 지금은 눈 깜짝할 찰나 속으로 사라지고 먼 과거 기억 속에만 나를 머물게 한다. 그렇다면 내가 지금 살아왔던 것일까? 살아왔었던 지금을 사는 것일까? 아니면 지금이라는 과거를 살아가고 있는 것일까? 현실의 눈을 들어 주위를 보니 갑자기 내가 왜 여기에 있는지, 여기가 어딘지, 왜 여기에 왔는지, 무엇을 해야 할지, 무슨 말을 하고 누구를 만나야 할지, 또 오늘은 어떻게 살아야 하는지, 뭘 먹고, 어디로 가야 하는지 눈을 떠보니 망망대해다. 나에게 살아야 할 목적과 방향이 사라졌다. 사는 게 빈껍데기다. 길은 있는데 운동장 한가운데라 한 발짝도 내디딜 수가 없게 되어버렸다. 다행히 집이 가깝다고 한다. 집에 금방 갈 수 있다. 이제 내 집에서 사는 거다. 그런데… 내가 집에 가면 뭘 할 수가 있을까? 뭘 해야 하나? 집에 가면 나 혼자야. 여기 편함에 익숙해졌나? 어떡하지? 그래도 내 집이 좋잖아. 어떡해~ 제기랄~ 한숨이 쌓이니 폭삭 더 늙어버리는구나!

그날 이후 이유 없이 몸이 아프다. 악한 영이 저주를 내렸는지 멍한 정신에 몸까지 시름해진다. 3개월이 지나자 정오의 뿌리뽑힌 풀의 꽃이 되었다.

"왜 이리 기운이 없으세요?"

"ㅇㄱㅁㄷㅅ ㅓ ㅗ ㅇ."

"어디 가시게요?"

"ㄴ ㄷ ㅔ ㅂ ㅛ."

인생은 미래가 사라질 때 삶의 의미가 없어진다. 그리고 죽음이 급격하게 다가온다. 그러나 치매 어르신은 바람 부는 대로, 물 흘러가듯이 끝까지 이어간다. 죽음도 상관없다. 그저 버려진 죽음이 될 뿐이다. 삶은 이제 사치다. 그냥 사는 거다. 육체(껍데기)가 움직일 뿐이다. 종이배가 망망대해로 떠내려가고 있다. 바람이 불까 봐, 비가 내릴까 봐, 날이 화창할까 봐, 언제나 두렵고 겁이 난다. 늘 불안과 긴장 속에 살아간다. 당사자가 아닌 주위 사람들이 말이다. 그럼에도 무의식적으로 이 배를 자꾸만 올라탄다. 귀서(歸棲)[1] 본능인가. 내 익숙한 어릴 적 집에 꼭 가야 한다.

망망대해 속이다.

분홍 보자기에 어제와 오늘, 그리고 오늘의 어제가 있다.

---

1) 집으로 돌아감

풀의 꽃처럼 금방이라

자전거를 타고 밖으로 나왔다.

한낮의 열기가 뜨겁다. 7월의 거리는 한산하다. 밖에 있는 사람들은 서둘러 햇빛을 피해 건물 안으로 들어간다.

언덕을 힘겹게 올라 아파트 횡단보도의 신호를 기다리고 있다. 그런데 신호등 바로 옆에 왜소한 체구의 어르신이 난간 구석진 곳에 쭈그려 앉아 있다. 신호를 기다리거나 채소를 파는 것이 아니라 그냥 앉아 있다. 바람 한 점 없는 정오의 불화살이 그림자도 짧은 노년의 어깨 위로 내리꽂고 있다. 건들면 한 줌의 재가 되어 흩어질 것만 같다. 한참이 지나서야 녹색불로 바뀐다. 난 볼일이 있어 페달을 밟고 무관심하게 지나쳤다.

2시간이 지났다. 볼일을 보고 다시 그 횡단보도 앞에 섰다. 집 나온 어르신이 여전히 볼록한 무릎 사이로 머리를 쪼그리고 있다. 축 처진 어깨 위로 초점 잃은 눈동자는 아래로만 시간을 식히고 있다. 노년은 정오의 불타는 시간 앞에 무기력하다.

정오의 요양원 거실이다.

커다란 TV에서는 요란스러운 광고 소리가 어지럽게 사방으로 흩어지고 있다. K 할머니는 시장통 같은 한복판에서 느긋하게 소파에 앉아 계신다. 시선은 정면을 향하는데 의미가 없어 보인다.

"뭐 하세요?"

"그냥 있지."

"언제부터 앉아 계셨어요?"

"그냥 계속 앉아 있어."

"시간이 잘 가나요?"

"시간?"

"지루하지 않으신가 해서요."

"무슨 상관이야. 그냥 놔둬~"

"저쪽에 가서 시간을 잡아보는 것은 어때요?"

고개를 돌려 화투 치는 어르신을 보고는 다시 정면을 주시한다.

K 어르신 앞으로 한 사람이 지나간다. 왼쪽으로 쓰러질 듯이 아슬하게 균형을 유지하며 곡예 하는 L 어르신이 거실을 가로지르며 배회하고 있다.

노년의 시간이 허공에 매달려 있다.

허공의 시간은 지금도 잡을 수가 없다.

그래도, 그렇다 하더라도….

그냥 놔둬~

그림 풍경

매일 같은 천장만 보고 있다.

눈을 뜨면 보이는 것이 천장이다. 누군가 몸을 뒤척여주면 창밖을 보기도 한다.

투명한 수정체는 안개가 끼지 않아 운이 좋으면 창밖 너머까지 선명하게 볼 수 있다.

직원이 들어와 창문을 연다. 찬바람이 뺨을 휙 스치고 지나간다.

'바람이 차네. 그새 계절이 바뀌었나?'

고개를 들어 창문 쪽으로 시선을 향하는데 몸이 따라주지 않는다.

'이것 봐? 내 몸 좀 일으켜줘~'

볼일을 다 본 직원은 그냥 방을 나선다.

또 천장이다. 창밖이 고요하다.

발 기척에 눈을 떠 천장을 바라보니 이내 침상을 올려준다.

'벌써 식사시간인가?'

드디어 창밖 너머가 보인다. 어머나, 흰 눈이 온통 세상을 하얗게 만들었다. 하얀 눈이 매서운 바람에 이끌리어 창가로 다가오더니 힘없이 내려앉는다. 눈 그림 풍경이다. 언젠가 저 속에 들어가 즐겼었는데. 이 젠 만지고 느낄 수가 없다. 저 바람을, 햇살을, 밟음의 쾌감을 생생하게 기억하고 있다. 그러나 지금은 시간이 얼었다. 그리고 얼음 속에 시간 이 갇혔다.

'겨울인가 봐.'

뭐라도 할 수 없어 허공만 바라보고 있다. 3년 전만 해도 내 마음대 로 살았는데…. 지금은 말할 수도 들을 수도 움직일 수도 없다. 그나마 보는 것과 후각, 그리고 필요도 없는 촉각이 남아 있다. 하루에 몇 번 씩 창밖을 볼 수 있게 내 몸을 일으켜주는데 그것도 잠시다. 조금만 있 으면 허리가 끊어질 듯이 아프다. '벌써 점심시간이 되었나?' 창밖의 햇 살에 눈이 찡그려져 고개를 돌린다. 눈을 가늘게 뜨고 햇살을 바라본 다. 손을 이마에 대고 햇살 너머를 보고 싶은데 마음뿐이다.

'빨리 커튼을 쳐!' 그런데 시간이 지나 햇살에 적응되니 얄궂게도 참 따스하다.

'그새 봄이 왔나?'

봄처녀 살랑살랑한 치맛자락이 방으로 들어온다.

"K 어르신, 요양원 앞에 백목련이 활짝 피었어요. 자, 한번 보세요."

커다란 꽃을 내 눈앞에 그리고 코에 대어준다. 진한 꽃향기가 잠들 어 있던 젊은 후각을 기억해낸다.

"하얀 목련 이쁘지?"

"이쁘긴 한데 난 백목련이 싫어. 꽃이 활짝 피었다가 금방 땅에 떨어 져. 이루어질 수 없는 사랑 같아."

"그런 게 뭐가 중요해. 우리가 보고 좋으면 그만이지."

"나는 개나리가 좋아."

"그래? 그럼 개나리 보러 가자~"

손을 잡고 개나리가 만발한 동산에서 거닐었던 첫사랑이 생각난다.

그런데 지금 그때와 똑같은 백목련이 내 눈앞에 있다. 금방 따온 것 같은데 벌써 시들해진다.

'저리 치워~' 손을 저어도 마음속에서만 허공을 가로젓는다. 할 수 있는 최선이 시선 돌리기다.

'봄이 오긴 왔나 보네.'

금방 산책을 다녀온 봄처녀가 노란 개나리를 화병에 담아 방으로 들어온다.

노란 개나리꽃이 K 어르신 얼굴에 피었다.

어르신 방 천장에 첫사랑 꽃이 웃는다.

봄으로 흐른다.

엄마와 병든 시간

아이가 태어났다.

엄마는 자신의 일부분처럼 아이를 사랑한다.

아이가 표정을 짓고, 걷고, 말하는 성장 과정에 늘 엄마가 함께 있다.

학교에 다니고 친구를 사귀고 놀러 다닐 때도 엄마의 관심 속에 있다. 아이는 엄마 손안에 있으며, 엄마의 마음속엔 늘 아이가 있다.

무슨 음식을 좋아하는지, 어떤 옷을 잘 입는지, 어떤 취미와 관심이 있는지, 말의 이유와 생각의 목적을 엄마는 다 알고 있다.

엄마는 못 입고, 못 먹고, 못 가져도 자식에게만은 최고급으로 최선을 다한다. 엄마에게 딸은 삶 그 자체다.

딸이 성장하여 직장에 다니고 결혼을 하고 자식을 낳았다. 엄마는 딸의 그림자처럼 일기장 곳곳에 함께한다.

이제 다 큰 딸이지만 엄마의 관심과 사랑은 결코 줄어들지 않는다. 이제 딸은 엄마의 기다림이자 희망이고, 살아가는 이유다.

딸은 결혼하고 자식을 낳아보니 시시콜콜한 간섭이 엄마의 사랑이었음을 안다. 딸이 아프면 아낌없이 심장마저 도려낼 엄마란 걸 잘 안다.

시간은 늘 흐른다. 엄마가 나이 들어간다.

칠순을 넘어 엄마의 시간이 병들어간다. 그리고 기억을 잃었다.

자식에게 집착하고, 자식 속에 살고, 오직 자식이 전부였던 그 딸자식이 기억 속에 묻혔다.

엄마는 자식(딸)을 기억하지도, 알아보지도 못한다.

기억을, 자식을 잃어버린 엄마의 희망은 무엇일까? 오늘이란 의미가 있을까?

자식(딸)은 무의미한 엄마의 재산을 정리했다. 그리고 최소한의 의무만 진다. 이럴 수밖에 없는 현실이라고 자신을 위안한다. 자식도 먹고 살아야 하지 않은가!

요양원에 엄마를 모셨다. 엄마의 삶의 이유와 목적이었던 자식(딸)은 저 살기에, 제 자식 먹여 살리기에 오늘도 바쁘다.

늘 그렇듯 시간은 흐른다. 엄마의 자식 기억은 시간 속에 묻혀 오늘도 흐른다. 엄마 침상 맡에는 딸과 찍은 사진이 닳고 또 닳았다. 엄마는 자식을 놓쳤지만, 그 기억 속 세상에서 오늘을 외롭게 산다.

요즘은 100세 시대다. 엄마 재산이 바닥이다. 엄마는 이제 짐이며 손톱 속의 가시다. 딸은 요양원을 나서며 '빨리 돌아가셨으면.' 하고 수없이 기도했다.

시간은 흐른다.

걱정이 뭐예요?

열 살 된 아이가 숙제를 하고 있다.

"공부하는 거 어렵지 않아?"

"그냥 하는 거예요. 어쩔 수 없잖아요 뭐."

"숙제 끝내고 뭐 할 거야?"

"학원 가야 해요."

"그래, 사는 게 바쁘구나. 요즘 고민은 없어?"

"고민요? 그런 거 없는데…."

"숙제도 많고 학원도 가야 하잖아? 힘들지 않아?"

"조금 힘들지만 괜찮아요."

나에겐 미취학, 초등학생, 중학생 자녀가 있다.

사는 게 온통 걱정이다. 집 안 청소와 빨래를 하고 나니 소파에 아이가 보인다.

"작은애 다리가 아픈가 봐. 내일은 병원에 가봐야겠어."

달력을 보니 월말이다.

"이번 달 밀린 학원비를 내야 하는데 지출이 많아서 걱정이네. 물가도 많이 오르고…."

핸드폰에 문자가 왔다.

"친구 아버지가 돌아가셨다고 하네. 내일은 조문 가야 하고, 다음 주말엔 결혼식에 가야 해~"

소파에 앉으니 저녁에 무엇을 먹을까, 수입은 늘 쥐꼬리라 어디에 우선순위로 지출할까? 건강, 가족, 생활, 여가 등 모든 것이 걱정투성이다.

식사시간이 지난 후 요양원에 침상에 앉아계신 K 어르신이 생각에 잠겨 있다.

"걱정이 있어요?"

"무슨 걱정? 그런 거 없어라~ 뭔 걱정이 있겠소? 얼른 죽어야 하는데 그게 젤 걱정이지 뭐."

"그려, 맞아."

옆 침상의 L 할머니가 끼어들어 참견한다.

"걱정? 그거 해봐야 무슨 소용이야? 걱정해야 걱정만 늘더군. 아무 쓸모 없다니까!"

"그래도 자식 걱정 안 돼요?"

"지들이 알아서 잘 사는데 뭘. 내가 걱정한다고 될 일도 아니고."

L 할머니가 또 장단을 맞춘다.

"걱정 내려놓고 산 지 한참 되었지. 이제는 그냥 이렇게 살다 가는 거지 뭐~"

아이가 태어나 걷게 된 이후부터 누구나 삶의 고난과 풍파가 시작된다. 거울을 유심히 보게 된 이후부터 걱정이라는 스트레스가 그림자처럼 따라붙게 된다. 그 그림자는 정오를 향해 계속 커지다가 다시 걷지 못하게 될 때에서야 사라지게 된다. 그래서 아이와 노인에게는 걱정이 거의 없다.

종일 뛰놀던 아이는 새근새근 꿈나라다. 정말 편하게 자는구나. 전쟁 같은 하루를 산 아빠도 깊은 잠에 빠졌다. 삶이 고단한가보다. 고속 시간을 타고 오늘을 보낸 노인이 죽음 같은 잠을 자고 있다. 우린 모두 잠을 잔다. 그리고 누구에게나 잠 속에 천국이 있다. 천국엔 걱정이 없다.

수미상관(首尾相關)

손녀는 이제 첫 돌이 지난 아기와 함께 초침 같은 하루하루를 살아가고 있다. 명절을 맞이하여 친정집에 왔다.

"엄마, 할머니 외박 나오셨어? 어디 계세요?"

방문을 열고 할머니가 나오신다.

손녀는 한걸음에 달려가 할머니를 안는다.

"할머니, 잘 지내셨어요? 할머니, 건강은 괜찮으세요?"

할머니는 미소를 띠며, 뭐라고 말씀하시는데 우리나라 언어가 아니다. 전혀 못 알아듣겠다. 그래도 괜찮다. 우리 할머니니까….

그러나 대화가 잘되지 않으니 시간이 지날수록 반가움도 조금씩 희미해진다. 그럼에도 손녀는 할머니에 대한 사랑이 남다르다. 태어났을 때부터 학창시절까지 엄마보다 더 친한 친구가 되어 손녀 인생의 2/3를 함께 했다. 졸업 후 직장생활을 하고 결혼하니 할머니는 손녀의 핸드폰에서 점점 더 멀어지더니, 결국 요양원에서 생활하신 지 벌써 1년이 지났다.

"할머니, 우리 맛있는 식사하고 가을바람 쐬러 가요. 제가 재미있는 구경시켜드릴게요."

할머니는 손녀의 웃음을 따라 미소지을 뿐이다.

카레의 진한 향이 후각을 자극하더니 침을 고이게 하고, 이내 할머니와의 어린 시절이 생각나게 한다. 지겹게 먹었던 3분 카레가 할머니와 내 앞에 놓여 있다. 할머니는 기억이나 할까?

"아이구~ 젓가락으로 드시면 어떡해~ 우리 할머니, 아기가 되어버렸네. 제가 도와드릴게요~"

일부러 잘게 다진 감자와 야채, 고기를 진한 노란색 향 위에 얹혀 할머니 입가에 가져간다. 오물오물 잘 씹기만 하신다.

"할머니, 꿀꺽 삼켜야죠~ 꿀꺽~! 맛있죠?" 손녀는 침을 삼키는 흉내를 내며 아기가 되어버린 할머니와 눈을 마주친다. 손녀의 딸은 엄마가 식사를 챙겨주고 있다. 달래기도 하고, 혼내기도 하면서 한 수저라도 더 먹이려고 갖은 방법을 다 쓴다. 아이는 많이 흘리지만, 꿀꺽 잘도 삼킨다. 손녀는 자신의 딸과 자신 앞의 할머니를 번갈아 보며 지난 어린 시절을 생각했다. 카레에 대한 과거로부터의 현재, 또 미래에 대한 기억을 공유할 수 있을까? 손녀의 아가와 엄마, 아기가 되어버린 할머니, 손녀는 가슴이 뭉클해진다.

"할머니, 이곳 기억나세요? 여기 자주 구경 왔잖아요."

눈앞의 호랑이가 어흥 할 것만 같다. 손녀가 동물에 관심이 많아 이곳에 오자고 많이 졸랐다고 했다. 그런데 할머니는 지금 무덤덤하다.

원숭이도, 곰도, 각종 식물과 파충류, 곤충류도 보고 사파리에서 기린과 사자, 코끼리도 보았다. 처음부터 힘들어하시는 할머니는 휠체어에, 아기는 유모차에서 관람했다. 동물원에서의 어린 시절을 떠올리는데 공유할 사람이 없다. 이야기를 나눌 사람이 없으니 왠지 서글퍼진다. 기억이 없어 말할 수 없는 것이 아니라 기억할 수 없어 말하지 못하는 것이리라. 그럼에도 손녀는 할머니와 많은 추억을 기억 속에 담는다. 그리고 사진으로 남겼다. 토끼를 보는 초롱초롱한 눈망울의 2살 된 아기도 현재의 기억이 나중엔 구석으로 밀려날 거다. 할머니처럼….

손녀는 엄마에게 할머니와 아기를 맡기고 음료수와 간식을 사러 잠시 자리를 비웠다. 엄마가 잠시 한눈을 파는 사이에 할머니가 테이블 아래에 있는 컵을 주우려 휠체어에서 일어나려다 넘어졌다. 그때다. 이제 막 걷기 시작한 아기는 땅바닥에 떨어진 흰 휴지를 입에 물고 있다. 가족이 앉은 테이블 위로 가을바람이 옷자락 사이로 휘익~ 지나간다. 할머니를 일으키며, 아가 입가의 휴지를 떼어내며 아이의 옷깃을 단단히 여민다.

"괜찮으세요? 어디 다치신 데는 없어요?"

"아가야, 아무거나 막 먹으면 안 돼요~"

보호자가 된 손녀와 엄마는 각자 우선순위의 가족을 본능적으로 챙긴다. 할머니와 아기는 한시도 눈을 뗄 수 없는 물가의 사람들이다.

집으로 향하는 차 안이다. 소록소록 천사 둘의 숨소리가 평온하다. 어쩜 저리 이쁠 수가 있을까? 아이 같은 할머니가, 아이가 되어버린 할머니가 아이와 함께 잠을 잔다. 숨소리마저 고요하니 시간이 멈춘 듯하다. 꿈을 꾸고 있을까? 그곳에선 행복한 시간이 흐르겠지? 차창 밖으로 이어져 오버랩되는 풍경이 마치 영화장면 같다. 이대로 시간이 멈췄으면 좋겠다고 손녀는 생각한다. 지금, 이 순간에도 보이지 않는 시간을 먹고 마시며 아이는 신체적 성장을, 할머니는 죽음으로 가는 마중길에 다가서고 있을 것이다.

집에 들어왔다. 거친 시간을 흡수한 피곤의 먼지를 비누 거품으로 씻어낸다. 몸집이 작은 아이는 쉽고 빠르게 목욕을 시키지만 울음소리가 그치지 않는다. 아기가 되어버린 우리 할머니도 귀찮다고 투정을 부린다. 아이는 아기 욕조에, 할머니는 욕조 안에서 따뜻함을 즐긴다. 비누 거품과 오리 장난감으로 장난치는 아이와 다르게 움직임 없이 온욕을 즐기는 할머니의 시간이 상반되게 느껴진다. 씻을 때와 옷을 입을 때에는 아이나 할머니도 누군가의 손길이 꼭 필요하다.

"할머니, 이리 앉아보세요. 제가 손발톱을 정리해드릴게요."

가늘게 구부러져 있는 손가락이 핏기없는 마른 장작 같다. 이 손으로 구불진 인생길을 일구며 지금까지 견디어왔다.

"아가야. 손톱 깎자~"

작고 부드러운 아가의 손은 이제 구불진 인생길을 개척해나갈 것이다.

저녁 아이 둘이 이른 시간부터 이부자리에 누웠다. 잠자는 할머니와 아이는 평안하다. 내일이라는 고민과 걱정거리가 없는 듯하다. 단지 오늘의 피곤함을 씻어낼 뿐이다. 내일이 되면 기억회로에 연결된 신체적 피로의 거품은 말끔히 씻겨 내려가 있을 것이다. 주무시는 할머니를 유심히 보았다. 할머니는 키가 많이 줄었다. 몸집도 작아졌다. 숨소리도 고요하다. 손녀는 자는 아기를 보며, 자신에게 큰 산이었던 할머니가 아이가 된 것처럼 느껴졌다. 아기는 앞으로 걷고 성장하겠지만 할머니는 눕게 되고 더 작아질 것이다. 아이는 자라면서 혼자가 되고 늙어갈수록 손이 필요하게 된다. 인생의 회전목마처럼 시작과 끝이 한자리에 펼쳐져 보인다.

아침이다. 아이가 어제 찬 바람을 쐬었는지 열이 있다. 해열제를 먹이고 병원에 가봐야겠다. 힘이 없는 아이는 입을 꾹 다물고 있다. 아파도 우는 것 외에는 표현하기 어렵다.

"할머니, 안녕히 주무셨어요?"

"ㅇㅈ탸, ㅠㅕ."

"어제, 재미있는 구경 했는데 기억나세요?"

"무ㅐㅑㅇㅌㄴ."

"여기 같이 찍은 사진 좀 보세요?"

사진에 별로 관심이 없다. 아직 피곤이 가시지 않은 것일까? 힘이 없어 보인다.

"할머니, 어디 아프세요?"

"읋ㅎㄴ~"

발을 보니 좀 부은 것 같다. 살며시 만져보니 약간의 통증을 느끼는 것 같다. 병원 갈 채비를 했다.

아가와 할머니는 병원에서 치료하고 약을 처방하니 좀 나아진 듯하다. 할머니 기분이 좀 상쾌해진 듯하다.

"좀 괜찮으세요?"

"우ㅐㅅㄴㄹ~."

미소를 보이며 말씀하시는데 밝아진 모습이다. 할머니와 수많은 대화를 했지만, 지금은 천국으로 가는 언어라 잘 알아듣지 못할 뿐이다. 생기가 돌아온 아이도 옹알이를 하는데 천국의 언어라 잘 알아듣지 못하겠다. 아이와 할머니의 언어는 세계공통어이다. 천국에 가면 꼭 물어봐야지~

아이는 치료하고 약을 먹으니 시간이 지나자 한결 나아졌다. 그리고 건강하게 회복했다. 그러나 할머니는 치료 후 처음에는 나아진 것 같으나 실금이 간 항아리가 모진 비바람에 영향을 받는 듯 후유증이 길게 나타날 것이다.

아이와 할머니는 어제의 나들이를 기억하지 못한다. 아기는 자라면서 기억이 물 밖으로 나올 테지만 할머니는 기억이 물속으로 깊이 들어갈 것이다. 아이에겐 기억할 수 있게 사진과 영상으로, 할머니에겐 지금의 행복을 계속해서 가슴에 담아드려야겠다.

손녀는 자신의 아이를 보며, 엄마를 생각하며, 할머니를 대하며 어떻게 관계하는 것이 가장 의미가 있을지, 또 자신의 삶은 무엇에 우선순위를 두어야 하는지 생각해본다.

손녀는 복잡하면서도 단순한 인생의 처음과 끝자락 중심에 연결되어 뫼비우스의 띠 어딘가에 서 있다.

할머니, 요양원에는
왜 들어오셨어요?

"할머니, 요양원에는 왜 들어오셨어요?"

기가 차다. 어린 손주가 엄마 따라 오랜만에 면회 오고서는 물어보는 것이 뜻밖이라 뭐라고 선뜻 대꾸할 말이 없다.

"느그 엄마한테 물어봐라."

어린 손주는 눈치 없게 엄마를 바라본다.

"엄마, 할머니가 왜 요양원에 들어온 거야?"

"살려고 들어왔지."

"할머니 집이 있잖아요. 할머니 집에선 살 수 없어요?"

"왜~ 할미 집에서도 살 수 있지."

할머니가 고개를 숙이며 자신 없게 말한다.

"근데, 왜 여기 남의 집에서 남이랑 살아요?"

"할머니가 나이 드셔서 혼자 사시면 심심하셔. 그리고 여기서는 음식이랑, 병원 가는 것도 잘 챙겨주니까 여기서 사는 거야."

"아, 그렇구나. 그래도 집이 제일 편하잖아요? 가족도 있구."

"그럼! 집만 한 곳이 없지!"

할머니가 반짝이는 눈을 손주에게 신호하듯 보낸다.

"엄마, 그럼 우리 집에서 할머니랑 같이 살면 되겠네."

저 이쁜 거 누구 핏줄인지 몰라~

손주와 할머니는 동시에 엄마를 바라본다.

"집에 불나면 큰일 나!"

Part 2

요양원으로 가는 길목에서

우리 엄마는 매일 새벽에 일어나서는 한참 동안을 칠흑 같은
어둠 속에서 가만히 앉아 있곤 했다.
"엄마, 왜 안 주무시고 앉아서 뭐 하세요?"
"신경 쓰지 말고 얼른 자."
그냥 잠이 오지 않아서 그런가 보다 했다.
내가 엄마 나이가 되었다. 그리고 나도 엄마처럼 새벽에 잠을 잃었다.
시간이 지날수록 새벽은 더 빠르고 깊게 다가왔다.
문득 이런 생각이 든다. 나의 시간 속에 시간을 갉아먹는지,
내가 블랙홀에 빠졌는지 도무지 알 수 없는 상태가 되었다.
아침에 정신 차려 눈을 떠 보니 요양원 풍경 속이다.

마법에 걸린 할머니

짧은 해를 아쉬워하며 집으로 발길을 재촉하던 중 동네에서 외진 곳에 위치한 집을 지나게 되었다. 그 집엔 무서운 백발할머니가 살고 있다. 할머니가 이유 없이 욕설을 하시며 도깨비 눈으로 우리를 무섭게 노려보던 눈빛이 지금도 오싹하다. 어린 나이에 나는 그 할머니에게 악귀가 씐 거라 생각하여 눈이라도 마주칠까 봐 피하기에 바빴다. 저 지팡이에 맞으면 주문에 걸려 할머니처럼 괴물이 될 것만 같았다.

어쩔 수 없이 그 집 앞을 지나갈 때다. 마귀 할머니는 부지깽이를 들고 알아들을 수 없는 욕설을 하며 따라왔다. 너무 무서워서 신발 한 쪽이 벗겨진 줄도 모르게 도망쳤다. 나중에 신발을 잃어버려 엄마한테 혼날까 봐 마귀 집 먼발치에서 울상이 되자, 친구와 용기를 냈다. 이른 저녁 시간이다. 마귀 할머니가 보이지 않는다. 우리는 조용히 은행나무 옆을 샅샅이 찾아보았다. 신발이 없다. 아무리 찾아도 없다. 친구는 뒷발꿈치를 들고 집 안으로 들어간다. 마루 밑에 신발 한 짝이 보인다. 친구는 살금살금 마루 밑의 신발을 가지고 나오려 했다. 그런데 마루 옆 부엌에서 이상한 소리가 났다. 부엌문 틈으로 바가지에 든 음식을 손으로 게걸스럽게 먹는 할머니와 눈이 마주쳤는데 입가에 고추장이 묻어 그 모습이 마치 피 흘리는 백발 귀신 같았다. 친구는 소스라치게 놀라며 재빠르게 집을 빠져나왔다. 친구와 함께 멀찍이서 그 집을 바라다보았다. 악령에 빠진 할머니는 박 그릇을 가지고 마당에 나와 구부정하게 서서 우리를 쳐다본다. 섬뜩하다. 그런데 한참을 바라보니 처량한 것도 같고 불쌍해 보이기도 하다.

"엄마, 은행나무 옆에 사는 할머니 병에 걸린 거야?"
"할머니는 마법에 걸려서 그런 거야. 그 집에 가면 너도 마법에 걸릴 수 있으니 가면 안 돼!"
"무슨 마법에 걸렸어?"
"망령에 걸렸어."
"망령이 뭐야?"
"미친 사람이 된 거야."
"왜 할머니에게 마법이 걸린 거야?"
"나이 들면 행실에 따라 신령님이 저주를 내리는 거야."
"그럼, 나도 나이 들면 마법에 걸릴 수 있는 거야?"
"그럼! 착하고 바르게 살아야 하는 거야."
"마법을 풀 수는 없어?"
"한번 걸린 마법은 죽어서야 풀리는 거야. 아주 무서운 마법이니 조심해야 해."

40년 후에 엄마가 마법에 걸렸다. 엄마는 선하고 인정이 많은 분이시다. 엄마가 말한 마법은 행실이 아니라 나이 든 사람 중에 운이 나쁘면 낚시 미끼처럼 찾아온다는 것을 나중에서야 알게 되었다.

어느 요양원이 좋지?

친구 어머니가 뇌졸중으로 쓰러지셨다. 엎친 데 덮친 격으로 치매 증상까지 생겼다. 퇴원하여 3개월 후 '장기요양 인정 대상자'가 되었다. 친구는 요양 시설에서 오래 근무한 나를 찾아왔다. 어머니를 모시는 데 최적의 요양 시설을 찾고자 한다.

"어느 요양원이 가장 좋을까?"

"지금부터 내가 하는 이야기를 잘 들어. 요양원을 선택하는 것은 쉬운 일이지만 한번 들어간 요양원이 마음에 들지 않는다고 다른 요양원으로 옮기는 것은 결코 쉽지 않은 일이야. 어머니에게도 환경적응에 따른 문제와 적응시간과 경제적으로도 좋지 않구. 그만큼 처음에 선택하는 시설이 중요하다는 거야."

난 해줄 말이 너무나도 많았다. 쉴새 없이 말을 이어갔다.

"먼저, 가장 염두에 두어야 할 것은 어머니 위주로 요양원을 파악해야 해. 요양원에서 생활할 사람은 자녀가 아니라 어머니이니까. 시설환경, 접근성, 인력, 서비스 등 모든 것이 어머니에게 초점을 맞추어 우선순위를 정해야 해. 그리고 상담자의 이야기를 너무 맹신하지마. 특히, 확신을 강조하는 상담자일 경우에는 더욱 의심을 가져야 해. 왜냐면, 그 누구도 사람 일을 장담할 수 없거니와 그 상담자가 모든 어르신을 24시간 항상 케어하는 만능전문가는 아니니까. 그리고 네가 나를 잘 안다고 확신하여 서비스의 내용도 모른 채 일방적으로 맡기지 말아야 해. 아는 사람이 무섭다고 나중에 갈등이 나타날 수도 있으니 말이야. 아는 사람과 아는 사람의 직장은 동일하지 않아. 그렇게 믿고 싶을 뿐이지."

친구는 동의하는 듯 고개를 끄덕였다.

"요양원에서 가장 주의해서 살펴보아야 할 것이 바로 직원이야. 운영자와 직원은 어떻게 구성되어 있는지가 요양원의 질적 서비스 수준을 결정하지. 즉, 서비스는 직원으로부터 나오며 직원의 케어 수준과 마음자세가 어머니의 요양원 생활과 삶의 질에 매우 큰 영향을 준다고 해도 과언이 아니야. 직원 중에서도 가장 중요한 사람은 운영자야. 운영자의 운영 방향과 마인드에 따라 부하직원이 업무를 하니까."

"그래 그럼, 그렇게 중요한 직원을 어떻게 확인할 수 있어?"

"아주, 간단하지. 요양원에 계신 어르신들의 표정을 잘 살펴봐. 어르신의 표정은 그 시설의 서비스를 대변해 줄 수 있으며, 전체적인 분위기를 한눈에 파악할 수 있지. 경계심으로 회피하거나, 두려워하거나, 무감동하게 있는지, 또는 편안한 모습으로 웃음과 활력이 넘치는 표정으로 생활하고 있는지 확인해봐. 요양원은 집과 같은 곳이야. 자신의 집은 아니지만 편하고 안정된 모습일수록 직원의 질적 서비스가 높은 곳이 아닐까 생각해. 어르신의 있는 그대로의 표정은 상담자의 전략적인 태도와 인위적인 호감의 감언이설로는 만들 수 없기 때문이야."

"그런데 말야. 망상이나 폭언, 폭력이 심한 어르신의 표정은 그리 좋지 않을 거 같아. 어떻게 구분할 수 있지?"

"그래. 쉽지 않을 거야. 요양 시설과 어르신의 상황을 정확하게 이해한다는 것은 단시간 내에 불가능할 거야. 그러나 분명한 것은 치매 어르신은 남의 나라, 나와 동떨어져 사는 외계인이 아니라는 거야. 우리와 함께 살아가는 이웃이지. 소위 문제행동이라는 상황을 충분히 이해하면 증상 때문인지, 단순한 일상생활인지 알게 될 거야. 중요한 것은 자신이 요양 시설이나 치매 어르신에 대한 편견을 버려야 하며, 객관적인 시야와 관점을 얼마나 가졌느냐가 관건이지. 그래서 요양원을 잘 아는 이용자나 봉사자 등의 객관적인 이야기를 듣는 것이 가장 중요해. 절대적으로 명심해~ 객관적인 입소문이 그 시설을 평가하는 핵심지표이니.

또한 직원의 표정이나 태도, 말투도 참고하면 좋을 듯해. 직원의 표정이나 태도는 서비스의 질에 분명 영향을 줄 수 있기 때문이야. 직원이 불친절하고 표정이 어두우면 그 서비스가 고스란히 어르신들에게 전해질 수 있으니 말야."

"음. 전체적인 분위기를 어르신과 직원의 표정으로 서비스 질을 평가할 수 있다? 그래, 좋은 방법인 거 같기는 하지만 짧은 시간에 정확히 그 시설의 서비스를 평가하기란 그리 쉬운 것 같지는 않아. 또 다른 방법은 없을까?"

"다음으로는 시설의 운영철학을 살펴봐야 해.

시설을 운영하는 대표자는 어떠한 마인드와 운영목표를 가지고 있는지, 어느 부분의 서비스를 가장 중요하게 생각하는지 정보를 파악해야 해. 운영자의 과거 문제는 없는지, 평판과 활동은 어떠한지, 인력의 구성은 어떻게 되어있는지(자격증, 경력, 전문가 등) 면밀히 살펴봐. 서비스는 직원으로부터 나온다고 했잖아. 그런데 그 직원은 운영자의 방침에 의해 근무하기 때문에 운영자의 역량과 자질이 매우 중요하지. 기본적으로 홈페이지나 인터넷을 통한 정보를 활용할 수 있으나 객관적으로 봉사자나 실습생, 그 시설에 근무했던 직원, 이용자 등의 실질적인 입소문을 확인하면 더 좋을 듯해. 또한 의료서비스에 대한 체계적인 준비와 인력이 구성되어 있는지 확인해봐. 응급상황대처능력(직원자질, 매뉴얼, 협력병원, 근무형태, 의료인력 등)이 얼마나 되는지 확인해볼 필요가 있거든. 요양원에 계시는 어르신들은 대부분 돌아가실 때까지 생활하기 때문에 의료서비스와 의료인력, 협력의료기관이 아주 중요하거든."

"그래, 중요한 것은 알겠는데 짧은 시간 내에 이 많은 것을 어떻게 확인할 수 있을까?"

"사람은 누구나 발등에 불이 떨어져야 급하게 움직이는 경향이 있지. 그래서 나 같은 전문가의 도움이 필요한 거야. 전문가의 조언으로부터 발품을 파는 것은 당사자의 몫일 테고. 그리고 그만큼 노력도 하지 않으면서 어떻게 좋은 요양 시설을 찾을 수 있겠어?"

"그래, 알겠어. 어떻게 확인할 수 있는지 알려줘."

"현장에서 짧게 확인할 수 있는 방법들을 알려줄게. 그 시설에서 진행되고 있는 프로그램과 서비스에 대하여 확인해 볼 필요가 있어. 프로그램과 서비스는 먼저 해당 홈페이지나 카페, 밴드 등에서 객관적으로 확인하고 현장에서는 그대로 잘 진행되고 있는지 몇 가지 물어보고 확인하면 될 거 같아."

"그럼, 무엇을 물어보고, 확인하면 될까?"

"프로그램과 서비스는 상담자가 어떻게 말하느냐에 따라 믿을 수밖에 없지. 그런데 상담자는 가능한 좋은 점만 부각하여 홍보할 거야. 그렇기 때문에 프로그램의 내용이 가장 최근 것이 시설에 게재(사진, 프로그램계획표, 소식란 등)되어 있는지 확인해봐. 그리고 프로그램을 콕 집어서 그 프로그램이 실제로 적용하는지, 참여와 내용, 시간, 장소, 프로그램담당자, 소외된 대상자 등에 대하여 구체적인 것 중에 몇 가지로 압축해서 지혜롭게 물어봐. 상담자가 거짓말은 하지 않을 테니까."

"너무 꼬치꼬치 캐물으면 까다로운 보호자라고 거부하지는 않을까?"

"그럴 수 있지. 어르신보다 보호자가 까다로우면 아예 모시지 않으려는 경향이 있을 수 있어. 상담자가 전략적으로 상담에 임하는 것처럼 요양원을 따지고 평가하는 느낌이 아니라 이곳에 어르신을 모실 건데 요양서비스가 궁금한 자세로 편안하게 핵심만 질문하면 될 거야."

"그래, 알겠어. 또 더 확인할 것이 있니?"

"그럼! 이제 시설환경적인 면을 살펴보면 될 거야. 접근성은 좋은지, 주위환경은 자연친화적인지, 햇볕은 잘 들어오는지, 악취는 없는지, 목욕하는 공간은 좋은지, 충분한 배회공간이 있는지, 프로그램실과 문화공간, 면회공간은 적절한지, 냉난방시설 및 화장실은 편리한지, 물리치료 장비와 전동침대 등 어르신 의료장비는 어떠한지 확인해보면 좋을 듯해."

나는 곧 말을 이어갔다.

"어르신들의 욕구 중 가장 큰 욕구는 무엇일 거라 생각하니? 사람마다 다르겠지만 난, 음식이라고 생각해. 물론, 케어서비스, 의료서비스, 재활서비스, 여가활동서비스, 일상생활지원서비스 등 다 중요하지만, 전부 확인하기엔 시간도 부족하고 실질적인 확인이 어려울 수도 있으니, 이 중에서 보편적인 것을 세부적으로 확인해보면 좋을 거 같아. 요양 시설은 영양서비스와 관련하여 식단표를 반드시 게시하게 되어있어. 식단표와 음식의 질을 확인해보면 좋을 것 같아. 어르신이 드시기 편하게 반찬을 제공하는지, 식단은 제대로 반영되는지, 보온상태는 좋은지, 위생적으로 문제는 없는지, 주·부식의 질적 내용은 적정한지 확인해보면 좋을 것 같아. 그래서 일부러 식사시간에 상담을 요청하는 사람들도 있어. 바쁘고 어르신들에게 방해와 불편을 끼칠 수 있다는 이유로 라운딩을 하지 못하는 경우가 있지만 조리실 밖에서 확인할 수도 있으니 가능한지 물어보는 것은 나쁘지 않아. 일반식, 경관식 당뇨식, 영양식, 죽식, 갈은식 등 대상자의 증상에 따라 섭취가 가능한지도 확인해야 해. 물론 주요 욕구에 따라 서비스(케어, 의료, 재활, 여가, 일상생활 등)에 대한 세부적인 질문을 하는 것이 좋을 거야."

"그래, 난 우리 엄마가 무슨 욕구가 있는지 잘 모르거든. 이제 좀 더 관심 가져야겠어."

"참 무심하지. 나도 요양원에 근무하면서 상담자를 만나면서 배운 것들이 참 많아. 부모님은 늘 곁에 영원히 계시면서 편하게 상대하는 분이었거든. 어쨌든 마지막으로 꼭 확인해야 할 것이 있어."

친구는 진지하게 나를 쳐다보았다.

"시설이 지역사회와 얼마나 소통하고 있는지를 확인해야 해. 시설이 문을 활짝 열어 언제든지 지역사회와 주민들과 공존하고 더불어 살아가고 있는지 살펴보면 좀 더 신뢰를 얻을 수 있어. 시설은 버려진 사람들이 사는 외딴섬이 아니야. 같은 하늘 아래 건강한 이웃이라는 생각을 가진 시설이라면 시설을 방문하는 자원봉사, 견학자, 실습생, 주민 초청행사 등 활발하게 교류할 거야. 문이 활짝 열려 있다는 것은 그만큼 투명하고 믿을 수 있다는 자신감의 반증이 될 수도 있어. 숨기고 감추듯 시설문을 꼭 잠그는 곳이야말로 이상하지 않을까? 물론 시설의 위치와 규모, 운영자의 마인드에 따라 다르겠지만 말야."

"친구야! 이렇게 전문적으로 알려면 차라리 내가 요양 시설을 차리는 것이 낫겠다. 그래서 전문가인 너를 찾아온 거 아니니. 너희 시설 아니면 좋은 시설을 추천해 줄 수 있겠어?"

"친구야, 잘 들어봐. 나는 이곳에서 근무하면서 잘못된 요양 시설을 선택하고도 그 자체를 잘 모르거나 어르신을 다른 시설로 옮기는 것이 불편하여 참고 생활하거나 참다가 견디지 못해 다른 시설을 찾는 경우를 종종 봤어."

"그게 무슨 말이야? 구체적으로 이야기해줄래?"

"시설에서 다 알아서 해준다는 곳이 있어. 케어부터 의료서비스 전부와 사망 시 장례관리까지 말야."

"가족이 신경 쓰지 않고 다 알아서 해주면 좋은 거 아니야?"

"아니야. 내용을 잘 살펴봐야 해. 약이 바뀌면 왜 무슨 내용물로 바뀌는지, 병원에는 왜 가는지, 강박이나 음식 변화 등에 대해서 세부적으로 보호자와 소통이 우선되고 있는지를 확인해야 한다구. 요양원에서 알아서 다 해주니 별로 신경 쓰지 않는 보호자는 연중행사처럼 면회를 오거나 긴병에 효자 없다고 얼른 돌아가시기를 바라는 마음으로 묵인하는 경우도 있으니 말이야.

네 어머니를 우리 시설에 모시게 되면 나도 부담되고 나로 인해 직원들이 불편해할 수도 있으니까 친구가 아닌 보호자로서 관계를 지혜롭게 해야 해. 너도 개인적으로 나에 대한 큰 기대를 갖지 말고, 객관적으로 있는 그대로 관계하면 더 좋을 거야. 우리 시설은 직원의 직계가족이나 혈연관계는 가급적 모시지 않아. 요양원에도 사람이 많이 살다 보니 말이 풍선처럼 부풀어 올라 시간이 지나면 해결할 수 없게 터져버리거든. 본래 사람이 많으면 좋은 말보다는 시기와 불평의 비교들이 더 많아지거든. 그래서 그 빌미를 주지 않으려고 하는 거야."

"그렇구나. 관계에 따라 모시는 것도 영향이 있구나. 내가 보호자로서 요양원과 어떻게 관계하면 좋을까?"

"앞으로는 친구가 아니라 보호자로 대하게 될 거야. 누구나 싫어하는 진상 보호자가 될 것인지, 지혜롭고 합리적인 보호자가 될 것인지는 친구 하기 나름이야."

"내가 어떻게 하면 될까?"

"해야 할 말과 하지 말아야 할 말, 참아야 할 때, 유기적인 소통, 긍정적이고 협조적인 마음을 통해 진심으로 감사할 줄 알고 그 감사를 다."

"입 닥치고 요양원에서 하라는 대로 하면 되는 거야?"

"사람들이 하는 일이니, 감정을 가급적 드러내지 않도록 주의하란 말이야. 역지사지의 자세로 관점을 바꾸도록 노력하면 좋을 거야. 지금처럼 과격한 언어로 감정이 개입되지 않도록 말야. 꼭 필요한 말을 요령 있게 하라는 거야."

"그래. 세상이 내 맘 같지 않으니…. 그 세상 속에 내가, 어머니가 살아야 하니…. 내가 맞춰가야지."

"그리고 가족이 놓치는 것이 있어. 그건 아픈 부모님이 언제까지 사느냐를 계획하지 못한다는 것이야. 그 누구도 인생의 끝을 알 수 없어. 긴병에 효자 없는 것이 아니라 긴병을 대비해야 부양 부담을 경감할 수 있으니 후회라는 멍에를 최소화해야 해."

"어떻게 하면 될까?"

"마음은 오늘이 마지막인 것처럼, 경제적인 것은 10년 이상으로 준비하는 것이 좋아."

친구는 머릿속이 더 복잡해졌는지 자리를 일어나 밖으로 나갔다.

며칠 후 친구에게 전화가 왔다.

"너희 요양원에 모실 수 있게 대기 명단에 올려줘. 그리고 네가 말한 불확실하고 복잡한 계단을 올라갈 수 있도록 형제들과 충분히 상의했어. 형제들 중 가족계와 총무, 행동대장 등 업무분담을 세우고 가족 모임이나 활동, 비용, 앞으로 계획에 대해 구체적으로 설계하는 시간을 갖게 되었어. 네 이야기가 큰 도움이 되었어. 고마워~"

발등에 불이 떨어진 후에야 급하게 아는 사람을 찾는 경우가 있다. 삶은 누구나 살아간다. 그 삶엔 누구나 예기치 못한 상황이 발생하기 마련이다. 예기치 못한 상황을 줄여가는 것 그것이 필요하다. 이제 백 세시대다. 그리고 요양원이 정답이다.

유병장수의 또 다른 슬픔

96세 된 H 할머니가 아들과 함께 요양원에 오신다.

"어르신이 고령임에도 정정하시네요."

"저희 집안은 장수가 내력입니다."

아들은 얼굴에 굵은 주름과 피부가 쭈글쭈글해지고 몇 가닥 남지 않은 머리칼이 어머니처럼 늙어 남매라고 해도 믿을 만하다.

"아드님이 어머니를 많이 닮으셨어요."

"젊어선 거울을 마주보는 것처럼 판박이라고 신기해하는 사람들도 많았지요."

두 명의 하회탈이 함께 웃으니 정겹다.

"내가 어렸을 때 증조할머니를 봤지요. 그 당시 92세를 사셨으니 천수를 누린 것입니다. 할머니도 95세에 돌아가셨고 지금 저희 어머니는 10년은 더 사실 겁니다."

H 어르신의 누런 치아를 보니 10년이 아니라 20년은 족히 오도독뼈를 쉽게 부술 것 같다.

"건강하게 오래 사시면 좋지요."

"말년에 치매는 약간 있었지만 건강한 편이었죠. 할머니나 증조모도 지병으로 돌아가신 것이 아니라 사고로 다 돌아가셨으니까요. 어머니도 약 드시는 거 없이 건강한 편이에요. 치아 좀 보세요. 고기도 잘 드세요. 정신이 가끔 오락가락하는 게 문제이기는 하지만…"

"잘 드시고 맘 편하게 생활하시면 장수하시는가 봐요."

이야기를 나누다가 마지막 말이 그냥 귀에 남는다.

"그런데 저희 집안이요. 여자는 장수하는데 남자는 그렇지 않더라구요."

H 어르신은 요양원에서 식사도 잘하시며 프로그램도 잘 참여하시고 일상생활도 잘하신다. H 어르신은 시간이 흐를수록 계절의 옷을 잘 갈아입었는데 아들에게는 시간이 자꾸만 낡아간다. 어머니와 아들은 같이 늙어가고 있지만 늙음의 속도는 아들에게만 더 빠르게 다가온다. 결국 아들은 시간에 걸려 넘어졌다.

4년이 지나 H 어르신 백순 축하에 가족이 모였다. 기억을 놓친 H 어르신은 불안한 주위를 둘러보았다. 3남 4녀를 키웠지만 눈이 흐릿해져 신생아실의 남의 아기들처럼 누가 누구인지 헷갈린다. 모르는 사람들이 와서 안고 인사한다. 대부분이 손주들인가보다. H 할머니는 사방을 흩어보아도 익숙한 얼굴이 없다. 그저 불고기의 진한 향기가 후각을 이끌어 침샘을 자극할 뿐이다. 큰딸이 H 할머니 옆에 와서 앉는다. 20년 전 팔순 잔치에서 찍은 가족사진을 H 할머니에게 보여준다.

"엄마, 이 사람들 생각나?"

H 할머니는 말없이 사진을 뚫어지게 쳐다보고 있다.

"엄마, 맛있는 거 많이 드시고 건강하게 오래오래 사세요."

H 할머니는 사진 밖에서 아들을 찾아보았지만, 눈에 익은 비슷한 사람이 없다.

3명의 아들은 사진 안으로 영영 떠났고 1명의 딸은 병원에 입원 중이다. 화살통에 화살이 몇 개 남지 않았다. 늙은 큰딸이 맛있는 불고기를 후우~ 하며 입가에 가져가니 H 할머니 입안에서 향기롭게 녹아내린다.

"음~ 맛나다."

기억은 짧게 끊어져 자식을 놓아가지만, 미각은 처음 불고기 맛을 본 이후로부터 지금까지 이어지고 있다. 한 달이 지나면 H 할머니 화살통엔 한 개의 화살만 남게 될 것이다. 그렇지만 H 할머니 침샘은 10년이 지나도 마르지 않을 것 같다.

내년 생신 때에도 누군가는 분명 찾아올 것이다.

H 할머니가 꼭 쥐고 있는 통장엔 여전히 가득 차 있다.

요양원에서 적응을 잘하실까요?

어르신이 요양원에 처음 입소하면 보호자가 걱정을 품고 꼭 물어본다.

"면회나 연락은 언제부터 하면 되나요?"

"언제라도 가능한데요. 어르신이 적응하시기 나름이에요."

"우리 어머니가 적응을 잘하실까요? 늘 집에만 계셨거든요. 시설 편견도 있구요."

"환경적응은 사람마다 달라요. 자신이 살아온 익숙한 환경에서 친숙한 사람(가족, 이웃 등), 음식, 용변처리, 잠자리, 집 구조, 공간, 생활패턴, 마음과 정서적인 영향으로 적응하는 데 시간이 걸립니다."

"보통 얼마나 걸리나요? 한 달은 연락도, 면회도 하지 말라고들 하더라고요."

"적응 기간은 사람마다 다르기 때문에 기간을 정하는 것은 무의미합니다. 하루이틀사이에도 적응 잘 하시는 경우도 있고 1~2년이 지나도 여전히 집을 그리워하시는 경우도 있습니다. 증상의 정도에 따라, 가족력에 따라, 성격적인 영향에 따라 개인차가 있습니다. 또 요즘은 개인

핸드폰을 다 가지고 계시니 본인이 연락하실 수도 있어요. 상황에 따라 고려해야 하지만, 일부러 전화를 받지 않으시면 더 큰 오해를 불러일으킬 수 있으니 전화는 잘 받으세요."

"시설에 가면 사람 죽인다고 생각하세요. 집에 자꾸 가신다고 하면 연락 주세요."

"집에 자꾸 가신다고 폭력이나 기물 파괴, 몰래 나가시는 경우도 있습니다. 요양원에 들어오실 준비가 아직 덜 된 부분도 있지요. 심할 경우라도 저희가 강제적으로 가둬 못 나가시게 할 수는 없습니다."

적응! 무엇에 대한 적응인가! 내가 살아온 내 집과 내 가족에게 적응이라는 것이 있을 수 있을까? 요양원이라는 온실에 길들어지기를 바라는 것은 아닐까? 부양할 수 없는 현실에 위로의 말이 적응이다.

내 집은 집이다. 남의 집에서 1년을 지내고, 3년을 지내도 내가 살던 집은 언제나 편한 내 집이다. 5년이 지나도 늘 그리운 내 집이자 내 가족이, 내 숨결이 배어 있는 정든 곳이다. 요양원에서 오래 살았다고 진짜 내 집이 되는 것이 아니라 집에 가고 싶은 표현이나 회수가 줄어들었을 뿐, 누구나 늘 고향집에 가고 싶어 한다. 기억을 잃어 과거 속에 사시는 어르신들의 익숙한 집은 그리움이다. 어린 시절 우리 가족이, 우리 엄마가 사는 우리 집이다. 요양원에 계신 어르신들에게 전부 물어보라. 집에 가고 싶지 않으시냐고…. 이 세상 부모에게 누가 제일 보고 싶으시냐고 물어보는 것과 같다.

불편한 동거

엄마가 쓰러진 후 집으로 모셨다.

관계의 새로움이 시간과 생활에 익숙해지고 낡아지자 아이들이 난리다.

"엄마, 할머니한테서 냄새나."

"할머니가 이상한 말을 해. 돈을 훔쳐 갔다고 막 화를 내."

"할머니가 변기 물을 손으로 막 퍼내고 있어."

"밥이랑 반찬이랑 다 흘리고 지저분해."

"할머니 가시라고 해."

한동안 남편이 싫은 내색 없이 잘 지내더니 오늘 아침엔 한숨을 크게 내쉰다.

"장모님이 계셔서 화장실을 쓸 수가 없잖아. 화장실에 너무 오래 계시는 거 아냐? 지난번엔 화장실에서 속옷 빨래를 하고 계시더라구. 당신이 장모님한테 잘 말해봐. 여기서 같이 사는 건 아닌 거 같아."

내 엄마지만 나도 불편하다. 내 생활도 있고 일도 있다. 엄마가 오신 이후 우측 다리에 모래주머니가 달렸다.

"엄마, 그냥 집에 조용히 TV나 보면서 계시면 안 돼요? 아무것도 하지 말고 오전에 산책하고, 시청하고, 택배 오면 물건 받아주고 그렇게 하면 되잖아. 엄마가 애들 밥을 챙겨줄 수 있어? 청소나 세탁을 할 수 있어? 아무것도 할 수 없으니 사고 치지 말고 그냥 편하게 지내셔."

"내가 산송장이냐? 나 집이 갈런다. 내가 드러워서 못 있것다."

"엄마, 또 혼자 일하시다가 쓰러지시면 어떻게 하시려고 그래? 노인정이라도 가면 심심하지는 않을 거야."

"난 그런데 안 간다. 내 집이 편혀, 제일이여."

"노인정도, 주간보호도, 요양원도 안 간다고 하니 내가 뭘 어떻게 해?"

"내 팔다리가 멀쩡한데 왜 남의 밥을 먹나?"

"엄마 이제 쓰러지면 끝이야. 정말 큰일 난다니까!"

"그려, 내 조심할 터니 냅둬라~ 나 집이 갈런다."

"가긴 또 어딜 간다고 해~ 제발 엄마!"

저 고집을 어떻게 막을까. 어쩌면 남편과 자식이 불편해하는 것처럼 나도 엄마가 빨리 시골집으로 가길 바랐는지도 모른다.

방문요양보호사를 신청했다. 월급 받는 남이라 그나마 그 성격 잘 맞춰준다.

시간이 지나자 담당 요양보호사가 세 번이나 바뀌고, 센터도 두 곳이나 바꿨다. 길을 잃은 적도 여러 번이다. 내 생활은 덫에 걸렸다. 좌측 무릎에 예약 없는 깁스가 채워졌다.

딸의 시름이 깊어진다. 초저녁 시간 주무시는 엄마 머리맡에 앉았다.
이젠 돌아가셨으면 하는 마음이 진심으로 들었다.

다음 날 아침 엄마가 보이지 않는다. 이른 밤에 나가셨는지, 한밤중
이나, 새벽에 나가셨는지, 아침에 나가셨는지 알 길이 없다. 눈앞이 깜
깜해졌다. 도대체 어디를 가신 것일까? 시골집이라도 가신 것일까?
딸은 시골집으로 핸들을 급하게 잡았다. 생각의 속내를 들켜버린 것
같아 마음의 불편함은 불안의 걱정이 되어 후회의 휴대폰에 불이 난
다.

할머니, 우리 엄마 힘들게 하면
요양원에 보내버릴 거야!

한 세기에서 한 손가락 수가 적은 날을 살아온 A 할머니가 슬프게 울고 있다. 내가 내 집에서 살고 있는데 누가 감히 나를 시설로 보내? 어림없지. 가만히 생각하자니 분통하고 화가 치밀어 오른다. 저것(큰손녀)을 어렸을 때부터 빨고, 핥고, 업고, 안고, 애지중지 키웠건만 내 심장에 대못을 박는다. 내 핏줄도 아닌 지 엄마를 뭐 얼마나 힘들게 했다고 내게 모진 말을 할까? 저것(큰손녀)이 어렸을 때부터 똑 부러지더니 정말로 나를 요양원에 보낼 기세다.

"아가야, 엄마한테 잘할 테니까 할미 요양원에 보낸다는 말은 하지 마."

"할머니, 그러니까 엄마한테 자꾸 전화하지 좀 마세요. 시도 때도 없이 밥 차려 달라는 것도 제발 그만 좀 하시구."

"그래, 알았다."

그 후로 큰손녀는 제 엄마 편에서 겁박하듯이 요양원에 보내겠다고 엄포를 놓는다.

"큰애야, 할머니를 요양원에 보내야 할 거 같아. 이대로는 우리 가정이 살 수가 없어."

"아빠, 정말 결정한 거야?"

"그래, 요양원도 다 알아봤어. 두 달을 기다렸는데 이번에 자리가 생겼다고 연락 왔어."

"내가 할머니 요양원에 보내겠다고 모질게 했는데 어떡해?"

"네가 모실 수도 없잖아. 할머니가 요양원에 잘 적응하시도록 해야지. 아빠가 잘 말할 테니 너무 걱정하지마."

62년을 함께 살아온 외아들은 마음이 무거웠다.

아침에 노인유치원(노인주간보호센터)에 간다고 하더니 낯선 곳에 차가 멈춘다.

"어머니, 이곳에서 재활 치료 잘 받으시고 건강해지셔서 다시 집으로 오시면 돼요. 여기 선생님 말씀 잘 듣고 치료 잘 받으세요. 이따가 금방 올게요."

"여기가 병원이냐?"

"네, 재활 치료로 유명한 곳이니 무릎관절이랑, 허리통증 치료 잘 받으셔요."

"어미를 요양원에 버리는 것은 아니지?"

아들은 헉 소리를 내며 눈치 백 단의 엄마에게 하마터면 표정이 들킬 뻔했지만 이내 평온을 되찾으며,

"여긴, 한의사가 침 치료도 해준다고 하니 금방 나으실 거예요."

"그려, 알았다. 바쁜디 얼른 가봐라."

침상에 자리를 잡고 주위를 둘러보니, 노인들이 많다. 거실로 나오니 걸으면서 침 흘리는 노인, 초점 잃어 멍하니 주시하는 노인, 소파를 쥐어뜯는 노인들이 있다.

'여긴 병원이 아니야.'

순간 얼굴에 혈압이 오르고 발갛게 불타오르더니 화가 치민다. 옆자리에서 부채질하는 C 어르신이 거슬린다.

"아니, 뭐가 덥다고 부채질이야!"

신경질이 난다. 부채를 빼앗으며 쥐고 있던 지팡이로 힘껏 내리치려고 한다. 다행히, 쏜살같은 직원이 막았기에 탈이 없었다.

"이것들이 나를 속이고! 내가 어떤 사람인지 알아? 여기 뭐 하는 곳이야! 얼른 우리 아들 불러! 얼른!!"

갑작스러운 할머니 횡포에 모두가 당혹스럽다. 저 지팡이에 머리라도 깨질까 봐 방으로 모두 서둘러 들어간다.

"우리 아들 부르라니까 뭐 하고 있는 거야?"

화를 주체할 수가 없다. A 할머니는 지팡이로 창문을 깼다.

아들과 며느리가 전화를 받지 않는다. 단축키를 수천 번 눌러도 소용없다. A 할머니는 방 침상에 털썩 주저앉는다.

어느 경우엔 시간이 약이다.

시간이 지나 요양원 방 안의 환경과 사람들이 보인다. 침상 옆 서랍장에는 어제 입었던 옷과 속옷, 습관처럼 쓰는 물통이 있다.

'내 아들은 날 데리러 오지 않을 거야.'

눈물이 난다. 외롭고 서러워 엉엉 소리 내어 울었다. 요양보호사 선생님이 아무 말 없이 살며시 안아주며 어깨를 토닥거려준다.

삶은 늘 그랬듯 언제나 쉽지 않다. 고령에 찾아온 굴곡진 삶을 또 헤쳐나가야 한다.

사랑은 노부부처럼

오후 두 시다. 풍채가 있는 할아버지가 두리번거리며 요양원 현관에 들어선다. 체온 체크와 손 소독을 한 후 상담 테이블에 앉는다. 볼록 나온 배에 차고 있는 검은색 복대가 허리띠 같다. 며칠 동안 수염을 깎지 않았는지 턱 아래가 덥수룩하다. 할아버지는 내일모레 입소할 할머니의 배우자로 상담 및 입소서류를 제출하러 온 것이다.

인적사항부터 건강, 성격, 생활습관, 음식, 가족력에 대해 여쭈어보니 자세하게 잘 알고 있다.

"한동네에서 함께 자라고 결혼해 60년 가까이 살았기에 잘 알지요."

자녀들에 대하여 질문하자 자식 자랑에 과장이 섞였지만 들을 만했고 충분히 행복해 보인다.

"할머니 성격은 어떠세요?"

"여장부처럼 호탕한 성격이요. 그리고 옳고 그름이 분명해 자신의 철학이 확고하지요."

나는 조금이라도 흠이 있겠지 싶어 딴지를 걸었다.

"그래도 요즘 같은 세상에서는 서로 이해도 하고 싫어도 환경에 맞춰가며 살아야 하지 않을까요. 답답하지는 않으세요?"

"사리가 분명하고 합리적인 성격이지 고리타분하지는 않어유."

"아, 네에."

등본을 보니 할아버지가 세 살이나 연하다.

"할머니보다 나이가 적네요. 혹시 호적이 잘못된 건가요?"

"아니유. 할머니가 누나죠. 늘 나보다 어른 같아서 내가 의지를 많이 했지유."

"처음에 할머니가 뇌졸중으로 쓰러지시고 걱정 많이 하셨겠어요."

"2년 전에 밭에서 쓰러져 딸이 있는 서울의 ○○병원에 입원하여 치료를 잘 했쥬. 재활치료도 잘 받아서 건강을 회복하고 집으로 돌아왔쥬. 활동에 많은 제약이 있어 집 근처에 있는 주간보호센터가 잘한다고 해서 내가 매일같이 가서 함께 생활했는데 그러다 이런 사달이 나고 말았지유."

"무슨 일이 있었나요?"

"허리가 아프다고 하더라구유. 전에도 허리 아프다고 해서 만성질환처럼 처음에는 별일 아닌 줄 알았는데 점점 신음소리가 커져 병원에서 검사를 받아보니 허리가 골절되었다지 뭡니까. 주간보호센터에서 낙상한 적이 있다고 하더라구유. 진작 말하지 않았냐구 한참을 싸웠지만 시간을 되돌릴 수 없기에 후회만 했쥬. 그래도 병원은 매일 면회가 되어 항상 같이 있어 괜찮았는데, 고령에 허리 골절을 늦게 발견해 수술할 수 없어 이제 걷지 못하게 된다고 하더라구유. 병원 입원 기간이 만료되어 요양병원으로 옮기게 되었는데 그곳은 면회가 일절 안 된다는 거유. 답답하더라구유. 난 이미 백신주사도 맞았는데 창밖으로도 볼 수가 없더라구유."

"영상통화를 하면 되잖아요."

"저번에 뇌경색으로 쓰러진 이후 언어장애가 생겨 말을 잘 못 해요. 그리고 그 요양병원에는 중국교포가 대부분인데 일이 많다며 전화 협조가 되지 않더라구유."

"그래서 어떻게 하셨어요?"

"나도 허리가 좋지 않구 해서 그 요양병원에 입원하기로 했쥬. 아내와 함께 생활하다가 나는 얼마 전에 퇴원했지유."

덥수룩한 수염이 측은해 보인다.

"그럼, 혼자 어떻게 지내세요? 음식은 잘 챙겨 드세요?"

"애들이 와서 챙겨놓고 가고. 내가 또 해 먹기도 하고 그라유."

요양원 주위를 둘러보더니,

"여기도 면회가 안 되지유? 중국 사람이 있나유?"

"네, 비접촉면회는 가능해요. 중국 사람은 없어요. 그리고 전화 통화는 언제든 가능합니다. 영상통화도 되니 걱정하지 마세요."

"다진고기 반찬을 잘 먹는데 가져와도 되나유?"

"네, 가져오세요. 챙겨 드릴게요."

"들어오면 어디에서 생활하나유? 방 좀 볼 수 있나유?"

애틋함이 느껴져 생활실을 잠깐 보여드렸다. 방을 세심하게 살펴보고는 무거운 발걸음을 옮긴다.

나도 나이 들어 내 아내를 저렇게 사랑할 수 있을까? 통화버튼을 눌렀다.

"어, 왜?"

"아니, 점심 잘 먹었나 해서."

"뭔 소리 하는 거야. 점심 먹은 지가 언젠데. 나 바쁘니까 쓰잘데 없는 소리 하려거든 끊어!"

"어제 일 때문에…."

이미 끊었다. 아내는 어제 일 때문에 기분이 상했는지 아직도 기분이 삐죽하다.

아까 오신 노부부도 젊어선 지지고 볶고 살았을 거다.

여보, 미안해 그래서 더 사랑해

남편은 따스한 햇살을 느끼며 아내를 바라본다.

"오늘 날씨 참 좋지? 저기 봐~ 당신 좋아하는 꽃이 이쁘게 피었네."

휠체어에 앉은 아내는 청각에 이끌리는 듯, 잠시 남편을 바라보았지만 이내 고개를 떨군다. 4월을 향하여 햇살을 맞이하는 예쁜 꽃들이 이곳저곳에서 색채를 뽐내고 있다.

남편은 점심 식사 후 아내와 함께 매일같이 천안천길을 산책한다. 맑은 시냇물 속에는 팔뚝만 한 물고기 떼가 유유히 헤엄쳐 다닌다. 남편은 활짝 피어 있는 유채꽃으로 휠체어를 밀었다.

유채꽃은 자신의 젊음을 한껏 자랑하듯이 눈부신 옷을 입고는 온갖 향기를 바람에 태워 넘실거리니, 보는 이들의 넋을 잃게 만든다. 굳은 살로 딱딱해진 남편의 손가락은 휠체어가 바람에 밀릴까 봐 단단하게 손잡이를 잡고 있다.

유채꽃을 바라보며 남편은 22년 전 결혼기념일을 기억했다. 아내의 끈질긴 부탁에 둘만 제주도로 여행을 갔는데 성산 유채꽃밭에서 꽃 속의 꽃이 되어 즐거워했던 추억이 입가에 미소로 스쳐 지나갈 무렵 아내가 엉덩이에 손을 가져다 댄다.

남편의 굳은 손가락에 근육이 움직인다. 유채꽃 향기에 구수함이 섞여 후각을 자극한다.

"여보, 이제 집에 들어가자. 몸도 깨끗이 씻어야지."

가파른 오르막길을 피해 한참을 돌아 집으로 돌아왔다.

"아빠, 오늘은 일찍 들어오시네요."

"왔냐."

서울에 사는 딸은 한 달에 두세 번은 찾아와 집 안 청소와 빨래, 반찬거리를 챙겨준다. 지난주부터는 이삼일에 한 번씩 오고 있다.

남편이 아내를 휠체어에서 욕실로 이동하고 있다.

"아빠, 제가 엄마 목욕 도와줄게요. 아빠는 좀 쉬세요."

"내가 해야지. 너도 이제 가봐라."

"아빠, 제발 제 말 좀 들으세요. 또 엄마 목욕시키다가 뇌졸중으로 쓰러지시면 어쩌려구 그러세요?"

"지금은 괜찮다니까. 걱정하지 말고 네 집이나 가라."

"맨날 괜찮다고 하면서 약도 잘 챙겨 드시지도 않고 식사는 왜 이렇게 조금 드세요? 또 쓰러지면 세 번째예요. 다시는 못 일어날지 모른다구요!"

"그만해라."

딸은 아빠 고집을 알기에 더 이상 실랑이를 벌이지 않았다.

목욕한 후 아내는 피곤으로 가는 눈꺼풀을 닫았다.

지금부터 딸의 잔소리가 본격화된다.

"아빠, 이제 아빠 몸도 챙기셔야지, 정말 어쩌려구 그러세요? 아빠까지 쓰러지면 자식들이 더 힘들어진다구요."

아버지는 할 말이 없다. 그저 아내의 속 기저귀를 정리하고 있다.

"엄마, 저렇게 된 지 10년이나 지났어요. 아버지는 지겹지도 않으세요?"

딸이 지겹다고 하는 말에 미간을 찡그렸다. 그렇지만 대꾸는 무의미하다.

"아빠! 아빠는 할 만큼 했다구요. 저희에겐 엄마만큼 아빠도 소중하다구요. 제발, 자식 이야기 좀 들어요."

딸의 목소리가 더 커지려 하자,

"그만하라니까!"

딸이 또 그 말을 할 거라 예상되니 더 이상 듣고 싶지가 않다. 아버지는 자리를 털고 일어섰다.

"아빠, 제발 엄마를 요양원에 보내요."

집 밖으로 나오니 생각이 또 깊어졌다. 아내를 결코 요양원에 보낼수는 없다. 내가 살아 있는 한 아내는 내가 책임져야 한다. 그런데….

지금 나는 죽을 만큼 힘이 든다. 아내가 나를 알아보고 말을 인지할 때까지는 몸이 힘들어도 그나마 견딜 수 있었다. 그런데 지금 아내는 기억을 지우고 언어도 태어날 때로 회귀하고 있다. 눈을 바라보아도 초점이 없다. 내가 지금 뭘 하고 있는 것인가. 내 아내가 너무 불쌍하다. 불쌍한 내 아내…. 아내와 함께 잘못된 선택을 행동으로 옮기려고 몇 번이나 시도했다. 그때마다 나를 망설이게 한 것은 종교도, 자식도 아닌 내 아내의 숨소리다. 아이처럼 새근새근 자는 내 아내의 숨을 내가 인위적으로 멈추게 할 수는 없다. 그럴 수는 없다. 그렇게 해서는 안 된다. 어찌했든 함께 살아야 한다. 그러려면 내가 건강해야 한다. 내가 살아야 한다. 그래야 아내를 지킬 수 있다. 생각이 깊어지니 혈압이 두통을 동반한다. 남편은 잠시 휘청거리며 일어났다. 아내가 깰까 멀리 가지 못한 남편은 이내 집으로 들어왔다.

"네 엄마 일어났니?"

딸이 엄마 기저귀를 갈고 있다.

"아빠, 요즘 요양원은 옛날 같지 않아요. 정말, 제가 요양원에서 봉사도 해보고 잘 알아봤어요."

아버지는 또 요양원 단어가 귀에 거슬렸는지 깊은 한숨을 내쉬었다.

"아빠, 요양원에 매일같이 면회해도 되구요. 필요하면 엄마랑 외박 나오셔도 돼요. 며칠만이라도 엄마를 요양원에 모셔봐요."

딸이 가고 어둠이 내리니 남편은 침상에 기대 눈을 감았다.

머릿속이 칠흑 같은 검음으로 깊어졌다.

8년 전 아내가 남편에게 말했다. 초기치매인 아내는 현실과 과거의 경계를 넘나들고 있었다.

"여보, 나 바보가 되면 그때에는 나 그냥 보내줘, 괜찮아~"

아내는 남편의 손을 잡고 진심으로 말했다. 남편은 아내의 눈빛이 결혼 전 고백했던 그 눈빛과 오버랩(overlap)되었다.

"내가 먼저 죽는 한이 있어도 당신과 꼭 함께할 거야."

아내는 그날 밤늦게까지 남편 모르게 눈물을 흘렸다. 사랑과 감사의 눈물이었을까. 치매와의 지독한 악연의 고통을 예견한 눈물이었을까.

늘 그렇듯 아침은 기적 같은 삶을 일으킨다. 남편은 아내와 함께 식사 후 일상처럼 외출준비를 한다. 그날 밤 사진을 정리하며 아내와의 추억을 앨범 속으로 깊게 물들어 보냈다.

며칠 후 딸은 집 안에 설치한 CCTV가 조용하고 아빠와 전화 연락이 되지 않자 심장이 뛰기 시작했다. 119에 연락하고 급하게 천안으로 향하던 중 119대원에게 연락이 왔다. 노부부가 욕실에 쓰러져 있었다는 것이다. 엄마는 건강에 이상이 없었지만, 아빠는 뇌출혈로 급하게 응급실로 이송하여 치료 중이다. 아빠가 엄마 목욕시키다가 또 쓰러지신 것이다. 아빠를 병원에 입원시키고 집에 돌아오니 집 안이 새집처럼 깔끔하다. 왠지 모를 낯선 기운이 맴돌았다. 집 안의 공기가 차게 느껴지고 엄마 표정이 더 외롭게 보였다. 딸은 처음부터 엄마를 요양원에 보내는 것을 생각했지만 아빠 때문에 차마 보낼 수가 없었다. 딸이 아빠 병문안하면서 엄마를 돌보았지만, 열흘이 지나기도 전에 요양원 입소 서류를 다 준비하게 되었다.

엄마를 요양원에 모신 후 아빠가 계신 병원으로 향했다.
아빠는 의식을 회복하지 못하고 있다. 깊은 잠을 자고 있는 듯하다. 편안하게 보인다.
"아빠, 엄마가 오늘 요양원에 들어갔어."

아빠는 듣기 싫다고 자리를 피하거나 그만하라고 말했을 텐데 지금은 미동도 없다.

"엄마가 아빠를 매일 찾는 거 같아! 아빠가 얼른 일어나야지~ 아빠, 내 말 듣고 있는 거야?"

딸은 집에 돌아와 빈집을 청소했다. 청소 중 오래된 장에 눈길이 쏠렸다. 서랍장 속에 놓인 앨범을 꺼냈다. 그 앨범엔 엄마 아빠 그리고 우리 가족의 추억이 고스란히 담겨있다. 앨범을 보다가 노란 유채꽃이 만발한 가운데 엄마가 환하게 웃는 사진에 시선이 멈췄다. 행복이 그대로 전해진다. 그런데 유채꽃 속에는 아빠가 없었다. 대부분 엄마 사진뿐이었다. 아빠는 엄마 사진을 찍기만 했을 것이다. 찍으면서 즐거워하는 모습이 찐하게 코끝으로 전해온다. 앨범 끝장에는 아빠가 그동안 모아둔 전 재산인 통장이 들어있다. 통장과 함께 비밀번호, 도장이 들어있다. 얼마 전 아빠가 외출했을 때 준비했던 것이다. 아빠의 고민이 얼마나 컸는지 심적, 신체적 부담이 얼마나 고통스러웠는지 느껴져서 딸의 코끝이 결국 터져버렸다. 앨범 옆 수첩이 눈에 띈다. 날짜와 함께 병원 예약, 투약 사항, 음식에 대한 정보가 깨알같이 적혀있다. 가장 최근에 적은 글이 눈에 밟힌다.

아내를 목욕시키며 내 신체의 한계를 절실히 느꼈다. 지금은 내가 감당해도 이젠 나조차 뒷감당이 될 수 없다는 불길한 미래가 점점 확신에 가까이 다가오는 것을 알 수 있게 된다. 내 자식들에게 짐이 될 수 없다. 아내가 그러했던 것처럼 내 딸자식이 부모 때문에 인생을 망가뜨

리게 할 순 없다. 끝을 알 수 없는 불안하고 불길한 시간의 연속 속에
서 살게 할 수 없다. 누구나 끝을 향해 살아간다. 그게 언제인지가 정
해지지 않았을 뿐…. 딸의 말대로 아내를 요양원에 보내는 것은 당연
하다. 내가 나를 용서하지 못할 것 같아 아내를 붙잡아 두었다. 이젠
내가 나를 놓아주어야 한다. 그래야 아내도 나도, 내 자식도 살아갈
수 있다.

아빠는 젊었을 적 건강한 엄마를 만나 유채꽃 속에 있을 것이다. 사
진을 찍어주는 사람이 아니라 함께 포즈를 지으면서 말이다.

그런데 엄마는 아빠와 같은 생각을 하고 있을까? 엄마의 생각이 슬
퍼진다.

엄마, 아빠의 삶은 이제 어떻게 펼쳐질까…. 노년의 삶은 고단하다.
예기치 못하지만 예상할 수는 있어 더 고달프다.

효자보다 무심한 남편이 더 싫어

　구석진 곳의 휴대용 침대에서 일어난 며느리의 푹 꺼진 어깨가 지쳐 보인다. 오늘 새벽에도 저혈압으로 응급실에 다녀왔는데 오랜만에 친구가 찾아왔다. 얼굴을 보니 눈 밑에 연필 자욱이 짙다.

　"무슨 일 있어? 얼굴이 초췌해 보여."

　"응, 오늘도 죽다 살아났어. 애들 다 키워놓으니 또 다른 풍랑이 끊이지 않네."

　"왜? 많이 아파? 도대체 무슨 일이야? 왜 여기서 혼자 살아?"

　"너한테라도 다 털어놔야 내가 숨 쉴 수 있을 거 같아. 시간이 괜찮아?"

　"그럼, 얼른 이야기해봐."

　친구는 수심이 가득한 눈을 하고는 금방이라도 샘이 터질 거 같다.

　"우리 시어머니가 치매에 걸렸어. 너도 알잖아. 우리 시어머니 얼마나 점잖고 교양있는 분인지. 근데, 치매가 생기더니 사람이 바뀌어도 이렇게 바뀔 줄은 꿈에도 몰랐어. 말에 그 사람의 인격이 들어있다고 누구나 존칭을 사용했던 분이 험한 욕설과 폭언으로 말할 때마다 가시를 쏟아내는 거야. 독 가시를 뱉어내는 그 표정을 너는 상상이나 할 수 있겠니?"

"누구한테 그리 심한 욕을 하는 거야?"

"누구긴, 나지."

"친엄마처럼 늘 자상하게 잘 대해주셨잖아? 무슨 일이 있었던 거야?"

"아니야. 치매가 사람을 바꿔놓았어. 처음엔 병 때문에 그런가 싶어, 될 수 있으면 이해하려고 최선을 다했어. 그런데 시간이 지날수록 가시가 뼛속까지 파고드니 내 인내심에도 한계가 오더라구. 정말 어떻게든 참아보려고 할수록 내 몸과 마음이 망가지더라고. 속이 곪아 썩어들어가니 결국 우울증에 정신과 치료를 받기 시작했고, 저혈압에 성인병까지 얻게 되었어. 이러다 내가 먼저 죽을 수도 있겠구나 생각이 들더라고."

"남편이 있잖아. 남편한테 도움을 청하지 그랬어?"

"당연히 남편에게 말했지. 남편은 참 바쁜 사람이야. 하는 일도 많고 늘 사람들에, 업무에 쫓겨 살다 보니 가정은 뒤편이고 하숙생보다 더 남이 되어버렸어. 그래도 시어머니에게 정중히 부탁하더라고. 그런데 치매 증상이 참 놀라워. 아들만 있으면 정신이 온전해지는 거야. 이게 치매가 아니라 연기하는 거 아닐까 의심할 정도였지."

"그래서 어떻게 했어? 병원에서 진단이라도 받아보지 그랬어?"

"병원에서 뇌 MRI(자기공명영상), 뇌혈관 MRA, CT(컴퓨터단층촬영), PET(양전자방출단층촬영)인 아밀로이드 PET, 포도당 PET 등 할 수 있는 검사는 다 해봤어. 그랬더니 치매 판정을 받은 거야."

"맘고생이 많았겠구나. 그래서 어떻게 했어?"

"치매라고 아무리 이야기를 해도 남편은 대수롭지 않게 여기더니 아주 무관심해졌어. 그때부터 가시가 살 속을 뚫고 뼛속까지 파고들더니 그 안에서 자라기 시작하더라고. 난 좁고 꽉 막힌 시간 속에 살게 되었어. 어쩌다 마주친 남편에게 하소연하기를 수차례, 결국 진저리치며 두 손 두발 다 들게 되었지. CCTV를 설치해서 증거를 확보해야 하나 알아보고 있는 내가 참 한심하더라고. 6개월이 지나 결단을 내릴 수밖에 없었어. 이혼서류를 남편 앞에 내놓았어.

남편이 깜짝 놀라서는 이혼서류의 진심을 알아주더니 남자가 펑펑 소리 내 우는 거야. 정말 몰랐고 자신이 잘못했다고 그렇게 자존심이 강한 남편이 내 앞에서 고개를 숙이며 무릎을 꿇더라고. 그 뒤로 남편은 정말 놀랍게 바뀌었어. 시간을 내어 어머니와 함께 밖에도 나가고, 이야기도 하며 부양의 역할을 나름대로 하는데 말이야…."

"왜? 불안하니까. 그냥 계속 이어서 말해."

"남편의 정성은 딱 석 달을 넘지 못하더라. 사람은 쉽게 변하지 않아. 모든 부양의 무거운 시간은 또 내 어깨 위로 내려와 짓누르게 되었어. 시설에 모시자고 울면서, 협박하고 사정해도 팔짱 끼고 먼 산만 보더라고. 아직은 때가 아니라면서 조금만 더 참으라는 거야. 너라면 어떻게 하겠니?"

"남편 형제들이 있잖아. 상의는 해봤어?"

"말도 마~ 입으로 사는 직업들이라 이겨낼 재간이 없어. 그래도 돈은 보내주더라고~"

"그래서 집을 나온 거야?"

"응, 반년 되었어. 그나마 요양보호사가 집으로 방문하고 있는데 이번에도 진저리를 쳤나 봐. 벌써 여섯 번째야."

"그럼, 앞으로 어떻게 할 거야?"

"가끔 집에 들러서 근황을 보곤 하는데 요양원에 들어가는 게 최선인 것 같아. 가족 서로에게 너무 많은 상처가 더 깊어지기 전에 말야."

"무슨 좋은 방법이라도 있어?"

"요양원에 들어가는 좋은 방법은 어머니가 스스로 원해서이거나, 부양의 한계를 경험하는 것밖에 없어."

"결국, 시간이 해결해주겠구나."

"아니야, 시간 후의 문제가 도사리고 있지."

"그게 뭐야?"

"물질도, 시간도, 건강도 어찌할 수 없는 거!! 그건 서로가 품은 감정의 골이야."

Part 3

엄마 손을 놓치다

요양원에서 생활한 지 5년이다. 요양원에 들어온 후 아침이나 밤이 되면 끔찍한 공포감이 몰려온다. 그런데 요즘엔 밤낮으로 나를 괴롭히고 있다. 이 괴롭힘은 어린 시절 잊을 수 없는 그 일을 기억하지 않으려 해도 자꾸만 떠오른다.

다섯 살 때의 일이야.
화창한 5월의 어린이날, 난 엄마와 함께 놀이동산에 갔어. 신나는 음악 소리와 함께 예쁜 공주님들이 퍼레이드를 하더라고. 하늘 위에는 찬란한 꽃잎들이 무수히 쏟아져 내리니 난 이리저리 뛰어다니며 너무 신기해했어.
"아가야, 엄마 손을 절대 놓치면 안 돼!!"
"네, 엄마~"
한 손엔 엄마 손, 또 한 손엔 풍선 줄을 잡고 내 눈과 발은 쉴 틈이 없었지.
그러다 풍선 줄을 놓치고 말았어! 저 풍선 잡아야 해!! 풍선을 따라갔어. 그런데 하늘로 간 풍선은 잡을 수가 없었지. 뒤돌아보니 내 손을 잡고 있는 것이 아무것도 없는 거야. 내가 어디로 가야 하는지, 엄마 이름이 무엇인지, 얼굴이 어떻게 생겼는지, 집 주소와 전화번호가 무엇인지 전혀 떠오르지가 않아. 엄마를 찾으러 계속 전진하고 또 앞으로만 나아갔어. 볼거리는 많고 음악 소리는 신나는데 조금씩 어두워지는 것 같아. 커다란 스피커에선 내 이름이 나오지만 나에겐 들리지 않더라구.
엄마 손을 놓쳐버린 저녁 아이가 되어버렸어.

요양원에 오니 자꾸만 풍선이 날아가는 거야.

노년으로 가는 시간

　어느 날 아침에 일어나니 내가 갑자기 백발노인이 되어있더라고. 몸살이 난 것처럼 몸이 무겁고 물속에서 보는 것처럼 흐릿한 시력과 함께 소변이 마려운데 찔끔거리며, 관절을 움직일 때마다 통증을 불러일으키는 거야. 거울 속에 있는 사람은 바로 나 자신인데 내가 무척 낯설어. 거울 속의 사람(자신)을 이곳저곳 자세히 한참을 살펴보았지. 내가 맞나?

　하얀 머리칼과 쭈글쭈글해진 피부는 내 얼굴이 아니야. 부정하고 거울 속을 탈출해도 내 눈에 흰 머리카락이 보이고 흰 머리카락이 손끝으로 느껴져. 어찌 된 일이지? 요즘 무슨 일이 있었나? 내가 아팠었나? 그런데 어제 일이 전혀 생각나지 않는 거야. 아니 조금 전에 무슨 일이 일어났는지 도무지 기억나지 않아. 도대체 나에게 무슨 일이 벌어진 걸까!

　머리를 쥐어짜며 그놈의 생각이라는 것을 꺼내 기억을 골몰해봤지. 내가 왜 이러지? 내 모습이 왜 이렇게 변했을까? 내가 누구지? 그리고 여기는 어디지? 온통 물음표인데 속 시원하게 설명해주는 마침표가 없어. 머릿속이 새까맣게 되더니 마치 내 머리칼처럼 하얗게 되더라구. 생각할수록 전혀 생각이 나지 않아. 미궁 속으로 빠지는 것 같아. 답답해 미칠 것 같아. 마치 타임머신을 타고 한순간에 시간여행을 온 것 같아. 난 순식간에 70년 후의 미래로 온 거야.

한숨을 달고 잠깐 자리에 누웠어. 편히 눈을 감았지. 잠시 후면 내가 살았던 익숙한 내 나이 때로 돌아갈 거야. 내 집으로 돌아갈 거야. 주문을 외우며 숨을 참고 생각도 멈추었어. 그랬더니 시간의 소용돌이 속의 흑백 필름처럼 기억이 어렴풋이 나는 것 같아. 기억의 실오라기를 잡고 간신히 정보를 어렵게 끄집어냈어. 그리고 눈을 떴어.

이상한 일이 벌어졌어. 아니, 당연한 일이야. 내가 나로 되돌아왔어. 내 모습 그대로, 내 얼굴 그대로, 내 본모습으로 돌아왔다고. 거울을 보았지. 거울엔 낯선 사람이 아니야. 난 분명 열 살 현재 모습 그대로야.

그런데 말야.

우리 엄마가 보이지 않는 거야. 엄마와 함께 있었는데 갑자기 엄마가 보이지 않아. 우리 집에서 살았는데 엄마가 없어졌어. 엄마가 어디 가셨지? 아무리 엄마를 부르고 찾아봐도 엄마는 없어. 우리 엄마한테 무슨 일이 벌어진 것은 아니겠지? 갑자기 나에게 불안이 몰려와. 엄마를 찾으러 가야 해. 엄마가 너무 보고 싶어. 밖으로 나왔어. 어떻게 된 거지? 분명 난 그대로인데 여기가 어디인지 모르겠어. 여기가 어딘지, 엄마가 어디에 있는지, 어디로 가야 하는지 도대체가 온통 모르겠어.

나 어떡해야 해?

하루 종일 걸어도 엄마를 찾을 수 없어. 미로 같은 이 길의 끝은 어디인지 돌고 돌아도 제자리인 것 같아. 울음이 나와. 나 좀 도와줘~ 여기엔 내가 아는 사람이 하나도 없어. 다리가 아픈데 멈출 수가 없어. 너무 불안해. 나 지금 무서워. 어떻게 해~? 갈 곳이 없어. 하루 종일 보따리를 이고 헤매느라 피곤의 다리가 허물어졌어. 침상에 쓰러져 다시 주문을 외우듯이 눈을 감았어.

어떻게든 되겠지….

누가 제일 보고 싶으세요?

요양원 주위에 서서히 은빛 노을이 내리고 있다. 저녁 식사가 끝나고 분주했던 일과를 정리하며 모두들 익숙한 자리로 돌아가 쉼을 누리고 있다. 그러나 아직 여전히 거실에 앉아계신 몇 분의 할머니들이 계시다. 그중에 L 할머니 앞에 살며시 앉아 할머니를 바라보았다. 할머니는 늘 가방을 달고 사신다. 오후 단팥빵 간식을 드시지 않았는지 가방 틈으로 보인다. 늘 어디를 가시려는지 안절부절 불안해하시더니 나를 보자,

"밥은 먹었나?"

"네, 할머니."

약간의 적막이 흐르자 나에게 없던 장난기가 발동이 걸렸다.

"할머니, 성함이 어떻게 되세요?"

"나? 내가 ㅇㅍㅛㅏ~"

"이○○ 할머니 아닌가요?"

"응 맞아, 이○○."

젊은 것이 어떻게 늙은 자신의 이름을 알았냐는 듯이 놀라신다.

그리고 더욱 친근한 사람이 되어 나를 바라다본다. 혹시 자녀에 대한 이야기가 나올까 싶어 하는 눈치다.

"할머니, 누가 제일 보고 싶으세요?"

부질없다는 듯이 잠시 머뭇거린다.

"제일 보고 싶은 사람 없으세요?"

"엄마……."

난 가슴이 쿵 하고 내려앉았다. 심장이 뛰기 시작했다. 구십을 바라보는 할머니에게 '어머니'도 아닌 '엄마'가 살아 계실 리 만무하지 않은가! 늘 큰아들만 자랑하셨기에 당연히 큰아들을 보고 싶다고 말할 줄 알았는데 엄마를 보고 싶어 하신다. 자식 속에 사는 힘없는 늙은 어머니라고 생각했는데 과거의 젊은 엄마를 보고 싶어 하신다…. 아무리 과거 속에 사시는 치매 어르신이라 할지라도 어린 시절의 젊은 엄마는 현재진행형이 아니다.

"엄마는 어디 계신가요?"

"밭에서 일하고 있잖아. 배고파~ 얼른 가봐야 해."

일어서는 할머니 손에 쥔 가방 틈으로 빵이 보인다. 난 순간 코끝이 뭉클해졌다. 이제 난 어떻게 대처해야 할지 막막해진다.

조금 후 나는 할머니의 젊은 엄마가 되어 살며시 안았다.

"할머니, 지금은 밤이 깊어져 차가 끊어졌어요. 엄마한테 전화해서 얼른 집에 들어가라고 전할게요."

난 할머니 등 뒤로 따스함을 한참 동안 말없이 느끼고 있었다. 그리고 들릴 듯 말 듯 중얼거렸다. '아가야, 엄마도 많이 보고 싶고, 사랑한

단다⋯.'

난 지금 누가 제일 보고 싶은가! 퇴근해 집에 가면 세상의 전부인 딸 아이가 "아빠" 하며 달려와 안기지 않은가! 온통 자식 속에 살고 있지 않은가! 이 땅 위의 어머니는 자식을 위해 세월을 깎고 피와 땀으로 헌신해 이가 닳고 무릎이 깨져 이겨낼 수 없는 세월의 흔적을 이고 지금 각자의 요양원에 살고 있지 않은가! 기억을 앗아간 치매 어르신의 엄마는 오늘을 사는 이 땅 위의 모든 자녀에게 어머니를 사랑하라고, 그 사랑을 실천(할머니의 가방 속 단팥빵)하라고 온몸으로 보여주고 있는 것은 아닐까.

난 주머니 깊숙한 곳에 박혀있는 먼지 묻은 핸드폰을 꺼내 들었다.

잊혀진 시간, 되돌아갈 수 없는 과거

　짙은 어둠이 내린 창가 안으로 침상 위에 앉아계신 K 어르신이 계시다. 시계추는 새벽 한 시를 향해 짙은 고요를 더하고 있지만, 어르신의 두 눈은 초롱초롱하다. 주위는 잠잠한 숨소리로 적막에 고요를 더한 듯 어르신의 시간은 멈춰버린 듯하다. 아까 잠깐 누우시더니 벌써 잠을 깨신 걸까? 아직도 잠을 이루지 못하는 것일까? 무료함이 적적해서인지 어르신의 오른쪽 손가락은 침대 시트를 만지작거리고 있다. 누군가 기억을 빼앗아간 후부터 어르신은 정신을 잃어버렸다. 무의식에 이끌려 무감동하게 시간을 흘려보내고 있다. 시간 속에 자신을 맡겨 시간이 이끄는 대로 끌려가고 있다. 현재 어르신에게 시간이란 어떤 의미가 있을까? 누구에게나 공평한 현재의 시간! 정말 지금 어르신에게도 공평한 시간일까? 나이가 들어갈수록 시간은 더 빠르게 지나간다고 한다. 자신을 잃어 하루하루를 사는 어르신에게도 시간의 개념이 있을까? 과거 속에 사는 어르신의 삶이 현재와 미래를 생각이나 할 수 있을까?

어르신 옆에 앉았다. 나와 연결된 시간을 어르신과 공유하고자 초침을 풀었다. 오른쪽 검지의 손톱이 닳아 시트가 얇아지더니 결국 구멍이 뚫렸다. 손은 어르신의 과거를 보여준다. 바닷가에서 태어나 자란 손가락은 마디가 굵고 손톱 끝엔 검은 때가 찌들어 있다.

"주무셔야죠? 억지로라도 눈을 감아보세요. 자, 이쪽으로 누워보세요."

어르신은 침상에 앉아 고개를 숙인 채 시트를 만지고 있다. 몇 번을 더 이야기했지만 아무 반응이 없다. 분명 대화 상대자가 있는데 혼자 말하는 것 같은 착각이 들었다. 사랑이든 잠이든 억지로 할 수 없나 보다.

라운딩 시간이 되어 어르신 한분 한분 살펴보고 있는데 한 시간 반이 금방 흐른다. K 어르신 방으로 가보았다.

"무슨 생각 하세요?"

K 어르신은 앉아서 고개를 숙인 채 여전히 침대 시트를 긁는다.

"따님이 생각나서 그러세요? 따님은 결혼하고 손주들이랑 서울에서 잘살고 있어요."

침상에 구부정하게 앉아 고개를 숙이고 있어 허리와 목이 아플 텐데 이 몹쓸 놈의 치매는 정신뿐만 아니라 몸도 망가뜨린다.

"엊그제 송년 인사 영상을 보내왔는데 큰외손주가 임용고시에 합격했다고 하더라고요."

침대 시트를 긁고 있는 K 어르신의 오른손 검지가 미세하게 느려지는 것을 분명히 보았다.

"손주가 키도 크고 아주 미남이더군요. 다시 한번 보시겠어요?"

핸드폰을 꺼내 영상을 틀었다. 단란한 딸 가족이 어머니께 안부를 전하며 새해 인사와 함께 웃음 짓고 있다. 그러나 K 어르신은 초점을 잃어 시트 위의 검지 손톱이 더 닳아가고 있다.

손을 잡았다. 잠시 시트가 괴로움에서 해방된 듯 고맙다고 말하는 것 같다. 그때,

"이씨~거!"

신경질적으로 나를 밀치더니 다시 시트를 긁는다. 어둠이 짙게 내린 침상 위로 독기 가득한 어르신의 눈빛을 섬뜩하게 마주한다. 얼마나 모진 세월 힘들게 살아왔을까. 앞으로 또 얼마나 이렇게 살아야 할까. 자신이 처한 이 상황을 알기나 할까.

어깨를 도닥이며 살며시 안았다. K 어르신은 거부하거나 밀쳐내지 않았다. 조그마한 소리로,

"엄마가 섬 그늘에 굴 따러 가면~ 아기가 혼자 남아 집을 보다가~ 바다가 불러주는~ 자장노래에 팔 베고 스르르 잠이 듭니다~"

세 번을 불렀는데도 밀쳐내지 않는다. 어린 시절이 생각나신 걸까?

"주무셔야 해요. 잠을 자야 하루를 살아갈 수 있어요."

어르신의 오른손 검지는 시트를 긁고 있다. 어르신의 시간은 시트에 매여있다. 수영을 못하는 사람이 물에 빠져 생사의 갈림길에 있을 때 죽을힘을 다해 헤엄쳐 나오라고 하면 나올 수 있을까? 허우적거리다 더 깊은 물 속으로 빠질 것이다.

어르신의 밤새 상황(수면, 배설, 정서적, 증상 등)을 기록하고 아침 해가 뜨면 복지사, 간호사와 방법을 찾기로 한다.

어버이날

가정의 달 5월이다.

첫째 아들이 주말 이른 시간에 카네이션을 가지고 어머니를 찾았다.

"어머니, 건강하고 편안하게 잘 지내세요. 또 찾아뵐게요."

뭐가 바쁜지 차 엔진이 식기도 전에 씽 하고 시야에서 사라진다. 해
가 떨어지려고 하자 L 할머니는 아들이 전해준 카네이션을 들고 헤맨
다.

"어디 가시려고요?"

"나, 집에 가야지. 껌껌해지면 못 가잖아."

"그럼, 내일 가시면 되잖아요."

"아니야, 안 돼. 꽃이 다 시들잖아."

"걱정하지 마세요. 내일모레 따님이 꽃을 사서 온다고 했어요."

"그래? 고마워~"

금방 들어가실 것 같았는데 문 앞에서 한참을 서성인다. 창문 너머
엔 그리운 집이 있다.

다음 날에도 문 앞에서 카네이션을 들고 서성이는 L 할머니는 단기

기억장애로 어제 일을 기억하지 못한다. 수분이 빠졌는지 꽃이 바래졌다.

"내일 딸이 오면 이쁜 꽃을 가지고 올 거예요. 들어가셔서 트로트 들어요."

"그래."

L 할머니는 해가 떨어지고서야 방으로 들어간다.

다음 날 아침 일찍부터 L 할머니가 꽃을 들고 문 앞에서 창밖으로 마음을 동동거린다.

오전 열 시가 되자 딸이 카네이션 바구니를 들고 L 할머니에게 전해 준다.

"엄마, 오늘이 무슨 날인지 알아? 엄마 날이야. 어버이날."

"그거 누가 모른다냐? 꽃이 이쁘게 잘 피었네."

"엄마, 이것 봐, 내 가슴에도 꽃이 있잖아. 나도 내 딸한테 받은 거야. 이쁘지?"

L 할머니는 꽃만 뚫어지게 쳐다보고 있다.

"이 꽃은 시들지 않을까?"

"엄마, 내 꽃은 시들지 않아. 조화라서. 근데 엄마 것은 생화야. 물을 잘 주면 금방 시들지 않아."

딸은 먹거리를 챙겨주고 엄마와 1시간 정도 함께 있다가 집으로 갔다. 딸이 가자 L 할머니는 아들이 준 꽃과 딸이 준 꽃을 들고 문 앞으로 나온다.

"집에 가시려고요?"

"나 집에 가야 하는데 어떻게 하지? 이것 좀 열어줘~"

"집이 어디세요?"

"기장리."

"집에 볼일이 있으세요?"

"우리 엄마 보러 가야지."

돌아가신 지 30년이 지났지만 어릴 적 기억의 엄마는 조금 전에도 함께 있었다.

"집이 머니까 내일 일찍 집에 가세요."

"아니야, 오늘 꼭 가야 해~"

"오늘 무슨 일이 있어요?"

"이거(카네이션) 우리 엄마 가슴에 꼭 달아줘야 해~"

빨간 카네이션이 그리운 엄마를 현실의 기억으로 이끈다.

"이리 주세요. 제가 꼭 전해줄게요."

"안 돼! 내가 할 거야. 우리 엄마 기다려."

난감하다. 대화 주제를 전환해도, 좋아하시는 먹거리로 관심을 유도하고 노래를 듣자고 해도 오로지 문밖에만 관심이 있다. 답답하다. 내가 L 할머니라면 어떤 마음이 들까?

"그래요. 저랑 같이 밖에 나가요."

"그래 줄라요?"

L 할머니와 차를 타고 무작정 밖으로 향했다. 그렇다고 기장리에 갈 수는 없다. 잠시 드라이브하는 마음으로 L 할머니와 이야기하며 시간을 차분히 움직였다. 대부분 현재 이야기를 중심으로 자녀에 대해 자랑의 보따리를 풀게 했다. 집을 찾을 수 없다고 한 후 되돌아온 요양원에는 이미 연락한 딸이 기다리고 있다.

"엄마, 할머니 보고 싶구나. 할머니에게 카네이션을 달아드리려고 하는구나. 근데, 엄마~ 할머니는 여기 안 계셔."

깨끗하게 코팅된 사진 한 장을 L 할머니에게 내민다. L 할머니가 어떻게 반응하실까? 무척 궁금하다.

"우리 엄마, 죽었어?"

"사람은 다 죽어. 그렇지만 여기(가슴)에 항상 살아있어. 할머니도 엄마 마음에 살아있는 것처럼 말야."

"내가 우리 엄마에게 이 빨간 꽃을 달아준 적이 없어. 어렸을 때는 철이 없어서 종이꽃조차 만들어 달아주지도 못했어. 오늘은 꼭 이 꽃을 달아드리려고 했는데. 글러 버렸네."

"엄마, 이 사진 봐. 할머니 가슴에 꽃을 달고 있잖아. 이거 엄마가 달아준 거야. 할머니가 행복해서 웃고 있잖아."

"그러네."

어버이날만 되면 엄마를 찾는 아이가 되는 어머니를 위해 딸이 포토샵으로 할머니 가슴에 빨간 꽃을 달아드렸다. 그 사진은 L 할머니 침상 머리맡에 있지만, 기억의 발걸음은 실제가 되어 자꾸만 움직인다.

L 할머니는 가슴에 꽃을 달고 침상 머리맡에 꽃을 세워놓고 또 하나는 벽에 걸어두었다. 가슴에 핀 꽃이 자녀들 기억에 오래 남기를 소망하며 사진을 찍었다.

노인의 시간

K 할머니 계신 방 밖에서 여러 사람들이 바쁘게 움직인다. 매일 아침 식사시간 때가 되면 사람들이 이리저리 분주하지만 일사불란하다. K 할머니는 침상에 앉아 식탁 위에 놓인 식판을 느릿하게 바라보고 있다. 숨 쉬는 것 외에 활동량이 많지 않기에 입맛도 없다. 살기 위해 먹는다고들 하던가! 입안으로 무언가 들어온다. 삶을 연장하기 위해 애써 시간을 먹는다.

식사 후 멈춰 있는 할머니 시간을 깨우러 갔다.

"뭐 하세요?"

"그냥 있는 거지 뭐~"

"춥지 않으니 소화도 하실 겸 밖에 나가보시겠어요?"

"귀찮게 뭐하러~"

갇혀 있는 시간을 열지 않으면, K 할머니는 방 안의 고장 난 시간 속에 살지도 모른다.

"밖에 나오시니 참 좋죠?"

"저기, 저거 봐봐~"

철쭉 속에 이름 모를 새들이 재잘거린다. K 할머니는 좁은 공간 속에서 쉼 없이 날갯짓을 하는 새를 보며 자신에게 이야기하듯 중얼거린다.

"내 시간은 낡았어. 아침에 눈 뜨면 새로운 시간을 싱그럽게 시작해야 하는데 내 시간은 늙고 녹슬었어."

"그럼, 젊고 새로운 시간이 따로 있나요?"

"시간이란 희망 속 기대로부터의 설렘이지." 젊다고 생각한 나를 빗대어 말씀하시는 것 같다.

"저도 매일 희망 속에 살지는 않아요."

"내 말은 시간을 부딪치라는 거야. 우리네 삶이 희망과 기대 속에서만 살 수는 없다는 것을 잘 알지. 갈등과 고민, 걱정과 염려도 당연한 삶의 여정이거늘 그럼에도 시간을 내버려 두지 말라는 거야. 온실 안에 시간을 가둬서는 안 돼."

"할머니는 시간을 내버려 두고, 가둬두고 있나요?"

"지금은 그래. 내가 시간으로 할 수 있는 게 없어. 그저 쌓아온 시간 속에 나를 되돌아볼 뿐이야. 지금은 그 과거 시간 속에 살고 있어. 이제는 시간이 아파. 시간이 흐를수록 고통이 되어 숨이 턱까지 차올라. 그 시간 속에 나를 담아 결국 시간 속으로 영영 묻히겠지."

"그렇지 않아요. 시간에 대한 모욕입니다. 시간을 의식하는 자체가 선물이자 희망 아닐까요?"

"내 나이 되어봐~ 인생은 가장 화창한 날에 친한 친구들과 함께한 소풍과 같아."

오전 열 시를 향하는 시계 아래 거실의 소파에 앉아 반복적으로 손뼉을 치며 다리를 떠는 K 할머니가 뭔가 중얼거리고 있다. 211호 방에 들어가니 Y 할머니의 초점을 잃은 눈동자가 무의식적으로 허공만 물끄러미 바라보고 있다.

지금도 초침은 "째깍째깍" 소리를 낸다.

Part 4

부모와 자녀 그리고 요양원

걱정에서 자유로워질 때까지
어둠이 내린 창가를 홀로 바라보고 있다.

"자식 걱정하세요?"

"자식 걱정해서 뭐하게~ 지들이 알아서 사는 거지."

"아까 따님이 다녀가셨잖아요? 무슨 이야기 하셨어요?"

"그냥 이런저런 이야기하는 거지 뭐~ 기억도 안 나."

힘들게 사는 딸이 매번 찾아오는 것이 고맙기도 하고 불쌍하기도 하다. 그렇다고 현재 딸에게 해줄 수 있는 것이 아무것도 없다. 자식에게 짐만 될 뿐이다.

"운전 조심하고, 차 조심해!" 떠나는 딸 손을 잡고 몇 번이나 말씀하신다. 올해 셋째 손주 본 나이의 딸이 엄마를 보며 소리 없는 눈물을 흘린다.

"엄마나 식사 잘 챙겨 드시고, 건강 신경 쓰셔~"

어르신은 빈 창가로 내리는 어둠과 적막함을 바라다본다. 창에 비친 어르신의 입가 주위가 살며시 움직인다.

"딸이 집에 잘 들어갔으려나."

사대(四代)가 한자리에

한 세기에서 왼손가락만 뺀 만큼 산 Y 할머니는 최근에서야 정신이 가느다랗게 되었다. 단란한 가족이었기에 자녀와 손주들의 면회가 잦다. 오늘도 딸과 외손녀, 증손자가 Y 할머니를 찾아왔다.

사대가 한자리에 모였는데 아침부터 딸과 손녀는 서로에게 감정이 삐죽해 있는지 조금이라도 건들기만 하면 터질 것 같다. Y 할머니는 증손자를 보며 말라붙었던 근육에 생기가 돌고 엄마 표정이라는 것이 다시 살아난다. 한쪽에서는 일촉즉발의 상황에 파리가 눈치 없이 딸 눈앞에서 윙윙거린다.

"너는 언제 철들려고 아직도 정신을 못 차리냐!"
"엄마, 제발 신경 쓰지 마시고 그냥 내가 알아서 살게 내버려 둬요."
"어떻게 그냥 내버려 두냐? 내 돈이 얼마나 들어갔는데, 제발 허튼짓 좀 하지 마라!"
"엄마도 참. 사람이 실수도 할 수 있는 거지, 어디 숨 막혀서 살 수가 있어요?"

"실수도 실수 나름이고, 그 실수가 한두 번이어야 말이지! 너 낳고 마음 편한 적이 없었어!"

손녀는 마음이 상했다. 그래도 어쩔 수 없다. 엄마가 언제라도 투자금을 빼버리기라도 하면 큰일이다. 손녀는 할머니가 자기 아들을 보고는 이 세상 최고의 행복한 미소를 짓고 있는 것을 보고는 내 어릴 적 엄마의 육아수첩이 생각났다.

"엄마, 내가 우리 애처럼 어렸을 때 자고 있는 거 보기만 해도 행복해했잖아. 내가 처음 앉고 서고 걸을 때 기쁨의 탄성을 질렀잖아. 내가 엄마라고 첫말을 했을 때 나를 안고 볼이 부서져라, 뽀뽀했잖아. 그리고 내가 세 살쯤에 엉덩이춤을 추었을 때 사람들 앞에 몇 번이나 다시 시키고는 이 세상을 다 가진 것 같은 기쁨을 얻었잖아. 내가 깜찍하게 노래했을 때, 그때 나를 기억이나 해?"

"지금 무슨 말을 하는 거야? 네가 그걸 어떻게 알아?"

"엄마 일기장을 봤어. 전에 할머니도 이야기 해주고."

"그래서 그게 어쨌다는 거야?"

"그때 엄마 스트레스와 돈으로도 해결할 수 없는 우울증이 내 표정에, 행동에 말끔히 나았잖아. 나 때문에 산다고 그랬잖아. 그때 그렇게 이뻐했던 나를 지금에 와서 속 좀 썩인다고 못된 말을 하면 어떡하냐고!"

"그때는 그랬지."

잠시 행복한 때를 떠올렸다가 지금 애한테 또 말리고 있다는 것을 이내 깨달았다.

"그럼, 내가 지금까지 너를 먹여주고, 입혀주고, 재워주고 가르쳐줬잖아. 너에게 쏟아부은 그 시간과 물질은 어떻게 할 건데?"

"엄마, 내가 어릴 때 돈으로 견줄 수 없는 마음의 행복과 기쁨, 위안을 관람료 없이 무료로 보여줬으니 그냥 퉁치자구요."

"이년 싸가지 없게 말하는 거 봐! 그게 엄마한테 할 소리야?"

"엄마, 왜 그래? 누가 손해인지 모르겠어? 자식을 나 몰라라 할거에요?"

"사람은 자기 근본을 잘 알아야 해. 너는 첫째이면서 언제나 철들래~"

"나는 분명 젊기에 성장 가능성이 크지만 엄마는 늙고 가진 거 소비하며 무릎이 닳아가잖아요. 잘 생각해보세요. 이제 앞으로 외로움이 무엇보다 가장 견디기 힘들게 할 테니."

"너, 말 너무 함부로 하는 거 아냐? 그럼 엄마는 아낌없이 주는 나무만 되라는 거야? 그러면 너는 마음 편하겠어?"

"그니까, 적당히 좀 하라고 엄마!"

"니 자식도 꼭 너처럼 할 거다. 이년아!"

이렇게 시끄러운데도 아이가 자고 있다. 자는 아이가 꿈을 꾸는지 미소를 짓는다. "여기, 아기 좀 봐요." 한자리에 모인 증조할머니와 외할머니, 아기엄마가 행복을 담아 아기를 무료로 보고 있다. 그러나, 그 관람료의 대가를 얼마나 치르게 될지는 세 사람마다 다르게 값이 매겨질 것이다.

요양원 서쪽으로 저무는 그리움

해가 짧아진 요즘은 요양원에 밤 그늘이 빠르게 찾아온다. 서쪽으로 기울어진 붉은 노을을 바라보고 있는 K 할머니의 눈가에도 발갛게 노을이 타들어 가고 있다. 저 노을마저 어둠이 짙게 내려앉으면 오늘 하루의 인생도 저물어갈 것이다.

"할머니, 아드님 기다리세요?"

"요즘 통 연락도 없이, 뭐가 그리 바쁜지 몰라~"

"시국이 어지러워 다들 먹고사는 게 바쁠 거예요."

"아무리 바빠도 이렇게까지 소식이 없지 않았는데."

"무소식이 희소식이라는 말이 있잖아요. 별일 없이 잘 지내고 있을 거예요."

면회 다녀간 지 보름이 지나고 통화한 지 일주일밖에 지나지 않았음에도 K 어르신에겐 위안이 되지 않는 말이다. 80년을 큰아들과 함께 살아온 터라 아들은 어머니 손바닥 안에 있다. 어르신과 공유할 수 없는 무거운 침묵이 흘렀다. 자식 그리움 앞에 그 어떤 대화도 의미 없으리라. 잡았던 할머니 손을 살며시 놓으며 방 안을 나서는데, 할머니 눈

속에 담긴 노을이 그새 검게 물들었다.

막내아들에게 전화했다.

"우리 큰형님이 많이 아픕니다. 젊어서 광부로 일했는데요. 폐가 망가져 손쓸 수 없는 상태가 되었습니다. 병원에서 치료하고 있는 데 마음의 준비를 하고 있어요. 어머니께는 절대 말씀하지 마세요. 제가 면회 가서 따로 어머니께 말씀드릴게요."

7남매 중 개인택시를 하는 막내아들은 시간의 여유가 있어 수시로 통화하고 자주 비접촉면회를 한다. 자녀들의 효심이 커 어머니에 대한 사랑이 깊고 진하다. 입술로 생각으로, 물질로 하는 효가 아니다. 자식이기에 무조건 다 이해해 줄 거라고 현실을 합리화하는 자녀들이 아니다. 습관화된 관심과 사랑의 표현으로 통화하고, 면회하고, 눈을 마주치고 스킨십을 한다. 행동하는 효가 일상화되어 있는 자녀들이다. 그러나 큰아들은 83세로 100세가 넘은 어머니와 함께 초속으로 시간의 화살을 맞이하고 있다. 한 세기를 사신 어르신은 여전히 오감이 밝은데 장남은 젊은 고생의 상처로 신체가 많이 망가졌다. 이미 오래전에 남편과 둘째 아들을 먼저 떠나보낸 어르신이 느티나무와 같은 장남이 아프다는 소식을 감당이나 할 수 있을까? 이 계절의 하루가 짧은 해처럼 모자(母子)가 함께할 이생의 만남도 얼마 남지 않을 것이 분명하다. 남편을 빼다 닮은 장남이 우리 집 가장이고 기둥이다. 아프다는 소식을 들으면 대들보가 무너질 것이다. 2021년 코로나 펜데믹 속에 막히고 갇히고 멈춰 각자가 서로 다른 침상에 누워 함께 손을 잡을 수도, 눈을 마주칠 수도 없는 상황이 되었다.

컴퓨터 전원을 끄고 퇴근하려는데 발이 요양원 현관을 벗어나지 못한다. 시름 깊은 어르신의 눈이 잊히지 않아 조심스럽게 다시 방을 찾았다. 한참이 지났는데도 침상에 앉아 계신다.

"TV라도 보시지 그러세요?"

"옆에 자는 사람 있는데 시끄럽게 뭐하러 봐."

장남이 아프다는 것을 이미 알고 있기에 선뜻 대화를 이어가기가 난감하다.

"출출하지 않으세요?" 해가 짧은 만큼 밤이 길다.

"저녁 먹은 지 얼마나 됐다고~ 이제 누워야지."

"이거 한번 드셔보세요. 일부러 할머니 드리려고 제가 따뜻하게 해서 가져왔어요."

온기 가득한 아몬드 두유를 식탁에 놓았다.

"음~ 맛나네."

혼자 드시는 것이 미안했는지,

"같이 먹을라유?"

"아니요. 저는 먹고 왔어요."

괜찮다고 사양해도 침상 옆 탁자에서 쌀과자를 꺼낸다. 할머니의 마음처럼 부드러운 과자가 입안에서 달콤하게 녹는다.

"아까, 막내아들에게 전화했어요. 내일모레 면회 예약해서 온다고 하네요."

"바쁜디, 뭐하러 자꾸 와~"

"그래도 막내아들이 효자시죠?"

"다들 잘해~"

"자식들 중에 누가 제일 보고 싶으세요?"

"큰아들이 보고 싶지. 못 본 지 한참 되었어."

1초도 망설임 없이 말씀하신다. 아차, 싶었다. 내심 막내아들이라고 대답하실 줄 알았다.

"막내아들이 소식을 가지고 올 거예요. 편안하게 주무시고 내일 뵈어요."

"그려, 얼른 가봐."

슬픈 전령사의 역할을 막내아들에게 떠넘기는 나 자신이 얄미웠지만, 가족이 담당해야 할 몫이기에 어쩔 수 없다고 위안했다. 내가 방을 나선 이후에도 어르신의 걱정은 창밖의 아들에게 오랫동안 머물러 있었다고 한다.

어르신에게만 무겁게 움직였던 시곗바늘이 간신히 이틀이나 지나 막내아들이 면회 왔다.

"어머니, 큰형님이 젊어서 힘들게 일했잖아요. 지금 몸이 아파서 병원에 입원해있어요. 병원에서 치료하고 나면 집으로 돌아올 거예요. 코로나 때문에 아무도 병원에 가지 못하고, 면회도 안 되고, 연락도 할 수 없어요. 건강이 회복되면 그때 형님이랑 어머니 뵈러 올게요. 아셨죠?"

"아니, 어디가 얼마나 아픈데 그러냐?"

"광산에서 일했잖아요. 폐 기능이 많이 저하되었어요. 그렇지만 의료기술이 발달해서 크게 걱정하지 말라고 했으니 금방 좋아질 거예요."

"그려, 알았다. 네가 종종 소식 좀 전해주라."

막내아들이 다녀간 이후 어르신은 더 야위어갔다. 입맛이 떨어지고 무기력한 삶으로, 살아갈 이유를 놓아버리는 생활이 이어지고 있다. 흥이 많고 사교적인 성격이라 늘 밝은 표정으로 하루가 짧은 생활을 했었는데, 창밖의 해는 조금씩 길어지는데 이제는 장남 걱정에 긴 하루가 고통스럽다. 자신 때문에 자식 죽게 만들었다고, 내가 너무 오래 산다고 슬픔에 빠져 있다. 누가 어르신에게 감히 위안이 될 수 있을까? 무슨 말을 해야 대화가 오고 갈 수 있을까? 세상은 온통 코로나 이야기뿐이다. 확진자 수, 백신 접종률과 사회적 거리두기에 대한 관심사가 대부분이다. 세상과 동떨어진 어르신의 관심사는 오로지 장남뿐이다.

막내아들이 수차례 통화하고 안심을 드려도 어르신은 자책과 절망의 늪 속에서 빠져나오기가 어렵다. 오히려 생각하면 생각할수록 부정적인 예감이 더욱 엉켜버린 실타래를 옭아맨다.

"어쩔 수 없어요. 시간이 해결해주는 수밖에요. 어머니는 눈치가 빨라 큰형님이 왜 안 오시는지 아셨을 거예요. 예상은 했지만 그래도 이렇게 심각할 줄은 몰랐죠."

"그냥, 외국에 나갔다고 하얀 거짓말을 하면 좀 더 낫지 않았을까요?"

"그럴 수도 있었겠네요. 우리는 항상 가정 속의 선택을 후회하지 않나 싶어요. 그럼에도 현재를 살고 있으니까 앞으로 지혜롭게 대처해 나가야죠."

"이번에 가족 참여 프로그램을 계획하고 있어요. 가족과 영상 메시지로 어르신과 소통하기입니다. 비수도권은 사회적 거리두기도 개편되었잖아요. 그래서, 큰아들과 직접 통화할 수는 없어도 영상 메시지를 보내주시면 좋을 것 같아요."

"네, 알겠습니다. 잘 만들어 볼게요."

한 달 후 막내아들이 영상을 보내왔다. 그러나 영상 안에는 장남이 없다. 손주와 자녀들의 미소와 밝은 목소리가 담겨있을 뿐이다. 영상을 보여주면 더욱 불신과 불안을 증폭시킬 수 있어 가족 영상을 보여주지 않는 것으로 의견을 모았지만, 어르신은 룸메이트와 동료 어르신의 가족 영상 메시지를 보고 부러움을 넘어 시샘이 폭발한다. 결국, 직원은 장남이 병원에 입원하여 영상을 찍지 못했다고 양해를 구한 다음에야 영상을 보여드렸다. 영상을 본 어르신은 잠시 입가에 미소를 띠더니, 이내 침울해지기 시작했다. 귀소본능의 해 떨어지는 시간이 흐르자 장남이 어디 있냐고, 직접 통화하고 싶다고 식탁을 치며 목소리 높여 강하게 항의하고 한탄한다. 자녀 된 입장에서 안쓰러운 마음으로 어르신을 위안했지만 할 수 있는 것이라고는 시간의 흐름을 기다리는 것뿐이었다.

"아니, 자식 없는 사람이 어디 있소? 그만 좀 징징하소!"

옆 B 어르신이 참다못해 강한 어조로 날카롭게 쏘아댄다. 크게 싸움 나는 것은 아닌가 우려했지만 의외로 K 어르신은 수긍하는 듯 잠잠하다. 적막이 무색하게 흐른 후 속으로 흐느끼는 훌쩍거림을 들키기라도 할까 침상마저 애처롭게 보인다.

초승달이 그믐달로 바뀌자 K 어르신은 일상을 빠르게 회복하기 시작했다. 치아가 없지만, 식사도 적량으로 잘 드셨고 색칠하기 등 프로그램에도 잘 참여한다. 스펀지 대화가 아니라 핑퐁 대화로 활력을 찾아가기 시작한다. 생각의 변화가 나타난 것일까? K 어르신 방 창가에 햇살이 상쾌하게 비춰오고 있다. 계절이 바뀌어 요양원 텃밭에도 푸른 향기가 솟아오른다. 텃밭을 일구어 모종을 심고 각종 꽃 씨앗을 화분에 흩뿌렸다. K 어르신은 젊어서 흙과 친숙하게 지낸 터라 작물 키우기에 많은 관심을 보인다. '이 작은 씨앗에 정성과 희망을 모으면 언젠가 꽃이 피고, 열매를 맺을 거야. 그러면 내 아들도 다시 일어나겠지.'라는 소망을 담은 듯하다.

막내아들이 어머니 좋아하시는 먹거리를 가지고 면회 왔다. 투명한 창 너머로 어머니 얼굴에 손을 대어본다. 어머니도 휠체어에 의지하여 왼손을 창가로 가져간다. 어머니를 닮은 아들이 서로의 거울이 되어 입가를 늘어뜨린다. 일상의 이야기가 오고 가지만 장남 이야기는 누구도 먼저 꺼내지 않는다. 면회가 끝난 후 식탁에 앉아 좋아하시는 인절미를 맛있게 드신다.

101세가 된 K 어르신의 머릿속에 흐릿한 안개가 내리기 시작한다. 오랜 세월에 부딪혀 기억의 저장장치는 조금씩 망가지기 마련이다. 그런데 이상하게도 맨 밑에 있는 기억 조각은 선명하고 맨 위층에 있는 기억이 가물가물해진다. 기억의 파도가 오늘을 차곡차곡 지워가고 있는데 날마다 오늘만이 사라지고 있다. 모래사장 위의 발자국이 되어 걸어온 자리를 되돌아보기만 해도 파도가 휩쓸어버린다.

"어르신, 저번에 심은 청경채가 꽃을 피우고 있네요. 참 예쁘죠?"

말없이 미소만 지으신다.

"여기 상추, 당귀, 명이나물, 치커리 좀 보세요?"

휠체어 방향에 따라 시선을 옮긴다. 그리고 서남쪽의 아파트 단지를 한참 동안 바라다본다. 저곳은 장남과 살았던 곳이리라.

저녁 시간 식탁에 올라온 쌈 채소로 식사를 하시는데 입맛은 과거를 기억하는지 참 맛있게 드신다.

오랜만에 장남을 쏙 닮은 큰손주가 면회를 왔다.

"얘야, 지난번에 내가 사 오라고 한 거 가져왔어?"

"네, 할머니. 할머니는 거동이 불편하시니 직원에게 전달할게요."

"아니다. 그냥 줘~"

옆에서 듣고 있는 직원이 챙겨서 할머니 침상 옆에 놓았다.

"이 씨앗을 심고 싶은데 베란다에 있는 텃밭 상자 좀 써도 되나?"

"그럼요. 제가 도와드릴게요."

K 할머니의 마음을 담아 정성스럽게 국화 씨를 심었다.

할머니는 동쪽 베란다에 자주 가고 싶어 했다. 씨앗이 싹을 틔우고 자라는 과정을 빠짐없이 보고 싶어 한다. 자식 키우는 마음으로 시간과 정성을 들여 국화꽃이 피길 바랐다. 계절은 어김없이 바뀌고 시간을 먹고 사랑을 호흡한 국화는 줄기를 뻗어 쑥쑥 커가고 있다.

계절의 경계를 지나 할머니 창가 앞 모과가 모양과 색채, 향기를 뽐

낸다. K 어르신은 평범한 일상을 살아가고 있다. 고령임에도 여전히 건강하신 편이다. 세월에 녹슨 기억이 있지만, 오늘을 함께 걸어가는 데에는 큰 어려움이 없다. 막내아들과 막 통화를 마치고 거실에서 간식으로 나온 쌀 튀밥을 드시고 있다.

"막내 아드님이 효자네요. 자식들 중에 누가 제일 보고 싶으세요?"

"우리 큰아들이 보고 싶지!" 망설임 없이 대답하신다.

"큰아들이 지금 어디에 있어요?"

"병원에서 치료받고 있어." 가만히 어르신을 바라보았다.

"이것 좀 드셔볼라유?"

"네, 저도 쌀 튀밥 좋아해요."

한 움큼 쥐어 입안으로 털어 넣었다. 오물오물 스르르 녹아내리는 나를 보고는 어르신이 미소짓는다.

기억의 조각이 어긋난 것인지, 국화꽃과 함께 서쪽 하늘이 닳아가는지 K 할머니는 오늘을 요양원에서 살아가고 있다.

K 할머니는 큰아들에 대한 망각의 호수(레테)의 물을 마셨다. 망각은 신이 주신 최고의 축복이다.

부양의 관점

방 안은 다투는 소리로 떠들썩하다.

"여보! 이제 도저히 힘들어서 더는 아버님을 모실 수가 없어!"

"아니, 집에서 무슨 할 일이 많다고 아버님 모시는 걸 대단한 벼슬처럼 말해!"

"나도 여자라고. 다 큰 아이보다도 돌보기가 더 힘이 든다고."

"그래. 나도 알아. 그래도 자식 된 도리는 해야지. 나도 도와주잖아."

"아냐, 아냐. 이대론 내가 숨을 쉴 수가 없을 거 같아. 정말 미칠 지경이라고!"

"왜 또 그래. 지금까지 잘 해왔잖아. 조금만 더 참자."

"그놈의 참자는 말 아주 지겹게 들었어. 진저리가 나!"

"그럼, 아버지를 나 몰라라 버리잔 말이야?"

"아니… 요즘은 좋은 요양원 많잖아…. 거기에 맡기면 되잖아."

"그게 버리자는 거잖아!"

"우리나라에 요양원이 얼마나 많은데 그럼, 거기에 모시는 자녀는 다 불효자가 되겠네."

"난 절대 고려장시키는 시설에는 보내지 않을 거야."

"당신은 무슨 고려 시대 사람도 아니고~ 왜 그런 말을 하는 거야!"

"어쨌든 요양원에는 절대 보내지 않을 거라고!"

"당신! 집 앞에 있는 요양원에라도 한번 가보면서 말해~ 요즘 요양원이 어떤 곳인지도 모르면서…."

"아니, 자식이 있는데 왜 시설에 보내냔 말야!"

"그럼, 당신이 직장 때려치우고 아버님 모시면 되겠네."

"뭐야! 그럼, 아버지 내가 모실 테니까…. 당신이 돈 좀 벌어와~"

아! 또다시 원점으로 되돌아왔다. 이젠 지쳤다.

"아버님을 요양원에 모시든, 나와 함께 살든 둘 중 한 가지를 선택해야 이 지긋지긋한 대화의 결론이 날 거 같아!"

남편은 깊은 한숨을 내쉬었다. 경제가 좋지 않아 직장에 붙어있는 것만 해도 다행이다. 자존심을 내려놓으며 어떻게든 직장에 굽신거리고 있다. 올겨울에 큰아들이 제대하면 등록금은 어떻게든 마련해야 한다.

인지가 부족한 아버지는 그 와중에 사고를 쳤다. 싱크대에 물을 틀어놓고는 잠그지 않아 집 안에 물난리가 났다.

거실로 나온 아내는 인내심이 한계에 도달하더니 극도로 예민해졌다. 그렇다고 치매에 걸린 아버지를 어찌할 수 없다. 천진난만한 모습으로 물놀이를 하고 있는 아버지를 안고 울었다. 세 사람은 한 공간에 같은 일을 마주하면서도 서로 다른 생각을 하고 있다.

부양보다도 비용이 더 걱정

"오빠! 아빠가 쓰러질 때까지 뭐 하고 있었어? 아빠가 우리 키우느라고 얼마나 고생했는지 몰라? 불편한 몸으로 매일같이 무거운 철근을 이고 40년이나 뼈가 닳도록 살았는데 잊었어? 제대로 못 할 거면 내가 아빠 책임질 테니까 아빠 통장이랑 다 내놔!"

막냇동생이 한 번도 모셔보지도 않고서는 건방지게 큰소리를 친다.

"그래, 네가 아빠 재산 다 가지고 한번 모셔봐. 나한테 도와달라고 하면 가만두지 않을 거야."

1남 4녀의 자녀가 있지만, 그 누구도 대화에 끼어들지 않는다. 장녀도 뒷짐 지고 있다. 대화에 발을 담갔다가는 부양의 의무에서 벗어나지 못할 흔적이 남겨질 것만 같다. 늘 감정이 앞서는 막내는 막상 누군가 거들어 주기를 바랐는지도 모른다.

"여기 있는 언니들도 다 똑같아. 재작년에 엄마 돌아가시고 아빠 신경 쓴 사람이 누가 있어? 나도 할 말 없지만 언니들은 더 나빠! 이제부턴 내가 알아서 할 테니 반대하는 사람 있으면 지금 말해!"

막내딸은 앞뒤 가리지 않고 먼저 말하는 못된 습관이 늘 문제를 키웠다. 나름 자존심과 황소고집으로 떨어진 말을 주워 담지는 않고 있다. 여하튼 집에서 충분히 모실 수 있을 것 같고 그렇게 할 자신도 있다.

막내가 자리를 벗어나자 넷째가 조용히 고요를 깼다.

"아빠 재산이 얼마나 돼?"

막냇동생 말하는 게 기분 나쁘고 신경에 거슬려도 누구 하나 선뜻 나서기가 망설여졌지만, 통장 이야기에 모두의 눈빛이 반짝인다.

"왜, 돈이 많으면 생각이 달라지기라도 하나?"

"아니, 그냥 궁금해서. 아빠 집이랑 땅이 있잖아. 그거 다 정리하고 오빠가 관리한 거 아냐?"

"난, 돈이 얼마나 있든 아버지 부양에 지쳤어. 이젠 그냥 내 삶을 살고 싶어. 형제간에 더 큰 싸움의 불씨가 될 수 있으니 재산은 알려고 하지 마."

그럼에도 자녀들은 요즘 시세에 이자까지 나름 전자계산기를 두드리며 자신에게도 지분이 있다며 불씨의 씨앗을 키우고 있다.

막내딸은 아빠를 병원에서 퇴원 후 집으로 모셨는데 뇌출혈 후유증이 있지만, 그런대로 건강하시고 착한 남편과 아이들이 이해해 줘 고맙다. 아빠는 뇌졸중으로 언어장애가 있어 표현이 서툴지만, 막내딸에게 늘 고맙게 생각한다. 막내딸은 음식사업을 확장하기 위해 아빠 통장을 잠시만 빌리기로 남편과 신중하게 결정했다. 분명 황금알을 낳는 사업이니 크게 해서 더 큰 이윤을 얻기만 하면 된다. 당연히 형제들에겐 말하지 않았다. 그런데….

전혀 알 수 없는 일이 터지고 말았다. 세상이 코로나 팬데믹에 빠진 것이다. 사업이 일순간에 담배 연기처럼 허공에 흔적도 없이 사라진다.

운이 없었던 것뿐이다. 다시 시작하면 될 거다. 막내딸은 무엇이든 다시 일어설 능력도 있고 열정도 크다. 할 수 있는 자금을 다 끌어모아 재기를 노렸다. 그러나 하필 일은 꼭 이럴 때 터진다. 아빠에게 신경을 쓰지 못했을까? 아빠는 폐렴과 뇌출혈로 건강이 급격히 나빠졌다. 막내딸은 일 때문에 아빠를 신경 쓰지 못해 이렇게 된 거로 생각하고 어떻게 해서든 아빠를 꼭 책임지겠다고 다짐한다. 짧지 않은 병원 입원 후 다시 집으로 모셨다. 그러나 아빠는 지난번에 퇴원할 때와는 전혀 다른 상황이 되어버렸다. 아빠는 옆에 늘 사람이 있어야만 하는 물가의 아이가 되었다. 방문 요양도 하루에 몇 시간 되지 않고 종일 사람을 쓰기에는 비용이 만만치 않다. 착한 아이들은 이젠 예민한 사춘기 모습을 보여준다. 순한 남편은 물속에서 숨을 참고 있는데 언제라도 물 위로 솟아오를 것만 같다.

아빠, 이젠 우린 어떻게 살아가지?

결국 요양원으로 아빠를 모셨고 8개월이 지났다. 핸드폰 소리가 쉴 새도 없이 울린다. 요양원이다. 받을까 말까 망설이다가 통화버튼을 눌렀다.

"비용이 5개월째 미납되고 있습니다. 속히 입소비용을 납부해주시기 바랍니다."

"이번 달 20일까지 비용을 납부하겠습니다. 죄송합니다."

"연체비용을 처리해주신다고 매번 말씀하시는데 약속을 지켜주시지 않아 저희도 운영에 어려움이 많습니다. 꼭 납부해주시기 바랍니다."

"가게를 정리해서 이번 달에 보증금을 받게 됩니다. 꼭 납부하겠습니다."

한 달이 지났다. 요양원에서 문자와 독촉 전화가 온다. 피하고 싶은데 아빠가 요양원에 계셔서 도망갈 수도 없다. 내용증명도 두 번째 받았다. 사정하기 위해 요양원으로 달려갔다.

"사업을 다 정리하고 식당에서 일한 지 얼마 되지 않습니다. 사정을 조금만 이해해주세요."

"딱한 사정을 충분히 이해합니다. 그전에 있었던 시설에서도 미납금 때문에 어려움을 겪었다고 들었습니다. 경감 대상자가 되면 입소비용이 일부 감면될 수 있으니 신청해보세요. 그리고 파산신청을 하면 구제받을 수 있습니다. 저희 요양원에서도 협회나 단체에 지원받을 수 있는 길을 적극적으로 찾아보겠습니다."

"네, 감사합니다. 조금씩이라도 연체비용을 납부하겠습니다."

"아시다시피 요양원은 이윤을 추구하는 영리 업체가 아닙니다. 미납금에 대한 경감은 없으며, 퇴소하시더라도 미납금은 반드시 납부해야 됩니다. 아버님 약제비나 의료비는 저희가 처리하고 있는데 속히 체납비용을 처리해주시기 바랍니다. 다른 자녀들에게 말씀드려 체납비용을 받는 방안도 모색하겠습니다."

"아니에요. 오빠나 언니들에게는 절대로 말하지 말아 주세요. 제발 부탁입니다."

"약속을 지켜주시지 않고 계속해서 체납되면 저희도 어찌할 방법이 없습니다. 다음에 법적인 소액청구 소송을 진행할 수 있으니 염두에 둬

주시기 바랍니다."

"네, 알겠습니다."

딸은 머릿속의 거미줄 같은 미로 속에 있다. 방향을 잃어 탈출구를 찾기가 힘들다. 길이 있더라도 커다란 거미(비용)가 앞을 가로막는다. 누워계신 아빠를 보았다. 겨울철 마른 가지처럼 마디가 굵고 핏기없는 손이 아빠의 젊은 모습을 생각나게 한다. 아빠, 나 어떻게 해야 하지? 아빠는 초롱초롱한 눈으로 막내딸을 바라본다. 딸은 아빠의 손을 잡았다. 그리고 다시 일어났다.

요양원에서 알려준 대로 먼저, 구청에 가서 경감 대상신청을 했다. 그리고 법원에 가서 파산신청을 했다. 구인정보를 샅샅이 살펴본다. 하루에 두세 가지 일을 해야 한다. 아빠의 젊은 날처럼 딸도 몸이 부서지게 일해야 한다. 딸은 이를 악물었다. 형제들은 남이다.

요양원에서 급히 연락이 왔다. 아빠가 열이 높고 호흡도 불안정하여 빨리 병원으로 후송해야 한다고 한다. 한걸음에 달려간 딸은 119 후송차량에 있는 아빠를 보았다. 눈이 흐릿하다. 아빠, 정신 차려~ 아직 가시면 안 돼~

요양원에 낯선 봉투가 날아왔다. 내용을 보니 법원의 문서다. 개인회생채권자목록에 요양원이 있다. 채권자를 보니 대부업체와 카드, 공단, 은행 등 21곳이나 되었고 원금 채권액도 상상을 초월했다. 요양원에서 알려준 대로 경감 대상자도 되고, 파산신청도 받아들여 부담이 덜해졌지만, 요양원의 섭섭함은 크다. 상당 부분 원금의 변제액이 경감되었기 때문이다.

K 어르신은 협력병원이 아니라 대학병원에 입원했다. K 어르신 건강 상태가 어떠한지 알아보려고 따님에게 연락을 계속 시도했지만, 통화가 되지 않았는데 어떤 일인지 오늘은 수신이 되었다. 이주일 만이다.

"저희 아빠, 돌아가셔서 장례 치렀습니다."

"네? K 어르신이 돌아가셨다고요? 저희한테 연락이라도 주시지 서운하네요."

"경황이 없어서 연락드리지 못했어요. 죄송합니다."

"장례는 어디서 했나요?"

따님은 말끝을 흐렸다. 알고 보니 요양원 바로 옆에 있는 협력병원의 장례식장에서 장례를 한 것이다. 허탈감에 마음이 상실되었다. 비용에 대한 부담감이 커서 그랬을까? 그래도 따님은 효녀다. K 어르신에게 정성을 다한 것을 잘 알고 있다. 면회도 자주 왔으며 음식이나 필요한 것도 꼭 챙겨주는 딸이다.

딸은 남편과 함께 요양원을 마지막으로 찾아왔다.

"법원에서 나온 요양원 변제액은 얼마인가요?"

"일전에 말씀드렸듯이 퇴소하더라도 비용은 온전히 납부하셔야 합니다. 저희는 따님의 입장을 충분히 고려하고 배려하여 기다리고 방법을 함께 모색했는데 아쉬움이 큽니다."

"변제액도 있고 하니 비용을 차감해주시기 바랍니다."

"요양원은 비용을 마음대로 조정할 수 없습니다. 민사소송을 통해서라도 끝까지 체납금을 받을 것입니다. 저희는 그동안 문자와 통화녹취, 내용증명, 약정서 등 철저히 준비하고 있었습니다.”

“그렇다고 원금을 다 받을 순 없는 거잖아요. 사정을 이해해주세요.”

입소비용을 놓고 협상하는 복지사는 사회복지에 대한 회의감이 생겼다. 사회복지는 이런 일을 배운 적이 없다. 그러나 따님은 결코 미납금을 완납하지 않을 것이다. 다른 자녀들은 장례 이후 연락조차 되지 않는다. 몇 번의 협상 비용이 오고 가는 실랑이 속에 원금의 약 60%를 감면하는 것을 끝으로 반드시 수납하겠다는 약정서를 작성하고서야 불편한 만남이 끝났다. 두 달 동안 두 번 비용을 수납하겠다고 남편도 약속했다. 첫 달은 약속대로 비용을 입금했다. 아니나 다를까 둘째 달 비용은 기일이 지나도 소식이 없다.

따님에게 전화했다.

“사정이 어려우니 비용을 더 차감해주시길 부탁드립니다.”

입소비용으로 지루한 싸움과 해결점 없는 불편함의 종지부를 찍기 위해 상당 부분 감액하여, “네, ○○만 원을 내일까지 보내주시지 않으면 법적 절차에 들어가겠습니다.”라고 경고했다.

사흘이 지나서야 비용이 입금되었다. 이제 정리되었다. 다 끝났다.

“요즘처럼 살기 힘든 세상에서 각자의 역할에서 모두 다 수고 많았어.”라고 누군가는 이렇게 말할 것이다.

깊은 잠

마트에 다녀오면서 친구를 만났다.

반가움을 더해 사는 이야기를 하다 보니 시간 가는 줄 모른다.

"어머, 내 정신 좀 봐. 시간이 이렇게 되었네. 엄마가 집에 계셔서 얼른 들어가 봐야 해."

친구와 더 이야기하고 싶지만 내 생활이 맘처럼 쉽지 않다. 집 문을 열고 들어가니 냄새가 진동한다. 종일 누워계시는 엄마가 변을 보시고는 기저귀에 손을 대 이불과 옷이 엉망이 된 것이다. 분명 잘 주무셨는데 일이 터지려면 언제나 예상할 수 없을 때 생긴다. 엄마를 힘겹게 목욕해드리고 옷과 이불을 세탁했다. 휴~ 소파에 털썩 앉았다. 엄마 때문에 요양보호사 자격증을 따고 집에서 모시고 있는 내 처지가 처량하다.

"여보, 오늘 어머니 잘 계셨어? 별일 없었어?"

일을 마친 남편이 누운 엄마를 보고 냉장고 문을 연다.

"응, 내가 잠깐 나간 사이에 변(大便) 소동이 벌어졌어."

"힘들었겠네. 고생했어."

"고생은 무슨 매일 하는 일인데 뭘. 저녁 먹어야지?"

"어머니는 드셨지? 피곤하신가 보네. 그래도 저렇게 주무실 때가 참 좋지?"

남편은 식탁에 앉았다.

"여보, 당신도 이제 늙었어. 이제 그만해도 괜찮아. 이제 좀 쉬어."

"그러게. 요즘은 나도 정말 힘이 들어. 당신한테도 미안하고."

"그래. 이제 시설로 보내자. 어머니도 그러길 바라실 거야."

또 시설이라는 말이 거슬렸지만, 이 생활을 계속할 수는 없다.

오늘은 세탁물 정리와 집 안 청소를 하니 더 늦어졌다. 저녁 시간 보고 싶은 드라마도 볼 여유가 없이 엄마에게로 갔다. 엄만 고요하게 편히 주무신다. 잠을 자고 있을 땐 아무 일도 벌어지지 않는다. 그래서 엄마가 주무실 때가 제일 좋다. 고운 손이 가늘고 쭈글쭈글해졌다. 불호령치던 우리 엄마가 초겨울 고목처럼 다리가 앙상하다. 얼굴에 투명한 비닐을 씌운 것처럼 살짝만 긁혀도 피부가 찢어질 것만 같다. 딸은 생각한다. 엄마가 이대로 깨어나지 않으면 얼마나 좋을까. 94세면 살만큼 살지 않으셨는가. 편안하게 저세상으로 가는 것이 우리 모두에게 좋지 않을까. 살아생전에 시설엔 절대 들어가지 않겠다고 말했는데 딸은 또 시설을 생각하고 있다. 누구는 병들고 치매가 생기면 먼저 시설에 보내라고 하는데 우리 엄마는 시설에 들어가느니 죽어버리겠다고 입버릇처럼 말했다. 자신이 이렇게 될지 전혀 예상하지 못했나 보다. 엄마가 두 눈을 감고 있다. 내일은 결코 눈을 뜨지 않으면 어떨까? 물가에서 나온 물고기가 힘겨워하듯 심장이 얕게 들썩이고 있다. 심장질환이 있어 언제라도 돌아가실 것만 같다. 가느다란 목에 손을 대면 금방이라도 숨이 멎을 것 같다. 송곳으로 어항의 아래에 조그마한 구멍을 낼까? 엄마가 아기처럼 잠을 자고 있다.

다음 날 당연한 아침이 시작하자 엄마는 눈을 떴다.

일찍부터 손녀딸이 이제 막 돌이 지난 아이를 안고 들어온다.

"엄마, 정말 미안해~ 오늘 제일 친한 친구 결혼식이라 어쩔 수 없어. 엄마 힘든 건 알지만 빨리 다녀올 테니 우리 애 좀 잠깐만 봐줘."

기저귀와 분유, 아이 장난감을 한 보따리 내놓고는 휘파람만 남기고 자취를 감춘다.

아기를 본 지 얼마 되지 않았지만 환한 웃음이 번진다.

"이쁜 내 새끼, 할머니 보러 왔어요?"

딸은 손주 아이 볼에 입을 맞추며 사랑을 가득 담아 가슴 품에 안는다. 누워있는 외증조모도 아기를 보니 미소가 저절로 생긴다. 참 예쁘다. 아기는 외가 쪽을 많이 닮았다. 웃을 때는 할머니를 연상케 한다. 오늘은 딸이 노모와 손주를 돌봐야 한다. 도와주는 사람은 아무도 없다. 고령에 지병이 있는 딸이지만 이 세상 엄마는 못 할 일이 전혀 없다. 딸은 익숙한 손길로 어머니 용변과 식사를 챙겨 드린다. 아기는 엄마가 없어서인지 한참을 울고불고 보채더니 오후가 되자 단잠을 잔다. 울 때는 밉상이더니 자는 아이는 평온하다. 소리 없이 새근새근 잠을 잔다. 자는 아이는 참 이쁘다. 조금 후 일어나면 시간을 먹었으니 한 뼘 더 자라나 있겠지. 자는 아기 숨소리도 들어보고 손가락, 발가락, 귀와 볼에 입을 맞추며 미소를 보낸다. 자는 아이를 보는 부모는 이 세상을 다 가진 사람이다. 천만금의 행복을 얻은 딸은 부채질하며 자는 아이를 바라다본다. 그 모습을 흐뭇한 표정으로 엄마가 본다. 엄마는 혀가 굳었지만, 딸에게 눈으로, 표정으로 말하고 있다. 아기의 모습에서 젊은 우리 엄마가 그려진다. 갑자기 딸은 흐느끼기 시작한다. 주체할 수 없는 눈물이 샘솟는다.

 엄마 정말 미안해. 우리 엄마도 내가 아기일 때 애지중지 키웠을 텐데. 자는 나를 보며 수없이 많은 날을 행복해했을 텐데. 엄마의 따뜻한 시선과 포근한 품, 손길이 느껴져. 우리 엄마가 날 이렇게 사랑했을 텐데. 엄마와 얼마나 많은 눈 맞춤으로 사랑을 주고받았을까. 엄마의 사랑으로 지금의 내가 존재하는 것인데. 엄마 미안해. 내가 엄마 꼭 지킬게.

 딸은 어제 자는 엄마를 보며 못된 생각을 한 자신이 저주스러웠다. 조금 후 엄마의 자는 모습을 보았다. 아기가 되어버린 우리 엄마가 고른 숨을 쉬며 주무신다. 말도, 표정 변화도, 움직임도 없이 엄마 아기는 손주 옆에서 새근새근 잠을 잔다. 엄마, 이따가 잠을 깨면 내가 맛있는 거 해줄게. 내일 아침도, 그다음 날도 꼭 눈을 떠야 해~

 누가 시키거나 알려주지도 않았는데 심장이 가느다랗게 뛰고 있다. 고요한 심장을 이어주는 숨소리는 깊은 잠을 주무시게 만드는 듯 귀가 열린 엄마는 꿈속에서 어린 딸을 만나는 것처럼 이따금 미소를 짓는다.

내리사랑과 치사랑

"뭐라고요? 우리 애가 다쳤다고요? 어디가 얼마나 다쳤는데요?"

심장이 제어되지 않으니 호흡이 가빠져 말이 빨라지기 시작한다.

"어린이집에서 친구랑 놀다가 넘어졌는데 이마를 부딪쳐 상처가 생겼습니다."

"이마를 얼마나 다쳤는데요?"

"2cm가량 상처가 났는데 병원에 가서 꿰매야 할 거 같습니다. 정말 죄송합니다."

"아니, 애들을 어떻게 관리했길래 이마가 찢어지도록 보고만 있었나요? 그 병원 어딘가요?"

아이 엄마는 무척 화가 났다. 옆에 원장선생님이 있었다면 뺨을 후려쳤을 것이다. 서둘러 병원에 도착했을 즈음엔 우리 늦둥이 울음소리가 귓가를 진동하는 것처럼 느껴졌다. 진료실 앞에서 죄지은 사람처럼 허리 숙여 인사하는 원장은 눈에 들어오지 않았다. 막내 아이는 엄마를 보자 참았던 울음을 터트렸다. 엄마도 아이를 꼭 끌어안고 자세히 이마를 보았다. 엄마는 우측 머리카락을 쓸어내리며,

"아이고 내 새끼, 얼마나 아팠어?"

자세히 보니 큰 상처는 아니었다. 다행히 흉터도 생기지 않는다고 했다. 원장은 자신의 부주의라며 거듭 허리를 숙였다. 그러나 아이 엄마는 참을 수 없었다. 자초지종을 무시하고 상대방 아이의 부모님 전화번호를 확인하여 통화버튼을 눌렀다. 상대방 엄마도 미안하다고 말했지만 아이 엄마의 눈물샘은 마르지 않았다. 아이 엄마는 원장에게 말했다.

"우리 애를 다치게 한 저 애를 내보내지 않으면 구청에 민원을 제기할 거예요!"

아이를 안정시킨 후 직장에 복귀해 한숨을 돌리던 찰나, 아이 엄마의 핸드폰 액정에서 요양원 전화번호가 뜬다. 일도 바쁜데 귀찮게 또 전화가 왔다.

"여보세요?" 상대방은 급한 듯 시급하게 말한다.

"어머님이 침상에서 내려오려다 머리를 다치신 것 같아요. 머리 왼쪽으로 출혈이 있어요. 의식은 있으신데 병원에서 사진을 찍어보는 게 어떨까 싶어서요."

"의식이 있으시면 병원에 가지 않으셔도 돼요. 괜찮습니다."

요양원 직원이 집요하게 병원에 가셔야 한다고 해서 그냥 가시라고 했다. 가까운 거리의 병원임에도 같이 갈 생각조차 하지 않았다. 한두 번의 일이 아니라 그저 일상이겠지 싶다. 그리고 지금은 일에 치여 너무 바쁘다. 지금까지 그래왔듯 요양원에서 알아서 잘하겠지 싶다.

한참 후 요양원에서 연락이 왔다.

"다행히 이상 없다고 합니다. 죄송합니다. 어머님 잘 모시도록 더 신경을 쓰도록 하겠습니다."

"진료비용이 얼마나 나왔나요? 다음부터는 응급 상황이 아니면 병원에 가지 않으셔도 됩니다."

엄마 병간호에 진저리가 난다. 구멍 뚫린 항아리에 얼마나 돈을 부었는지 모른다. 긴병에 돈도, 삶도, 내 인생도 너무 지쳤다. 유병장수의 끝은 언제일까? 이제 편안히 돌아가셨으면 얼마나 좋을까 입속으로 주문을 외었다.

딸은 습관처럼 우측으로 머리카락을 쓸어내리며 핸드폰을 꺼냈다. 오늘 병원비와 요양원 입소비 때문에 언니랑 통화했다. 다들 살기 힘들어 돈 이야기만 꺼내면 한숨부터 나온다. 그렇다고 나 몰라라 할 수 없다. 네가 잘사니, 여유가 있냐니 다투는 자체가 비참하다. 그럼에도 유리 지갑인 현실은 자존심과는 또 다른 생존 지옥이다. 어떡하지? 오늘 참 피곤한 하루다.

마냥 뛰어놀았던 막내 아이가 곤히 자는 저녁 시간 상처 난 이마를 보며 생각했다. 5남매 중 내가 엄마를 제일 많이 닮았다고 했다. 성격이나 행동, 얼굴도 제 엄마랑 똑같다고 아빠가 술 한잔 드시면 레퍼토리처럼 이야기하곤 했다. 엄마도 나 어렸을 때 우리 막내처럼 날 애지중지 키웠을 텐데…. 내가 왜 이렇게 되어버렸지! 못된 자식이 되어 엄마의 죽음을 적극적으로 방관하는 내가 정말 싫다. 돈과 엄마는 비교할 대상 자체가 아니라고 가슴속에서 어린 시절 기억을 끌어올린다. 그렇다고 현실적으로 엄마를 모실 수는 결코 없다. 내 새끼들은 점점 더 자라난다. 짐이 되어버린 엄마는 손톱 밑 가시가 되어 내 손가락을 자를 수도, 가시를 뽑아내려면 더 깊숙이 파고들어 고통이 가중되는 존재가 되어버렸다. 엄마를 생각하면 마음속 깊은 곳에서 피눈물이 나는데 내 자식은 현실이고 미래다. 늘 그렇듯 엄마가 엄마니까 엄마여야만 한다.

엄마! 엄마가 놓아주세요.

딸은 다섯 살 때 아파트 계단에서 넘어져 우측 눈썹 가장자리에 2센티의 수술 자국(흉터)이 깊게 남아 있다. 그때 엄마가 딸을 업고 3리를 뛰어간 기억을 잃었다. 내 자식은 현실이고 엄마는 그저 과거일 뿐이다. 딸은 습관처럼 우측 머리카락을 쓸어내린다.

믿을 수가 없어, 근데 갈 데가 없어

"오빠, 오늘 요양원에 가서 잘 살펴봐야 해?"

"그래, 알았어."

"대답만 하지 말고, 꼼꼼히 확인해야 한다구! 지난번에도 엄마가 정신 나간 사람처럼 힘이 하나도 없더라고. 내가 일부러 식사시간에 가서 엄마를 봤는데 초점 잃은 눈으로 멍하니 앉아서는 누군가 수저를 들어주지 않으면 식사도 못 하시더라고. 사람을 약물로 식물인간을 만드는가 봐."

둘째 아들은 눈에 힘을 주며 요양원에 계신 엄마의 상태를 잘 살펴보겠다고 다짐한다.

저녁 여덟 시가 가까워지니 요양원 주위가 한산하다. 바람도 잠을 자는지 잎사귀의 움직임조차 고요하다. 요양원의 상황을 잘 아는 터라 직원의 퇴근을 틈타 요양원 현관의 문을 열고 들어왔다. 곧바로 엘리베이터를 타고 이 층 버튼을 눌렀다. 저녁 시간 라운딩을 하는지 직원도 안 보이고 거실에 나와 계신 어르신도 몇 분 계시지 않는다. 즉시 엄마가 계신 호실로 갔다. 머리만 삐쭉 내밀어 살며시 엄마를 보았다. 불

꺼진 방 안으로 엄마가 보인다. 말없이 침상에 누워계신다. 조금 더 자세히 보려고 미닫이문을 열고 안으로 들어갔다.

"아니, 너 둘째 아니냐!"

아들을 알아본 엄마가 어눌한 표현으로 반갑게 맞이한다. 라운딩하던 직원이 소리를 듣고 황급히 H 어르신의 방으로 왔다. 어머니가 별 특이사항 없이 잘 계신 것을 확인한 아들이 뻣뻣하게 서 있다.

"오늘은 내가 그냥 가지만 우리 어머니 잘 모시고 있는지 언젠가 불시에 다시 찾아와서 살펴볼 겁니다."

자신이 누구인지 여기에 왜 왔는지 용건을 밝히는 것이 기본 예의일 터인데 윽박지르고, 협박성 엄포를 놓는 그 태도와 눈빛이 듣는 사람의 마음을 상하게 한다. 아들은 발걸음을 돌리며 옷자락에 찬바람을 휙 뿌리더니 수화기에 대고 누군가와 이야기하기에 바쁘다.

"엄마 요양원에서 별일 없이 계시던데?"

"엄마 눈빛과 피부 상태, 의복과 의식을 세밀하게 확인해봤어?"

"아니, 그냥 가까이에서 봐도 큰 문제 없어 보였어."

"제대로 꼼꼼하게 잘 살펴봐야지!"

아들은 다시 2층으로 올라갔다. 동생의 말처럼 엄마의 상태가 정말 어떤지 좀 더 자세히 살펴보려 한다. 아들은 거실에 있는 직원을 힐끗 쳐다보고는 엄마의 방으로 향했다. 엄마는 반가움에 초롱초롱한 눈빛으로 아들을 보았다. 아들은 방의 불을 켜고는 손과 발, 다리와 몸 이곳저곳을 살펴보았다. 옷과 손발톱, 머리카락, 냄새 등 현미경의 시각으로 꼼꼼하게 보았다.

"엄마, 내 이름 기억하겠어?"

H 어르신은 내 아들인 것이 중요하지 이름 따위엔 관심 없다.

"식사는 하셨어요?"

"응."

"여기서 지내는 것이 어떠세요?"

치매 어르신에게 개방형 질문은 '8남매 중 누가 제일 보고 싶으세요?'라고 질문하는 것과 같다. 아들은 이것저것 더 물어본 후 방 불을 켠 채로 나왔다. 아들은 곱지 않은 시선을 직원에게 발사하더니 또 수화기를 귓가로 가져간다.

"어머니 신체에 큰 문제는 없는 거 같아. 근데, 의식이 많이 떨어지셨더라고."

"그것 봐. 전에는 안 그랬는데 최근 사람도 잘못 알아보더라고. 나중에 가서 더 자세히 확인해봐야겠어."

"요즘 요양원을 믿을 수가 있어야지! 돈만 벌려고 사람 장사하는 곳 같단 말야."

직원은 어이가 없었지만 혹시 미움의 꼬투리가 될지 염려되어 풀이 죽은 죄인이 된 양 고개를 떨구고 아드님을 배웅했다. 그래도 할 말은 해야겠다.

"다음부터는 면회시간을 꼭 지켜주시고 부득이할 때는 사전에 꼭 연락해주셔야만 면회가 가능합니다!"

"뭐요? 내가 내 엄마 보러 오지도 못해요?"

"여긴 어머니 혼자 계시는 곳이 아니니, 규정을 확인하시고 협조해주시기 바랍니다."

"규정 같은 소리 하지 마시오. 규정이 사람 목숨보다 중하요? 우리 엄마한테 무슨 일이라도 생기면 내가 가만있지 않을 거요."

자기 할 말만 하고 잘 계시는 어머니 요양원에 소금을 한 움큼 뿌리고서야 유유히 시야 밖으로 사라진다. 가끔 술 드신 보호자가 문 앞에서 횡포를 부린 적이 있다는 선배의 말은 들어보았지만, 이런 경우는 처음이다.

직원은 마음이 크게 소진되었다. 자연스레 핸드폰을 꺼내 담당 팀장님에게 보고하며 하소연한다. 팀장님이 직원의 마음을 달래며,

"요양원에서 일하려면 마음을 강하게 가져야 해. 내가 며칠 전 책을 읽었는데 마음에 와닿은 부분이 있어 소개해 줄게. 약한 사람은 복수를 하고 강한 사람은 용서를 한대. 그런데 더 강한 사람은 그냥 무시한대. 우린 사람을 상대로 일하니 더욱 마음을 추슬러야 해."

직원은 말없이 고개를 끄덕인다. 팀장님은 직원의 눈을 보듯이 이야기를 이어간다.

"어제 규정 속도로 안전하게 운전하고 있는데 맞은편 차가 불법 유턴하며 아슬하게 내 옆을 휙 지나가면서, 아줌마! 운전이 서툴면 집에 있을 것이지 왜 나와서 궁상을 떨어! 에이 씨발! 그러는 거야. 갑작스런 일이라 대꾸도 못 하고 한동안 멍했었지. 내가 어떻게 하면 좋았을까? 난 그냥 더 강한 사람이 되는 게 낫다고 생각했어. 어젠 그냥 그랬었다는 거야."

직원은 말없이 미소를 짓는다. 그리고 H 어르신 방으로 힘차게 발걸음을 옮긴다.

삶은 고통, 죽음은 행복

H 할머니는 혼자 살고 있다.

H 할머니가 집에서 갑자기 뇌출혈로 쓰러졌다. 큰아들이 매일같이 습관에 따라 전화했지만, 그날따라 통화가 되지 않아 CCTV로 응급 상황을 직감한 아들은 119에 전화하고 즉시 병원으로 향했다. 다행히 긴급후송하여 생명에는 지장이 없었지만, 우측으로 편마비 증상이 나타났다. 형제들은 형님이 어머니를 살려냈다며 존경과 감사를 쏟아냈다. 큰아들은 당연한 일을 한 것뿐인데 동생들이 한껏 치켜세우니 나쁘지만은 않다.

H 할머니는 병원에 입원하여 재활운동에 박차를 가했다. 큰아들은 하루가 멀고 어머니 좋아하시는 과일을 가지고 병원에 출근 도장을 찍었다. 택시 운전을 하는 큰아들은 언제나 마음만 먹으면 어머니께 달려갈 수 있다. H 할머니에겐 자식이 다섯이 있지만 언제나 거절이 없는 큰아들만 찾았다. 큰아들은 자신의 전부이다.

병원 생활이 길어지자 큰아들 생업에도 영향을 미치기 시작했다. 엎친 데 덮친 격으로 전염병이 세상을 휩쓸더니 거리에 사람들의 발걸음이 사라지고 수입이 급감했다. 또한 큰아들의 병원비 부담과 잦은 면회는 큰아들 부부의 갈등에 불을 지피더니 감정의 골이 깊어졌다. 처음에는 동생들이 면회도 오고 비용을 대주는 등 도움이 되었지만 언제나 그렇듯 부양의 몫은 큰아들 차지다.

큰아들은 결혼 후 어머니를 모시고 살았다. 그러나 어머니의 성격을 맞출 사람은 아무도 없었다. 까다로운 식성과 잦은 마음의 변화, 인간의 자존심에 상처 주는 말투는 견뎌내기 힘든 상전 중의 상전이다. 어머니 문제로 날마다 싸운 부부는 일방적인 아내의 공격에 대안이 없었던 남편이 백기(분가)를 들자 일단락되었다. 효자 남편과 어머니 사이에서 줄다리기하면서 견뎌낸 세월이 10년이 넘었다. 아마 자식이 없었다면 벌써 갈라섰을 것이다.

H 할머니가 조금씩 건강을 회복하자 큰아들은 당연히 집으로 모실 생각이었다. 남편의 일방적인 결정에 아내는 치가 떨리는 시어머니 부양할 생각에 숨을 쉴 수 없을 정도로 큰 압박을 받았다. 옛날 그때보다는 그래도 나아졌겠지 싶어서 다시 모셔보겠다고 한줄기 의욕을 갖게 한 것은 남편의 간절함이었다. 그러나 1년이 지나지 않아 악몽 같은 현실은 일상이 되고 말았다. 어머니 성격에 병수발을 하는 것은 도저히 견딜 수 없는 일이었다. 결국, 이혼을 마지노선으로 묘안을 남편에게 던졌다. 남편이 집안의 평화를 위해 어쩔 수 없이 받아들여야 했던 절충안이 요양 시설이다. 어머니를 요양원에 보낸 후 소원했던 부부는 한 이불을 덮게 되었다. 그러나 아들은 마음이 늘 편치 않았다.

요양원에서 5년이 지났다. 큰아들은 한 시간 이상의 거리에 떨어져 살면서도 일주일에 한 번 이상 꼭 면회를 왔다. 요양원에서 10분 거리에 있는 둘째 아들과 셋째인 딸은 연중행사처럼 발길이 뜸하다. H 할머니는 요양원에서도 꽤 명물이 되었다. 순번에 맞게 H 어르신을 담당하게 되는 직원이 되면 마음을 단단히 가져야 했다. H 할머니의 폭언과 말투, 트집의 시집살이에 견디지 못하고 그만두는 직원이 한두 명이 아니었다. 물을 달라고 하여 가져다드리면, 차갑다고 하고, 조금 미지근하게 해서 드리면 밋밋하다며 시원하게 해달라고 하고, 얼음을 넣어 드리면 이가 시리다고 난리다. 분명 본인이 얼음을 넣어달라고 했는데도 말이다. H 할머니 특유의 찢어지는 목소리는 듣는 사람의 감정을 바닥까지 끌어내린다.

그럼에도 할머니가 요양원에서 잘 계시는 이유는 큰아들 때문이다. 직원들에게 죄송하다며 매번 커피와 간식거리를 사서 면회 오신다. 진심으로 어머니를 대하며 그 마음으로 직원들에게 감사를 표현한다. 어르신은 밉지만, 보호자는 천사다. 그렇지만 큰아들의 달콤한 임시방편도 해결책은 아니다. 시간은 사람을 지치게 한다. 큰아들은 잠시지만 H 할머니와는 영원이다. 참지 못하는 직원들의 불평이 요양원 실내를 가득 메웠다. 아들의 입장과 H 할머니의 삶을 놓고 깊은 생각을 우려낸 관리자는 초심으로 다시 한번 모시는 쪽으로 직원들의 마음을 움직였다.

"우리는 상대하기 편한 어르신만 모실 수는 없습니다. 이 세상에 똑같은 얼굴이 존재하지 않듯이 저마다의 환경 속에서 살아가고 있습니다. H 어르신은 어디를 가도 지금처럼 행동하며 말씀하실 겁니다. 우리는 제도와 규정 내에서 주어진 역할과 책임에 최선을 다해야 합니다. H 어르신의 입장에서 마음을 충분히 이해하려고 노력하시고 오늘이 마지막이라는 마음으로 어르신을 섬기시기 바랍니다. 노년의 시간은 길지 않습니다. 화도 기력이 있을 때 낼 수 있습니다."

몇몇 직원들은 생각으로는 공감했지만, 현실은 그렇지 않다고 입술을 비죽거렸다.

H 어르신은 입만 열면 불평에, 뒷담화를 쏟아낸다. 특유의 목소리로 상대방의 자존심을 송곳으로 찌른다. 직원들은 늘 H 어르신에 관해 이야기한다.

"원래 저런 성격이야. 그러니, 가족들도 다 떠나갔지."

"생각해보면 참 딱하기도 해."

"무슨 소리 하는 거야? 아들이 있으니까 그나마 살아계시는 거지. 아들이 없었으면 어떻게 될지 아무도 모르잖아."

"그러게, 저 어머니한테서 어떻게 그런 천사 같은 아들이 태어났나 몰라."

"그나저나 H 할머니는 욕을 많이 들어서 그런지 천년만년은 살 거 같아."

"이제 82세니 20년은 거뜬히 사실 거야."

시간이 지날수록 직원들은 어르신에게 맞춰갔다. 생활의 패턴과 이야기의 레퍼토리, 습관을 이해하여 나름대로 방법들을 습득하고 공유하여 거부감을 줄여갔다. 그렇지만 쇠 긁히는 목소리로 하는 욕설을 들을 때면 누구라도 심한 상처를 받기 마련이다. 그런데 아들만큼은 다 받아준다.

"너, 이놈의 새끼, 뭐하다가 이제 와? 내가 너 여섯 살 때 온몸이 펄펄 끓는 고열 때문에 8리를 업고 뛰어가지 말았어야 해. 몸조리도 제대로 하지 못해 그때 내 무릎이 망가져 지금까지 이 고생 하고 있잖아. 그때 내 다리가 망가졌어. 으이구~ 내 팔자!"

H 어르신은 언제나 자기 위주로 말한다. 매번 같은 말 듣기 싫을 만도 할 텐데 아들은,

"그 덕에 제가 지금 이렇게 살아 있잖아요. 어머니한테 평생 효도하며 살 거예요. 자주 올 테니 화내지 마세요. 어머니 좋아하시는 팥죽 가지고 왔어요."

아침 식사를 한지 얼마 지나지 않았지만 팥죽을 보니 입맛이 돈다. 혼자서 팥죽을 맛있게 드신다. 아들한테도 한번 권해 볼 만도 할 터인데 본래 성격이 그렇다. 아들은 어머니 무릎을 유심히 살펴보고 주무른다. 이 무릎이 아들의 생명을 구했다.

아들이 정성으로 주물렀던 온기가 사라지더니 무릎이 더 시리고 쑤신다. 늦은 오후가 되자 푸르고 맑은 하늘 저기 조그마한 먹구름이 H 할머니 계신 창가로 향하더니 이내 점점 거대하게 부풀어 오르고 한참을 머물더니 비바람과 함께 벼락이 정신없게 휩쓸고 간 후에야 남쪽 창문이 고요해졌다. H 할머니 귀에 머물렀던 핸드폰을 내려놓으니 곧 어둠과 함께 스산함이 몰려온다. 먹구름에 전이되었는지 그 후 H 어르신

이 창밖을 바라보는 시간이 길어졌다. 그리고 말수가 줄어들었다. 거침 없던 언행은 일순간에 순한 양이 되어버렸다.

"어르신 무슨 일이 있으세요? 좋아하시는 된장국도 남기시고 어디 아프세요?"

어르신은 말씀이 없다. 건강에 이상이 있는 것도 아니다. 꿈자리가 좋지 않아서일까? 내일은 나아지겠지. 내일이 되어도, 또 내일이 되어도 H 어르신은 혀가 잘린 사람처럼 꾹 다물고만 있다.

"아드님이 오지 않아서 그러세요?"

큰아들은 이제 다시는 어머니를 보러 올 수 없다.

H 어르신은 말없이 이불을 덮고 누웠다. 누운 이불 위로 우측 무릎이 볼록 튀어나와 있다.

Part 5

우리들의 요양원 생활

"요양원은 매일 다람쥐 쳇바퀴 같은 생활이지?"

"생각하기 나름 아닐까?"

"매일 같은 사람, 같은 일과, 아픈 노인들이 우울하게 지내는 거 아냐?"

"그럴까? 그런데 매일 같은 사람이라 더 할 이야기가 많아지고, 그래서 일과가 더 즐겁고,
아픈 분이 계셔서 관심과 사랑으로 행복한 하루를 보내고 있어. 요양원 생활은
매일매일이 무지개야."

"무지개?"

"다양한 색깔이 가장 예쁘게 조화를 이루잖아."

"어떻게 그렇게 생활할 수가 있는 거야?"

"왜냐면 우린 한 지붕 아래 한 가족이니까."

요양원 각 방에는 벽장이 있다. 벽장안에는 각자의 추억상자가 있다.

꺼내어 함께 열어보기만하면 된다.

폴 자네의 법칙[2]

2층에서 아래 정원을 보면 산수유, 철쭉, 목련, 매화가 뽐내고 있다. 따스한 햇살과 기분 좋은 바람은 이 계절을 사랑하게 한다.

"금방 점심을 먹었는데 벌써 저녁 시간이야."

창밖을 보니 해가 서쪽 아래로 향하고 있다.

"왜 이렇게 시간이 빨리 가나 몰라."

"점심 드시고 뭐하셨는데요?"

"나? 몸이 무거워서 여기 그냥 잠시 누워있었지. 뭐라도 한 것이 없어."

시간 수축 효과다. 시간은 결코 고장 난 적이 없는데 사람마다 시간의 흐름이 다르게 느껴진다.

죽음에 가까워질수록 가속이 붙은 시간이 질주하고 있는 것일까?

---

2) 나이가 들수록 세월이 빨라짐을 느낀다. 어린 시절엔 1년이 10년 같더니, 나이가 들면 10년이 하루처럼 지나간다. 프랑스 철학자 폴 자네(1823~1899)가 고안한 시간의 수축 현상.

하루라도 더 살려는 발버둥이 시간을 초침처럼 앞당기고 있는 것일까?

"우리 첫째가 고위 공무원이야. 며느리는 대학교수고. 그래서 내가 손주를 돌봐주었는데 그때는 정말 시간이 더디 가더라고, 아무리 기다리고 기다려도 애 엄마는 시침 속에 사는지 정시에 오는데도 길게만 느껴지더라고, 그때 시곗바늘은 볼 때마다 제자리에 있었어. 시간이 얼마나 길게 느껴지던지…. 그런데 그 손주 아이 둘째가 올해 초등학생이 되었어."

첫사랑과의 데이트는 순식간에 지나간다. 그러나 손들기 벌이라도 받고 있다면 초침은 천근만근일 거다. 시간은 느낌과 감정, 환경이 지배하는 것일까? 어르신에게 시간은 왜 빠르게 지나가는 것일까? 나이가 들면 생체학적으로 반응을 즉시 할 수 없어서 그럴까. 용변을 보려고 해도 젊은 사람처럼 빠르게 해결할 수 없다. 마음은 급한데 몸이 따라주지 않는다. 그러니 시간이 얼마나 빠르게 느껴질까.

"그때처럼 시간이 천천히 움직이게 하는 방법을 알고 있는데 한번 해보시겠어요?"

"그래? 그게 뭔데?"

"어르신은 서예를 잘하시잖아요. 붓글씨를 써보시면 어떠세요?"

"그거 하면 시간이 늦춰지려나?"

"네, 분명 손주 볼 때처럼 시계가 고장 날 거예요. 제가 하루를 길게 늘어뜨리도록 다른 것도 준비해볼게요."

90년 이상을 산 시계와 그 반을 겨우 넘긴 내 시계의 차이가 크다. 아니 비교할 수가 없다. 알 수도 없다. 공원에 앉아계신 느릿한 어르신도 시간이 빠르게 흘러간다고 느낄까? 종일 학교와 학원에서 인위적으로 시간을 보내는 십 대에게는 시간이 느리게 흘러갈까? 지금의 어르신은 시간을 살아봤기 때문에 나이에 따른 시간의 흐름을 알 수 있으리라. 어릴 때처럼 시간이 느긋하게 흐르길 바라는 것일까? 망원경을 꺼내 시간을 꺼내고 시간 속에 허우적거려도 그 시절로 되돌아갈 수 없지 않은가! 그저 죽음으로 가는 시간을 어떻게든 붙잡으려고 하는 것은 아닐까?

어르신의 눈빛이 봄 햇살처럼 초침이 되어 반짝인다. 시간은 사용할 줄 아는 사람이 인생시계를 더 잘 본다.

까칠한 어르신의 의심

　몸집이 작고 눈웃음이 매력적인 어르신이 요양원에서 첫날을 보내고 있다. 오전부터 사람들 속에 꽃이 된 기분이라 관심의 시선이 나쁘지는 않다. 해가 뉘엿거리자 텅 빈 교실에 혼자만 남은 듯하다. 갑자기 낯섦으로부터 불안과 공포가 밀려온다. 방을 나왔다.

　"백ㅇㅇ 어르신, 저녁 식사 맛있게 하셨어요?"

　"내 이름을 어떻게 알아요?"

　꽃을 담은 눈에 가시가 날카롭게 솟아 있다.

　"큰며느리가 알려 줬어요."

　"우리 며느리는 어떻게 알아요?"

　"친구예요. 그러니까 잘 알죠."

　친근함을 더하려고 친구라고 말했는데 어르신은 더욱 집요하게 파고든다.

　"어떤 친구요?"

　"지역사회에서 같이 활동하고 그랬어요."

　"우리 며느리랑 무슨 활동을 했어요?"

　직원의 순발력도 한계가 있다. 이쯤 되면 화제를 전환해야 한다.

　"커피 좋아하세요? 제가 커피 맛있게 타서 드릴게요."

"아니, 우리 며느리 이야기하다 말고 뭔 커피요?"

"커피 드시면서 여기 앉아서 이야기하면 더 좋잖아요."

직원이 어르신 팔을 살며시 잡았다.

"이 사람이! 내 몸에 왜 손을 대요?"

"네, 죄송해요. 계속 서 계시면 힘드시잖아요. 제가 며느리 잘 알아요. 전화라도 한번 해볼까요?"

직원은 며느리에게 전화를 걸어 어르신에게 바꾸어 주었다.

"여보세요? 누구세요?"

"어머니, 저 ○○ 엄마예요. 큰며느리요."

"당신이 내 며느리인지 내가 어떻게 믿지?"

치매는 최근의 기억을 가장 먼저 망가뜨린다. 직원은 당장 화상 전화로 전환했다. 익숙한 얼굴이 화면에 나타나자 어르신의 눈에 예쁜 꽃이 피어났다.

"애미야. 여기가 어디냐? 내가 불안해서 집이 가야겠는데 어떻게 나가는지 모르겠다."

"병원이니까 재활 치료 잘하시면 제가 모시러 갈게요."

갑자기 어르신이 직원의 손을 바라본다.

"커피 잘 탄다며?"

'기억이 돌아왔나?' 직원은 맛있게 커피를 타 드렸다.

'일단 오늘이 이렇게 지나갔으면 좋겠다. 커피의 단맛이 얼마나 버텨 줄까?' 내일 해는 내일 환하게 피어오를지, 흐려 으슥해질지 궁금해진다. 요양원은 저마다 해를 하나씩 가지고 있다. 그래서 날씨의 변화가 무쌍하다.

시간이라는 명약

"이봐요! 여기 좀 봐요!!"

요양원 2층 창문이 겨울 찬바람에 깨질 듯이 흔들린다.

"나 2층에 가야 하는디, 휠체어 좀 갖다가 주시오. 제발 부탁하오."

온통 울상이 된 어르신이 당장이라도 무슨 일이 일어난 것처럼 속이 새까맣게 타들어 간다.

두 다리가 망가졌음에도 침상에서 어떻게든 내려오려고 발버둥 친다.

"저런 미친년이 이곳에 들어와서. 이 난리를 치고 시끄러워 죽겠네. 에이 니미럴~"

옆에 계신 K 어르신이 핸드폰을 침상 옆에 놓고 미간을 찡그리며 날카롭게 쏘아본다.

오늘 요양원에 들어온 L 어르신은 우울증이 심하다. 감정 기복이 커 금방이라도 큰일이 벌어질 것만 같다.

요양원에 들어오기 전 병원에서도 소리 지르기 달인이자 명물이었다고 한다. 제발 병원에서 빨리 나가라고 보호자를 재촉했는지 보호자는 요양원에서 받아주지 않을까 봐 증상을 조심스럽게 숨겼다. 아니, 생업에 바빠 미처 관심을 두지 못했을 것이다.

"저 똥 덩어리 같은 물건 빨리 치워버려! 내가 살다 살다 저런 정신병자는 처음이여!"

"나보고 미친년이라고 해요. 내가 미친년이요. 내가. 흑흑~"

"어르신 보고 한 말이 아니에요. 너무 목소리가 크니까 좀 작게 말씀하세요."

"나 제발 좀 2층에, 내 남편한테 데려다줘요. 지발요."

지금 계신 곳이 2층이다. 어르신은 망상 속에 기억을 혼동하고 있다.

K 어르신 보호자는 오전에 어머니와 통화를 했는지 오늘 면회 와서는 관리자를 찾는다.

"어머니가 도저히 시끄러워서 한방에 지낼 수가 없다고 하니 빨리 조치를 취해주세요."

"네, 저희도 심각성을 느끼고 있으니 방법을 찾아볼게요."

"저런 사람은 나도 아는데 치료방법이 없어요. 요양원에 계실 환자가 아니에요."

"네, 그건 저희가 고려해서 모시는 것이니까요. 저희에게 맡겨두세요."

"우리 엄마 저런 사람하고는 한시도 같이 있을 순 없으니, 제발 잠이라도 잘 수 있게 해주세요."

"무조건 문제만 제기하지 마시고 저희가 방안을 모색해서 조치를 취할 테니 타인의 관점에서도 생각해주세요."

"아니, 잘 계시던 우리 엄마가 못 살겠다고 하는데 자식 된 도리로 어떻게 그냥 보고만 있어요?"

"새로 들어오신 어르신 증상이 어떠신지도 정확히 잘 모르시잖아요. 그분도 가정이 있고 그만한 사정이 있으니 일방적으로 한쪽 편을 들순 없어요. 처음부터 어르신 증상을 알았거나 방의 여유가 있으면 어머니 방에 모시지 않았을 것입니다. 그러나 어머니가 많이 불편해하시니까 반드시 조치를 취할 것입니다. 먼저, 약물 처방을 받아서 어르신의 증상을 완화하도록 최선의 노력을 다하겠습니다. 약물의 효과가 언제 나타난다고 단정 지을 순 없지만, 어르신의 건강과 생활, 증상을 바탕으로 약물을 먼저 조정하도록 하겠습니다. 그럼에도 증상의 호전이나 완화가 되지 않고 어머님이 너무 힘들어하시면 방을 이동하는 것으로 검토하겠습니다. 방의 조정이 쉽지 않으면 마지막으로 어머님이 방을 이동하는 것으로 조치를 취하겠습니다."

"가능한 한 빨리 조치를 취해주세요."

어르신이 계신 방으로 가보았다. 겨울 해는 짧아 일찍 기울어지는데 L 어르신 목 주위의 혈액은 청년처럼 왕성하게 움직인다. 간신히 약을 드신 다음에야 어르신의 목에 힘줄이 가라앉는다.

다음 날이다. K 어르신은 핸드폰 액정을 닫으며 나를 보자마자,

"나 저년, 저 미친년 때문에 잠을 한숨도 못 잤어. 저거 정신이 이상해. 빨리 치워~"

예민한 건 알겠지만 단어 사용이 귀에 거슬린다. 누가 들을까 봐 옆사람이 민망하다.

"옆에 점잖은 어르신도 계시잖아요. 조금만 목소리 낮춰서 이야기해요."

"내가 틀린 말 했어? 저거는 이곳에 들어올 게 아니여!"

신경이 온통 눈과 귀에 집중된 L 어르신은 옆에서 다 듣고 보고 있다. 자신이 처량해졌는지 목의 힘줄이 터질 만큼 더욱 사력을 다한다.

"얼른 2층에 가봐야 한다니께 뭐 하는 거요. 제발 좀 도와주요."

"이 약을 드시면 휠체어로 모셔다드릴게요."

타협안을 제시했다. 몸에 손도 못 대게 하거나 약을 탔다고 물 한 모금, 밥 한 수저도 드시지 않는다. 약을 드셔야만 기저귀도 교체하고 음식도 드실 것이다. 약을 드신 이후 식사도, 잠도, 기저귀 교체도 힘들게 했다. 그러나, L 어르신은 현실과 망상 속의 경계가 허물어졌다. 2층으로 데려다줘도 남편이 보이지 않으니 꽉 막힌 벽은 더 높았다.

"이거 파란 약 잠재우는 거 아니요? 나, 이거 절대 안 먹어요. 저리 치워요."

침상 식판을 손으로 두드리고 자신의 이마를 박는다. 사무실에 내려오니 룸메이트 K 어르신 세 자녀가 전화 회신을 요청하였다고 하여 전화하니 한결같이 방을 바꿔 달라고 부탁하지만 일방적이다. 일단 L 어르신을 독방에 계시는 방향으로 계획을 실행에 옮겼다. 1층에 혼자 계신 방 안에서도 부정적인 우울감은 극에 달한다. 자녀보다 남편이 보고 싶다고, 집에 데려다 달라고 혀가 타들어 간다. 보호자에게 연락하니 사정을 잘 아는 남편이 마지못해 면회 왔는데 아들들은 아버지가 있으니 뒷짐이다. 그 맘도 충분히 이해한다.

"아니, 이 사람아! 나를 여기다 놓고 나 몰라라 하면 어떡하나?"

L 어르신은 특유의 울먹거림으로 남편의 가슴을 치고 또 쳤다.

"여기서 치료도 받고 식사도 잘 하면 건강이 회복될 테니 편하게 지내봐~"

"내가 미쳤슈, 내가 병 났슈, 왜 여기서 치료받고 남의 밥을 얻어먹어유. 내 집이 있는데!"

남편은 할 말이 없다. 어떻게든 요양원에 잘 적응해야 한다.

"여기서 재활운동 잘하면 내가 꼭 데리러 올 테니, 여기 선생님들 말씀 잘 듣고 있어!"

"나 데려가기 싫어서 사탕발림하는 거요? 내가 모를 줄 아요? 나 좀 얼른 데려가소~!"

한참 동안 실랑이를 하니 뾰족한 해답이 없다. 가고 싶어 남편 옷자락을 죽을힘을 다해 쥐고 있어 빠져나오기도 힘들다.

"이것 좀 놔요. 내 화장실 좀 가야겠소!"

"나 버리고 가려고, 내가 바보요? 당신하고 산 지가 60년이요!"

"정말 화장실 가야 한다니께! 빨리 놓으라니까!"

급한 것 같아 손을 놓아주니 남편은 쏜살같이 화장실로 간다. 볼일을 다 본 후 비죽이 얼굴을 내밀며 문틈으로 동태를 확인한다. 그때다! 화장실 문 앞에서 기다리고 있던 할머니에게 손을 붙잡혀 또 쇠고랑을 차게 되었다.

"내 이럴 줄 알았지! 당신 내 손바닥이요~"

옆에서 보는 우리도 소꿉장난처럼 우스웠지만, 할아버지는 난감해하며 도움의 눈빛이 애절하다.

"할아버지 다치겠어요. 이제 이 손 좀 놓으세요. 물 한잔 드시고요."

독기 가득한 눈빛을 쏘아붙이고는,

"남 일 신경 쓰지 마소! 저리 가소!!"

20분이나 지났다.

어쩔 수 없이 직원 세 사람이 억지로 할머니 손을 풀고 나서야 할아버지는 자유 몸이 되어 쏜살같이 문밖으로 사라졌는데 다시는 요양원에 오지 않을 것만 같다. 눈앞에서 할아버지를 놓친 할머니는 또 울상이 되어버렸다. 노래인지, 우는 소리인지, 한탄의 소리인지 구슬픔이 저녁 내내 요양원에 한가득하다.

"누가 죽었어?"

"아니요, 1층 할머니가 아파서 흐느끼나 봐요."

몇몇 직원은 여기가 정신병원이냐며 왜 저런 어르신을 모시는지 모르겠다고 불평이 연기가 스멀스멀 피어오르기 시작한다. 요양원 안에 검은 연기가 가득 차기 전에 환기를 해야 한다.

"저희가 어르신을 모시기로 한 이상 최선을 다해 노력해야 합니다. 병원에서는 생활 위주가 아닌 관리 위주가 될 수 있기에 보호자는 요양원을 선택한 것입니다. 우리는 친부모님을 모시는 것처럼 마음을 다하자고 늘 다짐하고 있습니다. L 어르신이 내 친어머니라면 나 몰라라 할 수 있겠습니까? 먼저, 정서적 지원을 총동원하여 라포[3]를 형성하고 마음이 안정될 수 있도록 신뢰 관계를 진심을 담아 지속적으로 반영해야 합니다. 둘째로, 생활실을 옮겨 주위 사람의 피해를 최소화하고 시

---

3) 의사소통에서 상대방과 형성되는 친밀감 또는 신뢰관계

간이라는 명약이 효과가 나타날 수 있도록 생활에 불편함이 없도록 서비스에 만전을 다해야 합니다. 마지막으로는 어르신 증상을 보완하고 치료하기 위한 의료적인 접근을 전문적으로 제공해야 합니다. 언제나 진심은 통합니다."

몇몇 직원들은 현실을 잘 모른다며 어깨가 더 무거워졌다며 볼멘소리가 커졌다. 항상 불평의 불씨는 작은 것으로부터 시작된다. 큰불로 발화되기 전에 찬물을 끼얹어야 한다.

"우리 편하자고 어르신을 선택적으로 모실 수 없습니다. 어떤 어르신을 모시든 당연히 우리가 해야 할 일이며, 직업으로 선택한 이상 최선을 다해야 합니다. 요양원 안에서는 더 이상 소모적인 이야기는 하지 마시기 바랍니다."

요양보호사 팀장님과 직원들은 한마음으로 L 어르신을 잘 모시고자 다짐했다. 그리고 시간은 분명히 우리 편이라는 자신감도 생겼다. L 어르신의 성격과 생활습관, 관심 분야와 증상을 토대로 진심의 미소로 다가섰다. 불신과 거부, 좌절감의 늪에서 절대 나올 수 없을 것이라는 우려와는 다르게 시간이 지날수록 조금씩 눈에 익숙해지고 생활에 적응이 되니 마음이 열리게 되었다. 물론 선생님들의 역할이 매우 컸다. 약과 음식을 무조건 거부하는 어르신에게 대화와 타협을 통해 드실 수 있도록 갖은 노력을 다했으며, 목마름과 허기의 빈틈을 최상의 노하우로 접근하여 긍정적인 반응이 나타나기 시작했다. 그리고 찡그려지고 울상이 된 표정이 다림질한 옷처럼 반듯하게 펴지고 깔끔해진다. 2주가 지났다.

할아버지(남편)에게 전화했다.

"할머니 많이 좋아지셨으니 뵈러 오셔야지요?"

"내가 다리와 허리가 많이 아파서 밖에 잘 못 나가요."

"병원에 입원해야 하는 것 아니에요? 식사와 빨래 등은 어떻게 하세요?"

"어찌했든 내가 나아지면 그때 면회 갈게요~"

서둘러 전화를 끊는다. 그리고 몇 달이 지난 지금까지도 면회가 없다. 그럼에도 할머니는 할아버지를 찾지 않으신다. 다행인 건가?

1개월하고 보름이 더 지났다.

매일같이 요양원 밴드를 확인하고 L 어르신의 동향을 살펴본 자녀들은 어머니 면회 올 자신이 생기지 않았지만, 용기 내어 창문 너머 비대면 면회를 신청했다. 그러나, 놀랍게도 우울증이 완화되어(우울증약이 정확히 잘 맞음) 일상생활의 웃음과 여유가 생긴 것을 확인할 수 있었으며, 특유의 매달림도 없었다. 그 뒤 남편과 아들은 자유롭게 면회를 왔으며, 어르신 또한 요양원 생활에 만족감이 높아져 갔다. 프로그램도 참여하시고 외부 문화 활동에도 적극적으로 동행하니 처음과는 다르게 새사람이 되어갔다.

사회복지에서 가장 중요한 문장인 "환경 속의 인간, 인간을 둘러싼 환경"을 실감한다.

내가 나이 들어 보여서 그래

    푸른 하늘, 맑은 햇살, 꽃피우는 오월 가정의 달이다. 어버이날 행사 영상을 촬영하기 위해 2층 어르신을 인터뷰하려 한다.

    거실 소파에 나란히 앉아계신 88세의 P 할머니와 97세의 J 할머니가 계신다.

    "어르신 안녕하세요?"

    "응, 그려, 어서 와~"

    반갑게 미소지으며 내 손을 잡는다.

    J 어르신은 현재 우리 요양원에서 연세가 제일 많으시다.

    "할머니, 자녀가 어떻게 되세요?"

    "자식? 딸 셋에 아들 하나."

    자연스럽게 말씀하시니 사실인 듯했다. 그러나 J 어르신은 딸만 세 명이다.

    "딸이 많아서 나쁘지 뭐~"

    어르신 시대에 세 자녀라면 적은 편이다. 딸이 많아 힘들었나, 혹시 전쟁통에 자녀를 잃거나 사망했을지 몰라 가족에게 확인해보니 원래 딸만 셋이었다고 한다.

"자녀 중에 누가 제일 보고 싶으세요?"

"뭐 만날 보고 사는데 뭘."

"어디서 같이 살아요?"

"우리 집이서."

"집이 어딘데요?"

"풍세면 보성리~"

요양원에서 지내신 지 4년이다. J 어르신은 지금까지 2번의 외박이 있었을 뿐이다.

"어느 자녀랑 같이 사세요?"

"다 같이 살지. 딸이 밥해준다고 와서 살고 아들은 학교 다니고."

"아들이 학교 다녀요? 어느 학교요?"

"풍세학교."

옆에 있던 P 어르신이 의아해하며 J 어르신에게 물어본다.

"아들이 여지껏 학교 다녀요?"

나를 보면서 궁금증이 폭발한다.

"아니, 이렇게 늙었는데 아들이 학교 다닐 수가 있나요?"

나는 미소를 지으며 J 할머니에게 계속 여쭈어보았다.

"아들이 몇 학년이에요?"

"6학년이요. 내년에 중학교 들어가요."

P 어르신은 혀를 차며 혼잣말하듯,

"아니, 아들을 몇 살에 낳았길래 여지껏 학교를 다녀~?"

다 들리게 이야기해서 J 할머니가 자연스럽게 대답한다.

"아들은 늦게 낳았어."

존재하지도 않는 아들 이야기에 우린 귀를 쫑긋 세웠지만, 즉흥적으로 풀어내야 하는 J 할머니는 난감해하는 모습이 역력하다.

"어르신, 올해 연세가 어떻게 되세요?"

"칠십하난가 둘인가 해요."

옆에 계신 어르신이 이제야 웃으며 중요한 사실을 확인한 듯 나에게 이야기한다.

"이분, 자신의 나이를 잘 몰라요. 늙어서 나이를 잊어버렸나 봐요. 할머니 90세가 훨씬 넘었지요."

"아니여~ 내가 나이가 들어 보여서 그려~ 왜이랴~"

"아이구~ 정신 차려요. 나이 들면 나이를 잊어버려요."

J 할머니는 밋밋해진 손가락을 만지작거리며 이야기하는 내내 웃음을 감출 수가 없었다. 장난을 즐기려는 것이 아니라 어르신 삶으로 들어가 기억을 함께 공유하고 이해하여 더 나은 생활의 기반을 마련하려고 하니 가상 속의 그림이 펼쳐진다. 그 그림 속 할머니를 생각해보니 가벼운 미소가 나도 모르게 생긴다. 딸자식만 낳아 아들에 대한 부담과 압박이 현재를 부정하는 과거 속 아들 이야기를 만들어낸 것은 아닐까?

잠시나마 자식 생각하며 과거 속에서 행복한 기억에 웃음 지었기를 희망해본다. 자식과 남편, 부모님 등 여러 이야기를 나누어보면 어르신의 기억을 자극할 수도 있었을 텐데…. 내일은 기억에 묻힌 세부적인 잔뿌리들의 이야기보따리를 풀어달라고 해야겠다.

요양원은 살아 숨 쉬는 삶의 도서관이다.

통화

오랜만에 전화가 왔다. 수화기를 건네받은 어르신은 귀에 가져다 댄다.

"언니, 나야 나, 언니, 나라고. 정말 반가워~"

"그래, 복희. 네가 어쩐 일이야?"

"아니, 언니 나 희자라고, 미애 엄마라고. 누군지 알겠어?"

"그래, 그래, 복희."

"언니, 복희 말고. 나 희자라고. 희자! 정말 내가 누군지 몰라?"

"아니, 알지."

"언니, 내가 누구야?"

"복희잖아."

"언니, 나 복희 아니야. 나야, 나. 희자야 언니, 언니 결혼식 때 들러리 섰잖아."

어르신은 결혼이라는 단어를 듣자 눈을 부릅떴다.

"그래, 맞아 희자야. 네가 어쩐 일이야?"

"아이고. 참 언니도…. 언니… 이제야 나 알아보겠어? 나야 희자. 미애 엄마 말이야."

"그럼, 잘 알지. 희자…."

"건강은 어때? 밥은 잘 먹어? 애들은 면회 자주 와? 잠은 잘 자고? 아픈 데는 없는 거지? 좀 있으면 언니 생일이잖아?"

한꺼번에 쓰나미가 몰아치니 정신없다. 뭐가 그리 할 말이 많지? 뭐부터 대답해야 하지? 대답하려는데 또 화살이 날아온다.

"언니, 내가 꼭 갈 거야. 뭐 먹고 싶은 거 없어? 언니 초밥 좋아했잖아. 내가 초밥 사가지고 갈게. 뭐 필요한 건 없어? 옷이나 신발을 사갈까?"

그런데, 조용하다. 주고받아야 하는데 대답이 없다.

"언니, 듣고 있어?"

"응."

"언니 나 기억해? 나 희자야. 나 알지?"

"그럼 알지. 우리 큰애 다섯 살 때 사탕이 목에 걸려 큰일 날 뻔했었지 그때 네가 꺼내줬지? 내가 잊지 않고 있어."

"언니, 그건 나 아냐. 복희 언니잖아. 언니, 나 희자야. 한라산도 같이 갔잖아. 언니, 정말 왜 그래? 어디 아픈 거야?"

"아니, 안 아파. 나이 들어서 그런 거야. 그래, 맞다. 이제 생각나. 흔들바위에서 우리 사진도 찍었지. 얼굴을 못 보니, 목소리가 가물거려."

"아냐, 언니. 거긴 설악산이잖아. 난 그때 못 갔잖아. 그건 복희 언니라고. 언니, 정말 언니 맞아?"

한참 동안 정적이 흐른다.

"언니, 끊었어? 뭐 해?"

"그럼, 내가 아닌가 봐. 내가 나를 잘 모르겠네. 넌 희자가 맞는데 희자가 말하는 내가 나는 아닌가 봐."

"언니, 도대체 그게 무슨 말이야?"

"희자 너를 분명 알겠는데 말이 나오지 않아. 그럼, 나는 내가 아닌가?"

"언니, 무슨 엉뚱한 소리를 하는 거야? 우리 둘도 없는 사이였잖아. 자매처럼 늘 함께 지냈잖아. 언니, 정말 생각나지 않아?"

생각할수록 그냥 싫어진다. 머리를 좌우로 흔든다. 목소리와 기억을 혼동하는 것일까? 사람과 기억이 뒤섞인 걸까? 아니면, 내가 나를 잃은 걸까? 모르겠다. 젠장! 물속에 빠져 지푸라기라도 잡으려 하자 자꾸만 허우적대고 힘이 더 빠진다.

"그냥 네가 하고 싶은 말이나 해봐~ 자꾸 물어보지 말고."

수화기를 옆에 있는 직원에게 들려준다.

"어르신이 많이 피곤하신가 봐요. 다음에 오실 때 꼭 복희 언니도 함께 오세요."

장수사진

"J 할머니 장수사진 찾아서 장례식장으로 와주세요."

어르신 사진을 보며 씁쓸한 웃음이 생긴다. 벌써 5년이나 지난 일이다.

오늘은 장수사진 찍는 날이다. 봉사단체는 큰 렌즈가 달린 길쭉한 사진기와 조명기기, 반사판, 배경 스크린을 가지고 강당에서 세팅한다. 어르신들이 한복을 입으면 젊은 사람들이 입술과 눈, 볼에 화장을 한다. 얼굴에 분을 바르는 것이 얼마 만일까? 할머니들은 소녀가 되어 들뜬 표정이 가득하다. 양복을 입은 할아버지는 은근히 어깨에 힘이 들어간다.

"오래오래 사시라고 장수사진을 찍어주는 거예요."

"오래 살아 뭐해. 지금도 징글징글한디~"

"오늘이 가장 젊은 모습이니 예쁘고 멋지게 사진을 찍어 침상에 놓고 보세요."

"이거 죽으라고 찍는 거 아냐?"

갑자기 냉기가 확 퍼졌다. 장난기 많은 J 할머니가 가볍게 던진 말인데 말하고 보니 아차 싶은가 보다.

"사진 찍으면 누가 죽는디야? 자식들 수고를 덜어줄라카지. 찍기 싫으면 나가!"

"그려, 오늘내일하는 사람은 여기(강당) 내려오지도 못혀~"

나오는 대로 말하는 J 할머니이다. 복지사가 분위기 전환할 겸 음악을 깔았다.

"자, 여기 보세요. 김치 해보세요."

"뭘 자꾸 웃으라고 해. 웃음이 나오지도 않는데, 죽으려고 찍는데 웃음이 나오겠냐구~"

"할머니, 왜 또 그러셔. 이 사진은 장수하시라고 찍는 거예요."

"그려, 맞아 나는 15년 전에 이런 사진 찍었어."

"지금은 연세가 어떻게 되세요?"

"팔십은 넘었는디 나도 가물가물하네. 내가 팔십몇 살이요?"

"올해 아흔다섯이에요. 그래도 사진 찍었던 것은 잘 기억하시네요."

"우리 집 장롱에 있지. 내 새끼들이 날 잊으면 안 되잖아요. 화장 좀 신경 써서 잘 좀 칠해줘 봐~"

장수사진을 찍는 강당은 장례식 같은 분위기가 아니다. 동네 사람들과 함께 합동으로 환갑잔치하는 축제 분위기다. J 할머니는 자식 생각이 대단하다. 반드시 찾아오는 죽음을 준비하는 것은 당연할까? 살아생전의 가장 멋진 사진을 남겨주고 싶어 한다.

"할아버지, 입 다무셔야 해요. 그리고 여기 보세요."

"여기 어르신은 입을 다물지 못해요. 포토샵 가능하죠?"

사진봉사자는 웃으며 말한다.

"기술 들어가면 청년으로도 만들 수 있어요."

휠체어에 기댄 할아버지 눈가가 조명에 반짝인다. 젊은 날을 생각한 것일까? 자신의 처지를 아파한 것일까? 팔로 눈가를 훔치려고 하는데 화장한 얼굴이 망가질까 봉사자가 재빠르게 손수건으로 눈물을 닦아 낸다.

"저런 노인네는 내려오면 안 돼~ 침을 질질 흘리고 저게 뭐 하는 허접이야~"

J 할머니는 모난 사람처럼 밉상스럽게 끼어들기를 잘하신다. 자신의 사진을 다 찍고서도 한참을 강당에서 이 사람 저 사람 감 놓아라, 배 놓아라, 참견한다.

며칠 후, 장수사진을 받으며 J 할머니는 내게 말했다.

"장수사진은 나를 위한 것이 아니야. 내가 죽은 후에야 진가를 발휘한다는 것을 잘 알지. 이건 내가 살아생전에 자녀들에게 주는 선물이야."

장례식장에서 고인이 된 J 어르신 사진을 보며 생각이 깊어진다. 장수사진을 함께한 직원들은 학창시절 수학여행처럼 J 어르신의 이야기 삼매경에 빠진다. 장수사진 속 인물은 말이 없지만 장수사진을 보는 주위의 사람들은 장수사진 속 인물에 대해 많은 이야기를 한다. 백 세를 살게 한 장수사진은 이렇게 빛을 발한다. 장수사진은 장례식장의 꽃이다.

심심하세요?

정오가 꺾여 하루의 중심으로 가는 시간이지만 K 어르신의 무뎌진 시간은 소파에 고여 묵직한 엉덩이가 무료하게 자석처럼 붙어있다. 내가 빠르게 지나가려 하자 장난기 가득한 표정을 짓고서는 느긋하게,

"어디 좋은 구경이라도 있어?"

"생활실에 어르신이 새로 오셨는데 인사하러 가는 거예요."

"누가 왔어? 남자야?"

생기있는 눈빛에 말이 빨라진다.

"아니요. 87세 되신 할머니예요. 같이 가보실래요?"

"여기도 늙은 할매들 천지고만~ 뭐하러 가~"

반년이나 기다렸다.

"K 할머니, 오늘 할아버지 한 분이 들어오셨는데 같이 인사하러 가실래요?"

"아녀, 됐어. 아까 나도 봤어."

"말이라도 걸어보시지 그러세요?"

"휠체어에 반병신이던데, 무슨 말을 걸어?"

"뇌졸중으로 편마비이신데 정신은 또렷해요."

"그래서 그게 더 싫어. 말로 사는 인간들, 아주 징그러워~"

"네, 그럼 TV 재미있게 보세요."

내가 일어서자, 내 엉덩이를 느끼하게 쓰다듬으시며 특유의 눈 찡그림(윙크?)을 한다.

"젊은 게 토실하구만~ 호호."

순간 방광이 뒤틀리더니 가스가 나오려는 것을 꾹 참았다.

대신 K 할머니 앞에서 내 오리 엉덩이는 재롱잔치 아이가 되어 좌우로 흔들린다.

실룩샐룩~

7개월이 더 지났다. 키 크고 훤칠한 할아버지가 요양원에 들어왔다. 그런데 K 할머니는 TV 앞에서 무료하게 얼음 시간 속을 보내고 있다.

"할머니, 멋진 할아버지 보러 안 가실래요?"

"진작 봤지."

"이야기라도 나눠 보셨어요?"

"늙은 호박하고 무슨 이야기를 혀?"

"네?"

"겉은 멀쩡한데 속이 텅 비었어~"

"아, 네~"

"내 맘에 드는 사람은 이 세상에 존재하지 않지. 내 속으로 낳은 내 자식도 속 썩이는디 뭐~ 지금까지 살아오면서 배운 삶의 이치이긴 하나 무료하고 적적해서 말야. 이렇게라도 희망과 기대를 갖는 것이 내가 지금까지 숨을 쉬고 있는 이유라고~"

"그럼, 할머니가 타인에게 숨을 쉬게 하는 이유가 되어 보시는 것은 어떠실까요?"

"나는 곪은 달걀이야. 겉은 그럴싸한데 속은 속물이라 더 엉망이지."

"그래도 마음이 맞는 사람이 있을 거예요."

K 할머니는 곰곰이 생각해본다. 아들 먼저 보내고 손주랑 면회 오는 며느리가 있다. 10년 동안 한 출입문에서 인연을 쌓아온 며느리가 자식보다 낫다.

"우리 며느리한테 전화 한 번 해줘~"

삶은 관계라고 하던가! 그거 별거 아니다. 내려놓고 맞춰주면 그만이다.

"애미야? 그냥 심심혀서 전화했다."

그리고, 뭐 할 말이 없다. 그러나 이제부터는 수화기를 귀에 대고만 있으면 된다.

독감 예방접종 하는 날

"사람 살려~~"

요양원 지붕이 들썩인다.

"무슨 일이야? 얼른 가봐~"

직원들은 101호 L 어르신 방에 모여들었다.

오늘은 독감 예방접종 날이다. 계약 의사가 왔다. 흰 가운을 입고 주사기 바늘을 툭툭 치니 바늘 끝으로 차가운 물방울이 튕긴다.

L 어르신은 죽기보다도 주사를 더 싫어한다. 절대로 주사를 맞지 않는다. 작년에도 수차례 갖은 방법을 시도했지만 어쩔 수 없이 약물로 드렸다.

"요기 벌레가 있네. 벌레 잡아요. 따끔해요."

주사를 놓으려 하면 재빠르게 움직이며 다 큰, 아니 노인이 엄마를 목청껏 부른다. 팔이나 엉덩이에 주사는 엄두도 못 낸다. 팔과 다리를 잡고 어깨에 주사를 놓으려 했지만, 어르신은 필사적이다.

"아~ 아악~!"

직원이 고통을 호소하며 소리친다. 어르신이 팔을 잡은 직원의 손가

락을 깨문 것이다. 본능적으로 순식간에 일어난 일이라 대처할 수 있
는 상황이 아니었다.

"이거 맞으면 올겨울 건강하게 지내실 수 있어요. 5초만 참으면 돼
요."

"싫어~ 사람 살려~ 나 죽어!!"

주사 맞기 전까지가 최고의 공포감으로 다가오지만, 순식간에 맞고
나면 뿌듯함이 생길 것이다.

L 어르신이 노래를 좋아하니 함께 노래를 부르자며 시선과 관심을
유도했다. 통하지 않는다. 잘 드시는 카스텔라 빵을 드리며 드시는 것
에 집중하게 했지만 거부하시고 지폐를 보여주며 주사 맞으면 드리겠다
고 해도 소용없다.

두 사람은 어르신의 머리와 팔과 다리를 붙잡고 노래 부르는 사람,
간식을 드리는 사람이 모여 한마음으로 주사를 맞도록 열심인 가운데
어르신이 살려달라고 외치고 있는 것이다.

주사 맞기 전까지의 과정을 어렵게 통과한 어르신은 맨몸으로 찬바
람을 잠깐 맞고 따뜻한 실내로 들어온 것처럼 울음이 웃음으로 바뀌었
다. 어렵게 청룡열차를 탄 후에 짜릿함을 느끼는 것과 같다. 그곳에 모
인 모두는 숨죽이며 공동의 목표가 이루어진 것에 환한 미소를 지으며
추억거리를 쌓아간다.

해맑게 웃는 L 어르신의 입안에선 막대사탕이 달콤하게 향기를 뿜어
내고 있다. 요양원의 하루는 주말드라마처럼 다음 주를 궁금하게 만드
는 마력이 있다.

손을 흔들다

하루를 가장 느리게 사는 L 할머니가 계시다. 4월 중턱의 봄 햇살이 L 할머니 이마 위로 사뿐히 내려앉고 있다.

L 할머니는 뇌경색으로 팔다리가 10년 전에 망가졌다.

"어르신, 안녕하세요?"

아주 천천히 나를 바라본다. 눈으로 말씀하시는 건가? 눈이 알아들으신 건가? 아무 대꾸도 없고 표정도 없다.

"오늘 날씨 참 좋죠?"

관심이 없는 듯하다.

"다리 좀 주물러 드릴까요?"

미동의 움직임도 없다. 살며시 다리와 발을 주물러 드렸다.

"좀 시원하세요?"

나 혼자 말한다.

L 어르신은 느리게 밥을 드시는데 한 시간 동안 천천히 드신다. 밥양이 많은 것도 아니다. 드리면 드리는 대로 그만 드려도 더 달라고 하지 않는

다. 드시는 양이 적어 적량을 드시게 하려니 케어자의 인내심을 시험한다. 때론 수저를 손짓으로 거부하지만 잠시 후에 드리면 또 잘 드신다. 어떻게 하면 반응을 이끌어낼 수 있을까? 어르신에겐 오 남매의 자식이 있다. 막내딸 집에서 입소 전까지 1년을 함께 살아 애착이 클 것이다.

"막내딸 보고 싶지 않으세요?"

내가 옆에서 말하는 것이 좋은지, 싫은지, 귀찮은 것인지 도무지 알 수 없다. 그냥 눈만 바라보고 있다. 요양원에 오실 때부터 말수가 매우 적었지만, 요즘엔 아예 말을 하지 않는다. 직원들도 어르신이 하시는 말씀을 들은 적이 없다고 한다. 의성어라도 무의식적으로 나올 수 있는데 들은 사람이 없다. 정말 왜 그러실까. 젊어선 사람들 앞에서 노래도 잘 부르셨다고 하는데….

"노래 프로그램 틀어드릴까요?"

TV 리모컨을 눌렀다. L 어르신은 TV는 안 보고 리모컨만 보고 있다. '너 하고 싶은 대로 해~ 라는 생각일까?'

아드님이 내 나이 또래다.

"제가 셋째 아들하고 나이가 같아요. 식사 잘하시고 건강 잘 챙기세요."

살며시 안아드렸다.

할머니 옆에 있으니 그냥 뻘쭘하다. 그냥 그렇다.

L 할머니 방을 나서며 손을 흔들며 인사했다.

그때다! L 할머니가 불편한 오른손을 들더니 손을 흔든다. 그리고 눈이 미소짓는다. 분명 난 기적을 마주하였다. 사회복지의 또 다른 이름은 기적이다. 어찌했든 귀여우시다. 내일도 어르신 방을, 기적의 일상을 예약한다.

사례관리

　내가 선택한 내 인생의 결정은 자신이 책임진다. 잘못된 판단으로 경제적, 사회적, 심리적 손실 또한 내가 감당해야 할 내 몫이다. 하지만 어르신은 그렇지 않다. 최선의 방법으로 최상의 방향을 모색해야 한다. 한 번뿐인 인생은 연습용이 될 수 없다. 잘못된 선택으로 문제가 발생하면 그건 고스란히 어르신의 삶에 심각한 영향을 미친다. 의사가 환자에게 가장 좋은 최선의 방법을 선택해야 건강을 회복할 수 있을 것이다. 하물며 타인의 인생에 커다란 영향을 주는 사회복지사가 쉽게 생각할 문제가 아니다. 그것이 사례관리의 중요성이다. 요양원에서의 사례관리는 인공지능 알파고도 따라올 수 없는 알고리즘 속의 무한한 변수가 존재한다.

　풍채가 산만한 P 어르신이 양 볼에 고집을 가득히 넣고서는 이른 저녁 침상에서 일어난다. 경미한 뇌졸중과 파킨슨병으로 말할 때마다 머리를 흔든다. 2인실 방에 단독으로 생활하고 있는데 냉장고에 먹거리가 늘 한가득 차 있다. 저녁 식사하신 지 한 시간이나 지났을까. P 어르신처럼 커다란 냉장고를 여니 환한 불빛이 반긴다. 반짝이는 눈빛을 하고는 꽉 찬 냉장고를 이리저리 보는데 손에 쥘만한 것이 없다. 워커를 가지고 뒤뚱거리며 침상에 털썩 앉았다. 3m나 걸었을까? 아이고, 휴~ 침대가 받치고 있는 것이 용하다. 전동침대 두 대나 중심축이 휘어져 바꾸어 드렸는데 이 침대도 며칠 못 갈 거다. 침상 이곳저곳을 살펴보더니 콘센트에 늘 충전되고 있는 핸드폰을 가져가 1번을 길게 누르고는 귓가에 댄다. 핸드폰을 들고 있는 손과 머리가 같이 떠니 안쓰럽기도 하다.

"애비냐?"

"네, 어머니. 이 시간에 웬일이세요?"

"없어. 아무것도 없어."

"뭐가 없어요?"

"냉장고에 아무것도 없어. 먹을 것이 하나도 없다니까!"

"3일 전에 사다 놓은 족발이랑, 수육, 과일을 다 드셨어요?"

"먹을 게 없어. 어떻게 해. 얼른 와~"

"오늘은 늦었으니 내일 어머니 좋아하시는 거 사 가지고 갈게요."

"그래, 얼른 와야 해."

P 어르신은 전화를 끊고 침상에 자세를 고쳐 다시 앉았다.

'TV나 볼까?'

볼만한 게 없다. 가만히 있으니 배가 고프다. 신경질이 난다.

"이봐요!?"

큰 풍채에서 뿜어져 나오는 확성기가 요양원을 들썩인다. '왜 빨리 안 오지?' 짜증이 난다. 숨을 들이마시고는,

"이봐요!!!?" 지진이 일어났나? 창가로부터 작은 진동이 느껴진다.

"네~"

저만치서 대답 소리가 난다.

"무엇을 도와드릴까요?"

"냉장고에 먹을 게 없어. 나 배고파."

냉장고를 보니, 피자, 치킨, 빵 등 이것저것이 쌓여있다. 결국은 데워 달라고 하는 것이다.

직원은 난감하다. P 어르신은 고혈압에 당뇨, 고지혈증, 지방간, 심근경색이 있어 반드시 음식을 조절해야 한다.

"지금은 늦었으니까, 맛있는 고칼슘 두유 드시고 내일 치킨 데워 드릴게요."

"아녀, 얼른 가져와."

"그럼, 이거 쌀과자 드셔보세요."

"뭐여! 부스러기 말고 빨리 고기 가져와!"

P 어르신이 침상에 있는 물통을 던질 것만 같다.

"건강이 나빠져서 그래요. 조금만 데워 드릴 테니 참고 내일 드세요. 아셨죠?"

"그래, 알았으니 빨리 가져와~"

"그리고 여기 빨간 버튼 누르면 제가 금방 올 테니 크게 소리치면 안 돼요. 다들 주무시고 있어요."

전자레인지에 돌리고 있는 중에도 몇 번이나 호출벨이 울린다.

"자, 맛있게 드시고 얼른 주무세요."

P 어르신은 참 맛있게 드신다. 보는 사람도 군침이 돌게 한다. 정말

금방 드신다.

"이걸로 안 돼. 부족해, 빨리, 빨리….."

"냉장고에 있는 거 다 한 거예요. 더 없어요."

화가 난 P 어르신은 냉장고 문을 열어 확인한다. 직원이 냉장고에 있는 고기랑 피자를 치웠는데 다행히 어르신이 내용물을 기억하지 못한다.

약간의 언어장애가 있어 급한 마음에 말을 빨리 하려니 더 어눌해진다.

"이거, 어디 갔어? 여기 이거 얼른 가져와~"

피자를 기억해냈는가 보다. 불호령이 떨어지기 전에 직원은 피자를 데워서 드렸다. 다 드신 후에야 침상에 두 다리를 올린다. 소화라도 해야 하는데 배가 부르니 침대가 구름 위의 솜털 같다.

다음 날 어르신을 중심으로 각 파트 담당자가 이야기를 나눈다.

사회복지사는 현재 어르신의 건강과 인지기능, 욕구, 성격, 생활력, 가족 상황과 기본적인 인적사항을 안내하고 당면한 문제를 펼쳐낸다.

"P 어르신은 고칼로리의 음식을 드시면 건강이 더 악화되어 어떤 일이 벌어질지 모릅니다. 반드시 음식 조절해야 합니다." 간호사가 단호하게 말한다.

"네, 동의합니다. 음식조절 당연히 해야죠. 그런데 누가 어떻게 하죠? P 어르신은 평생을 고기 위주로 식사를 하셨습니다. 음식이 사는 낙이고 삶의 즐거움이죠." 사회복지사는 어찌할 수 없는 현실을 담담하게 털어놓는다.

"네, 맞아요. 음식을 드리지 않으면 P 어르신 신경질을 당해낼 수가 없어요. 당장 무슨 일이라도 벌어질 거 같아요. 언어장애가 있는데도 갖은 폭언에 각 티슈를 집어 던지더라고요." 요양보호사가 감당해야 할 케어의 부담은 날로 커지고 있다.

문제는 서로 이해하지만, 관점의 차이가 워낙 크다. 회의를 주관하는 나는 주위를 환기했다.

"자녀들의 생각은 어떠한가요?"

"아들만 셋입니다. 장남은 어머니가 하고 싶은 대로 해드리라고 합니다. 정신적인 스트레스를 받아 건강이 악화되는 것보다 드시고 싶은 것을 마음껏 드시는 것이 좋다고 합니다. 현재 질환에 대하여 설명해 드려도 괜찮다고 합니다. 차남과 삼남은 절대 음식을 제공하지 말라고 합니다. 나이도 젊은 편이라 오르막길만 있는 유병장수는 어르신뿐만 아니라 가족들에게도 어려움만 가중시킬 거라고 우려하고 있어요. 형제간에도 생각의 차이가 있어 사이가 좋지 않아요."

가장 좋은 방법을 찾기란 쉽지 않다. 삶은 수학이 아니다.

"그럼, 이렇게 진행해보죠. 결론부터 말하자면 음식을 드리세요. 앞으로 주의해야 할 사항이 있습니다. 먼저, 요양보호사는 어르신 기분이 나쁘지 않게 조금씩 음식량을 줄이고 열량이 적은 음식을 드릴 수 있도록 합니다. 간호사는 어르신 건강검진을 통해 현재 나타나고 있는 질환과 앞으로 건강이 악화될 문제를 진단서나 소견서를 받아 어르신과 자녀들, 특히 큰아들에게 알려드리세요. 사회복지사는 어르신이 약간의 인지가 있으니 지속적인 상담을 통해 음식을 줄일 수 있도록 건강문제를 알려드리고 운동을 할 수 있도록 계획을 세우시길 바랍니다.

또한, 보호자 간에 의견이 모아질 수 있도록 자녀분들에게 협조를 구하세요. 현재 주계약자인 장남이 법정 대리인이라 의견이 일치되지 않으면 장남의 결정에 따른다고 알려주세요. 일주일 후에 다시 논의하도록 하겠습니다."

각자의 역할에 최선을 다하지만, P 어르신의 생활습관을 바꾸기란 쉽지 않다. 얼마나 음식조절이 가능할까? 스스로 건강을 생각하여 음식 조절하면 좋겠지만 P 어르신은 의지가 약하다. 시간이 지날수록 P 어르신의 숨소리는 더욱 거칠어지기 시작한다. 화장실에 가기 전에 용변을 실수하고 몸을 뒤척이는 것조차 힘겨워 신음이 터져 나온다.

결국 어르신은 침상에 눕게 되었다. 누워서도 음식에 대한 욕구는 강하다. 자존심이 강한 분이라 남의 손을 빌려 용변 처리하는 것이 치욕스럽기는 해도 음식만큼은 참을 수가 없다. 형제간의 갈등도 정점을 향하더니 힘의 우위가 결정되었다. 장남이 가진 것도 많고, 연금도 관리하며, 어머니와의 관계도 좋으니 남은 두 아들은 더 이상 소모적인 싸움을 하지 않는다. 그러나 누운 사람은 눈치를 보기 마련이다. 성격대로만 할 수 없다. 삶은 언제나 그렇듯 힘에 의해 선택이 결정된다. 결국, 큰아들은 요양원의 방침대로 못 본 척 눈을 감을 것인가, 집에서 개인 간병인을 고용할 것인가, 다른 요양원을 찾을 것인가의 갈림길에 서 있다. 큰아들에게 있는 그대로의 상황과 앞으로 벌어질 일에 대하여 설명해도 당장 일어나지도 않는 걱정거리는 귀에 들어오지도 않는다. 어르신의 시간은 더 가파른 오르막길을 향하고 있다. 어깨에 무거운 짐을 이고서 말이다.

연기하다

　흐트러짐 없는 쪽 머리 주인마님이 요양원에 첫발을 내딛는다.

　짧은 신혼을 보내고 당신이 선물로 남겨준 내 보물과 60년 동안 한 출입문을 오가며 함께 살아왔다. 내 아들, 내 새끼만 바라보며 버티고 버티며 한평생을 지금까지 이어왔다. 그런데 내 핏줄이 아닌 여자가 이 집에 들어오면서 화병이 스멀스멀 간을 자극하고 있다. 그때마다 똥강아지 셋이 아니었다면 당장 내쫓았을 것이다. 요즘 들어 지팡이 없이는 걸을 수 없게 되니 내 말의 영향력이 예전 같지 않다. 빌어먹을 다리가 고장 나니 화장실을 빨리 갈 수가 없다. 목이 마른데 물을 마실 수도 없다. 질질거리며 허리에 기저귀를 매달 바에는 농약을 마시겠다. 그렇다고 며느리에게 손을 내밀기는 더더욱 싫다. 내가 살아있는 이유는 자존심 그거 하나다. 그래서 마지못해 선택한 것이 요양원이다. 내 치부를 그년에게 보이는 것보다는 나으리라.

　요양원에 오니 화병이 도진다. 내 마음대로 할 수 있는 것이 하나도 없다. 답답해서 미칠 지경이다. 방 안에 똥오줌 냄새가 진동한다. 헛구역질이 나고 머리가 깨질 듯이 아프다. 정신 나간 노인이 내 방에 들어와 이것저것 만진다. 저리 가라고 하면 해코지할까 봐 무섭다. 내 집이 편한데 어떻게 되돌아갈 수 있을까? 아들이 알아서 나를 데리고 가면 좋겠지만 내 마음을 알아줄까? 그 불여시가 반대하겠지? 나는 여기 있을 사람이 아니다. 내 처지를 생각하니 급격히 우울해진다. 모든 것이 싫고 귀찮고 다 집어치우고만 싶다.

또 아침이다. 저놈의 햇빛 때문에 눈이 따갑다.

"입맛이 없으세요? 조금밖에 드시지 않으셨네요?"

"……."

"간식이라도 챙겨 드릴까요?"

"……."

"불편하시면 언제든지 말씀하세요."

그냥 내버려 두면 좋겠건만 말이 많다. 여기 있는 자체가 불편하다. 그냥 나갔으면 좋겠다. 미간이 찌그러지며 손가락을 밖으로 두어 번 휘저으니 사라진다.

불 꺼진 밤 빵 쪼가리와 두유를 가져오더니,

"낼모레 아드님이 면회 오신대요. 잘 드셔야 기운을 차리시죠."

오늘 듣던 중 가장 반가운 소식이다. 저거 먹으면 화장실 가야 하는데…. 화장실을 생각했더니 방광이 움찔거린다. 하루에 10번은 넘게 화장실에 가는데 오늘은 많이 참기도 했다. 사방이 조용해졌다. 아무도 모르게 화장실을 가는데 옆의 노인이 코 고는 소리와 벨소리(동작감지벨)가 신경을 거슬리게 한다.

'우리 집 화장실하고는 다르네.' 그때다! 살짝 미끄러져 휘청거린다. 직원이 언제 와서 보고 있었는지,

"조심하셔야 해요. 불을 켜시고요. 여기 호출벨을 누르면 제가 도와드릴 테니 언제든지 이거(호출벨) 누르세요."

"……."

다음 날 최소한의 생물학적인 움직임 외에는 종일 이불을 머리끝까지 뒤집어쓰고 하루를 보낸다.

드디어 아들이 왔다.

"어머니, 좋아하시는 만두예요. 이 과일도 드셔보세요."

침샘이 식욕을 자극하지만 여기서 무너지면 안 된다.

"어머니, 저를 봐서라도 조금만 드셔보세요."

그 말에 먹을까 생각하고 있는데,

"여보, 억지로 권하지 마. 이따 편하실 때 드셔도 되잖아."

저 불여시가 내 속을 뒤집는다. 몽니가 발동되어 만두 한 개를 집어들었다. 몇 번 씹으니 참 맛있다. 그래도 이대로 무너지면 안 돼! 다 계획이 있잖아.

"콜록콜록~ 으윽~ 허억~!"

"어머니, 여기 물 드세요."

가슴을 치며 목 깊은 곳으로부터 더 걸쭉하게,

"콜~콕~ 커~억, 커억!!"

아들은 어머니 등을 두드리며 아내를 보고 괜찮다며 물고기 입으로 말하고, 검지를 코에 대며 미소짓는다.

눈물까지 찔끔 쏟았지만 역부족이다. 더 기침하다간 목이 찢어질 것만 같다. 아들이 내 맘을 알아주지 않는다.

"어머니, 여기가 제일 좋은 요양원이에요. 편하게 잘 지내셨으면 좋겠어요."

내가 듣고 싶은 말이 전혀 아니다. 최후의 수단을 써야 한다. 듣기 싫어 자리에서 일어나려고 지팡이를 힘껏 쥐었다. 그러다가 다리에 힘이 빠져서 갑자기 쓰러진다. 드라마에서 보면 혼절하는 장면이 실제인 것처럼 느껴질 때가 있어 나름대로 준비를 많이 했다. 그런데, 뒷목을 잡고 쓰러졌는데 아무도 신경 쓰지 않는다. 사람이 쓰러졌으면 응급조치를 하고 응급차를 불러야 하는데 조용하다. 내 연기가 부족했나? 아차 싶다. 넘어질 때 머리가 다칠까 봐 살며시 머리를 바닥에 대었다. 그거 눈치챘을까? 내가 왜 그랬지? 아무나 연기하는 게 아니구나. 바닥이 차다. 잠시 망측한 시간이 지나자,

"어머니, 이곳이 많이 불편하세요? 그래도 조금만 참아보세요."

주위의 민망한 시선이 느껴진다.

아들이 살며시 일으키는데 얄미워서 아들 팔을 꼬집었다. 자존심이 상해 나도 모르게 눈물이 핑 돈다.

며칠은 이불속에서 살아야지.

가장 선호하는 프로그램

　요양원에는 많은 프로그램이 있다. 음악, 미술, 레크리에이션, 동화 구연, 신체활동, 영양, 시청각, 정서지원, 인지활동, 원예 등 다양한 활 동을 통해 남아 있는 잔존기능을 최대한 활용하여 건강한 삶을 영위 할 수 있도록 지원하고 있다. 어르신들이 가장 선호하는 프로그램 중 하나는 푸드테라피[4]이다. 오늘은 동네잔치를 회상할 수 있도록 바비큐 와 다양한 먹거리로 분위기를 되살리고자 계획하였다.

　오전 일찍부터 빨갛게 타오른 숯이 뜨거운 열과 함께 희뿌연 연기를 구수하게 내뿜고 있다.

　한쪽에서는 배추전을 부치고 있다. 침샘을 자극하는 후각에 이끌리 어 L 할머니가 다가온다.

　"할머니, 배추전 좀 부쳐 보실래요?"

　"아녀, 난 이거(바비큐) 보러 왔어."

　지글지글 고기 굽는 소리와 함께 홍갈색의 고기가 기름을 잔뜩 바른

---

4)　음식을 통해 질병을 치료하거나 예방하고 영양을 제공하는 요법

냄새로 유혹한다.

"이거 맛있게 잘 익었네요. 한번 드셔보시겠어요?"

"그려, 하나 줘봐~"

하나를 맛있게 드시고도 계속 머물러 있어 세 조각을 더 드렸다.

"저기 식탁에 앉아계시면 맛있게 해서 드릴게요."

L 할머니는 입맛을 다시며 식탁으로 간다.

꼬치와 햄, 고기와 전, 나중에는 구운 고구마로 풍성한 잔칫집 분위기를 연출했다.

L 할머니는 이가 망가졌지만 남의 이(틀니)로 참 맛있게 드신다. L 할머니 앞 접시에 고기가 충분하지만, 옆에 어르신 접시에 놓인 고기를 뺏어 드시려고 실랑이가 벌어진다. 테이블에 고기가 순식간에 사라진다.

"여기 고기 좀 더 가져와~"

잠시 후 L 할머니는 신문지를 가지고 자리를 옮긴다.

"자리가 불편하세요?"

"아니, 옆의 할머니가 너무 많이 먹잖아. 이 자리는 고기가 넉넉하네."

"여기 많아요. 부족하시면 언제든지 말씀하세요. 갑자기 기름진 음식 많이 드시면 탈 날 수 있으니 너무 많이 드시지는 마시고요."

"응, 걱정 말아."

음악을 곁들인 놀이프로그램을 함께하며 요양원에서의 추억이 깊어진다.

방으로 돌아온 L 할머니는 속주머니에서 신문에 싼 고기를 꺼낸다. 아껴서 내일 먹을 것이다. 아무도 모르게 서랍장 안쪽에 깊숙이 숨겨놓았다. 나만 먹을 거야.

　저녁 시간에 L 할머니 방문을 두드렸다.
　"다음부터 고기 먹을 때에는 나를 일찍 불러줘."
　"왜요?"
　"고기 먹는데 시간이 부족하잖아. 이도 성가시고, 내가 좀 느려 얼마 먹지 못했어.~"
　"그러시구나. 오늘도 시간은 충분했는데 이가 불편하셨구나. 다음부터는 부드러운 갈비찜이나 불고기로 준비해볼게요. 오늘 맛있게 드셨어요?"
　"내가 가난하게 살아서, 고기를 많이 못 먹어봤어. 그래서 고기만 보면 욕심이 생겨. 어렸을 때는 어쩌다 먹는 고기가 늘 부족해 형제들과 다투었고, 사는 게 힘들다 보니 고기 먹는 날이 거의 없었지. 그래도 그때는 더 맛있게 먹었어. 오도독뼈도 쉽게 으스러져 소화도 잘했으니까."

　일주일이 지났다. 직원이 방에 들어가니 이상한 냄새가 난다.
　"할머니, 여기(서랍장)에서 냄새가 나지 않아요?"
　"무슨 냄새?"
　서랍장을 열어보니, 신문지에 싼 삼겹살이 상해 냄새가 코를 찌른다.
　"아니, 누가 여기에 상한 고기를 넣어놨어! 얼른 치워~"

"이거 지난주에 바비큐 드셨던 건데…. 제가 얼른 치울게요."

직원은 의식적으로 서랍장 이곳저곳을 더 찾아봤다.

한 달 전에 드신 치킨, 보름이 지난 탕수육이 또 나왔다.

"아니, 내 서랍장에 누가 상한 음식을 넣었어! 내다 버려!"

L 할머니는 내일을 준비하지만, 기억은 오늘을 지워버린다. 고기 맛이 끊임없이 현재를 이어줘야 한다. 고기가 늘 부족했던 과거의 기억 속에 혀끝이 현재를 담아 내일을 잊어버리는 생활이 계속되고 있다. 물속에서 걸을 땐 지나온 발자국을 남기지 못한다.

크로로스(흘러가는 시간)와 카이로스(의미 있는 시간)

나이가 들수록 오감을 조절하는 도파민 생성이 줄어든다.

기억을 통해 시간의 흐름을 인지한다. 잊지 못할 첫 기억과 최근의 강렬한 기억은 망원경을 보는 것처럼 가깝게 느껴져 시간이 더디게 가지만 신체적 기능이 떨어진 노년이 되면 생체반응이 느려지니 시간이 빠르게 간다.

시간의 흐름은 상대적이다.

"맨날 요양원에서 똑같은 일상을 보내고 있는데 지겹지도 않아요?"

"사는 게 다 똑같지 뭐."

"다람쥐 쳇바퀴 돌아가듯 사는 인생이 답답하잖아요."

"인생 자체가 톱니바퀴야. 톱니를 거스를 순 없어."

"그래도 여긴 잔잔한 호숫가의 봄날처럼 그냥 잔잔하기만 하잖아요."

"죽고 사는 일이 있으니 매일 폭풍전야라 할 수 있지."

"이렇게 앉아서 시간을 보내고 있는데 시간이 답답하지 않아요?"

"이 나이에 여기서 뭘 할 수 있겠어~ 시간에 누워 시간을 바라볼 뿐이야~ 그래도 하루가 쏜살같아. 남의 어린 자식 크는 것 같지."

"그런데도 시간이 빨리 간다고요?"

"시간은 늘 새벽 풀잎 위의 이슬 같아. 매일 이른 아침 동쪽 하늘에서 붉은 해가 떠오르는 것을 보며 하루를 시작하지. 동에서 서가 가장 멀 텐데 어느 순간 눈을 들어 창가를 보면 붉은 해는 먼 서쪽 끝에 저물어가더라고. 그렇게 몇 번 반복하더니 어느 날 머리에 서릿발이 내렸더라고."

어르신이 살며시 쓴웃음을 짓는다.

"다 이렇게 사는 거야."

동쪽의 시간이라는 강력했던 철근이 서쪽에서는 한 줌의 재가 되어 발아래 밟히고 바람에 날아간다. 누구에게나 하루는 동에서 서로 움직일 텐데 그 시간의 내용은 사람마다 동서남북 사방으로 펼쳐져 나름대로 나타난다. 결국 사방에서 모인 서쪽의 석양은 보는 사람마다 감동이 깊이가 다르다.

우리는 모두 이렇게 살아오고, 살아가고, 살아갈 것이다.

죽음 같은 잠

한낮이다. 어르신이 되면 잠만 잔다.
밤에도 낮에도 심지어 식사시간에도 졸음이 쏟아진다.
약물에 의지하는 것이 아니다.
어린아이처럼 숨소리도 없이 고요하다.

"어르신 주무세요?"
"아니야, 그냥 눈 감고 있는 거야."
청각에 이끌리어 몸을 뒤척인다.
"많이 졸리세요?"
"그냥, 뭐 할 일이 없으니까."
"TV라도 보세요. 휠체어 타시고 거실에 나오셔도 좋구요."
어르신은 관심이 없다. 자력이 아닌 남의 도움은 이제 불편하다. TV
도 관심 없다. 몸이 무겁다. 그냥 귀찮다. 삶이 공허하다. 눈꺼풀을 들
어 올릴 힘이 없다.
신체나 정신이 고장 난 어르신이 되면 시간이 망가질까?

끝 잠으로 가는 길고도 잦은 잠이 호흡의 시간을 앞당긴다.

"무슨 생각 하세요?"

"에이~ 휴, 좀~!!"

"네? 말씀하세요?"

"말 걸지 마. 제발~"

위기는 희망을 품다

　오일장 날은 시장 안이 온종일 바쁘다. 한낮의 복잡함도 저녁 시간이 되어서야 고요해진다. 늦은 밤이 되면 하루를 정리하고 또 내일을 준비하기 위한 담금질을 시작한다. 매일 시장처럼 바쁜 장날을 보내고 그 담금질 같은 휴일에 다급한 벨소리가 울린다. 잔잔한 호수 중앙에 돌멩이가 떨어진다. 무슨 일이 벌어진 걸까? 그 작은 물결의 파장이 전율이 되어 귓가를 자극한다.

　"어르신 20명이 37.6도의 고열이 있어 신속항원검사(RAT)를 해보니 양성으로 나왔습니다."

　"네?!! 알겠습니다. 즉시 어르신 격리하시고, 직원들은 감염관리에 철저히 하시기 바랍니다."

　즉시 핸들을 잡고 요양원으로 향한다. 작은 돌멩이가 바위로 바뀌더니 이내 바람을 이고 거센 물결이 육지 위까지 덮칠 것 같은 불길한 예감이 든다. 2022년 11월 13일 어르신 72명, 직원 53명이 탄 배에 작은 구멍이 생기고 물이 갑판 아래로 고이기 시작한다. 몸이 무거운 어르신들이 배 아래 칸에 있어 직격탄을 맞을 가능성이 높다. 항상 핫라인을 공유하는 직원들은 비상상황임을 인지하고 한걸음에 달려왔다. 비상회의를 통해 일사불란하게 각자의 역할을 수행했다. 다행히 매뉴얼을 숙지하고 있어 허둥대는 직원은 없다. 지하강당에 다수가 생활할 수 있는 격리공간을 만들기 위해 비닐을 치고 방역물품을 확보하고 식사, 케어, 이동 등 업무분장을 세밀하게 계획했다. 나는 사무국장이자 방역담당 실무자로서 중심과 체계를 전문가답게 세워서 업무에 반영했다.

다음 날 어르신 15명과 직원 4명이 양성 확진 판정을 받았으며 어르신 4명과 직원 1명은 재검사가 나왔다. 첫사랑 손을 잡을 때처럼 심장이 빨리 뛰기 시작한다. 확진자와 밀접접촉자는 구분하여 분리하고 비닐로 공기의 흐름을 차단하고 동선을 최소화한다. 이중마스크 위에 쉴드마스크와 라텍스장갑, 머리 캡과 방호복, 손과 발에 장갑과 덧신을 신고 필요한 말 외에는 하지 않으며 최소한의 활동으로 바이러스를 차단하고자 노력했다. 보호자에게 알리자마자 핸드폰에 불이 난다.

"요양원에서 어떻게 하길래 우리 어머니가 코로나에 확진되나요? 아니, 요양원에서 하루 종일 방 안에만 누워계신 우리 엄마가 왜 코로나에 걸리냐고요? 직원이 옮긴 거 아닌가요?"

"정말 죄송합니다. 면밀히 건강상태를 확인하여 더 악화되지 않도록 만전의 준비를 다하겠습니다."

"기저 질환자 사망률이 높다는데 우리 엄마 죽으면 당신이 책임질 거요?"

보호자 입장에서 생각해보면 다 맞는 말씀이다. 죽음 앞에 그 무엇이 정당화될 수 있을까? 호숫가의 조그마한 전율이 날카로운 송곳이 되어 심장을 파고든다.

"네, 죄송합니다. 죄송합니다. 어머님 건강상태 꼼꼼히 체크하겠습니다."

커다란 한숨을 내뱉으려고 하자, 벨소리가 또 요란하다.

"우리 엄마 방에 코로나 확진자가 생겼다고 연락받았습니다. 어떻게 대처하실 건가요?"

"격리했으나 요양원 사정이 녹록지 않습니다. 더 이상 악화되지 않도록 최선을 다하겠으니 조금만 더 이해해주시기를 바랍니다."

"아니, 불안해서 살 수가 있어야지요! 우리 엄마 코로나 감염되면 어떻게 책임지실 거에요?!!"

"코로나로부터 안전하다고는 자신 있게 말씀드릴 수 없으나 현재로서는 저희가 할 수 있는 방역 관리를 철저히 하겠습니다."

그렇게 걱정되시면 집으로 모셔가도 된다고 감정이 훅치고 올라왔으나 이내 이성을 찾았다.

"우리 엄마 코로나 확진되고 무슨 일이라도 생기면 내 가만히 있지 않을 거요!!"

"죄송합니다. 죄송합니다."

한숨은 사치가 되어 고개를 숙이기에 바쁘다.

매일같이 PCR(중합효소 연쇄반응) 검사를 하고 불안한 예감은 현실이 되어 다음 날 눈뜨는 것이 두려워졌다. 다음 날, 또 다음 날 어르신과 직원의 확진자가 계속해서 속출했으며, 감염을 막을 방법을 생각하는 것은 주객이 전도된 것으로 당장 발등의 불을 꺼야 하는 상황이 되어버렸다. 재감염률도 높게 나타났으며 위중증 어르신도 발생해 병원으로 후송되었다. 시간이 매우 아깝게 생각하며 살아왔는데 제발 시간이 빠르게 지나가기를 바라고 있다. 요양원에 계신 어르신들은 발걸음이 멈추고, 입술이 닫히고, 문이 잠기고, 생활에 갇혀서 최소한의 활동만 하게 되었다. 얼마나 답답하고 힘이 드실까? 그나마 TV가 세상과 연결해주고 숨통을 트게 해준다. 계속되는 보호자의 민원과 짙은 안갯속을 설명하기엔 스스로 이 버거운 현실이 너무 벅차기만 하다. 어르신이 돌아가시기라도 하면 어떻게 하나 노심초사 살얼음판을 걷는 불안은 하루가 지날수록 더 커져만 간다.

나는 즉시 방역물품을 신청하여 박스 단위로 보건소에서 수령했다. 파견인력을 접수하고 감염관리에 대한 규정과 매뉴얼을 숙지하고 만약의 현실을 구체화하기 위해 실무의 손과 발로 뛰고, 수화기를 들어 수습하고자 최선을 다했다. 가장 큰 문제는 직원이다. 방호복을 입고 쉴드마스크에 캡, 덧신, 라텍스장갑 등 방역복장을 수시로 해야 하며, 감염 어르신을 돌본다는 것은 감염 확률이 높기 때문에 직원들이 그만두는 사례가 인근 요양 시설에서도 많이 나타났다. 처음 감염원이 직원이었다면 이제는 어르신이 주 감염원이 되었다. 자연스럽게 어르신을 돌보는 직원 사이에서 코로나 양성확진자가 늘어나게 되었다. 문제는 근무할 인원이 부족해졌다. 매일같이 양성 확진 직원이 발생하고 대부분 근무할 수 없을 정도로 두통과 기침, 오한과 근육통으로 고통을 호소하고 있다. 적은 인원으로 근무하는 직원은 화생방 방독면을 쓴 것처럼 호흡도 힘들고 비닐옷(방호복)을 입고 있으니 온몸에서 땀이 샘솟는다. 식사시간이 되면 마치 결혼식장에서 정해진 식사시간처럼 아수라장이 된다.

직원의 2/3 이상이 요양보호사이다. 요양보호사 팀장이 울상이 된 나에게 다가왔다.

"너무 걱정하지 마세요. 아직 심각한 증상의 어르신도 없고 직원들은 잘 협조하고 있으니 잘 극복할 겁니다. 지금은 인원이 부족하니 제가 이번 주까지 계속해서 근무하겠습니다."

'지금까지도 힘든 거 다 아는데 팀장님 건강도 신경 써야죠, 이러다가 큰일 납니다.'라고 말하지 못했다. 마음은 근무표대로 하시라고 괜찮고 말하고 싶었지만, 속에서만 맴돌았고 차가운 이성은, "네 팀장님, 애써주셔서 정말 감사합니다. 꼭 이겨낼 수 있도록 우리 같이 힘을 모아요!!" 애써 밝고 힘찬 모습으로 가면을 썼다.

사무실 행정직원들이 모여있다.

"지금은 비상상황이니 서로 마음을 모아 어려움을 극복해나가야 합니다. 어르신이 계시기에 우리가 일하고 월급을 받을 수 있는 것입니다. 어르신이 안전하고 건강하게 이 위기를 이겨낼 수 있도록 함께해주시기를 바랍니다."

김 과장이 총대를 메고 선봉에 선다.

"저희도 어르신 식사케어와 일상케어에 팀을 나누어 힘을 보태겠습니다. 주말(쉬는 날)에도 순번을 정하고 특별하지 않은 경우를 제외하고는 요양원 업무에 올인하겠습니다. 서류와 일지는 케어가 끝나면 저녁시간 이후에 하면 됩니다."

"본연의 일도 많고 힘들 텐데 협조해주셔서 감사합니다. 짙은 안개는 해가 뜨면 흔적도 없이 사라질 것입니다."

가장 일이 많고 스트레스가 심한 의료팀 직원들은 밤낮없이 5분대기

조로 생활하고 있다. 식당에서는 도시락으로 일회용 식기와 간식, 음료를 준비하느라 시간이 화살같이 지나간다. 위생원은 세탁물을 별도로 관리하고 구분하고 있으며, 시설관리자는 격리공간, 방역소독, 시설환경에 발이 땅에 붙어있는 시간이 없다.

업무 중에 코로나 양성 확진 판정을 받고 집에서 격리하고 있는 직원에게서 연락이 왔다.

"국장님, 저는 지난번에 코로나 양성 확진 받고 이번에 두 번째인데요. 이번엔 아무 증상이 없는 것 같아요. 전에는 인후통과 근육통, 기침으로 많이 힘들었는데 지금은 괜찮아요. 일할 수 있을 거 같은데 나가면 안 되나요?"

"네, 말씀만으로도 감사합니다. 그러나 7일 의무격리 기간이 있고요. 타 직원과의 형평성이나 타인에게 감염위험이 있으니 몸 관리 잘하시고 출근하시는 게 좋을 것 같아요."

"지금은 근무 인원이 적어 제가 도움이 되고 싶어요. 그리고 확진 어르신만 케어담당하면 감염위험에는 문제가 없을 것 같고요. 무엇보다도 제 마음이 편치 않아서 그래요."

"아직은 견딜만한 것 같아요. 손길이 필요하게 되면 즉시 연락드릴게요. 고생 많으셨으니 마음 편하게 쉬시고 기도해주세요."

조직은 위기일 때 그 진가가 나타난다고 했던가! 코호트 격리에 따른 전 직원은 한마음이 되어 구슬땀을 흘리고 각자 맡은 업무분장에 최선을 다하기 시작했다. 본래 사회복지란 누군가에게 보여주기 위해, 자신을 드러내기 위해, 실적을 높이기 위해 일하는 곳이 아니라 음지에서 사회적 약자의 삶의 질을 향상하기 위한 전문적 서비스를 제공하는 직업이지 않은가!! 시설 대표자로부터 사회복무요원까지 우리 모두는 절벽 끝에서 살아남기 위해 서로의 손으로 연결된 밧줄을 꼭 잡았다. 손을 놓치는 순간 나 때문에 모두가 나락으로 떨어질 것이다.

결국 이 팀장도 코로나 양성에 확진(재감염)되었으며, 원장도 코로나 양성에 확진되었다. 불과 3주 만에 어르신 80%, 직원 86%의 직원이 확진과 재감염이 나타났다.

이 불길 속에서 안전하게 화약고를 지켜낼 수 있을까? 어르신 한 분이라도 돌아가시기라도 하면 어떻게 될까? 화염 속에 어르신을 가슴에 품고 감싸 안으며 제발 불길이 잦아지길 바라고 또 바랐다. 건강에 조금이라도 이상이 있는 어르신은 전담기동반에 신속하게 연결하여 인근 병원에 입원했다. 입원한 어르신은 평균 5명이 되었다.

국방부 시계든, 첫 데이트의 시계든 어찌했든 시간은 흐른다. 7일간의 격리를 마치고 복귀하는 직원들이 하나둘 생기기 시작하였으며, 코로나 양성확진자 숫자도 조금씩 줄어들기 시작했다. 분명 터널의 빛을 향해 나아가고 있음을 직감했다. 그러나 직원 모두는 긴장을 끈을 놓지 않고 감염, 방역 관리에 소홀함이 없도록 철저히 업무에 임했다. 보호자는 면회도 외출도 할 수 없어 전화 통화나 SNS로만 소식을 들을 수밖에 없었다. 바쁜 생활 속이라 무척 답답할 텐데 시간이 지날수록 대다수의 보호자님은 직원들을 격려하며 응원해 주었다. 힘을 내라고 직원들에게 간식을 보내주기도 하며, 댓글로 응원의 메시지를 적어주며, 기도해주는 보호자님들이 점차 더 많이 생겼다. 자가격리 중인 직원들도 메시지와 간식으로 격려해준 덕에 복귀한 직원들은 더 힘을 내어 맡은 일에 헌신했다. 시간이 흐를수록 확진자도 줄어들고 직원도 안정화되고 있다.

그런데 터널 끝을 향해 순항하던 중 화약고에 불이 옮겨붙고는 결국 사상자가 생기고 말았다. 심상치 않은 전화벨이 아침 사무실의 적막을 깨운다.

"저희 어머니가 오늘 새벽에 소천하셨습니다."

코로나 확진으로 병원에 입원해 계신 Y 어르신의 아드님이시다.

"아~ 네, 건강하셨는데 돌아가실 줄 생각지 못했습니다."

나는 꿀을 먹었나 보다. 갑자기 무슨 말을 해야 할지 혀가 굳었다.

"원래 폐와 심장이 좋지 않았는데 이번 코로나 양성으로 영향을 받은 것인지 인과관계는 확실하지는 않다고 합니다."

지혜로운 보호자이다. 일방적으로 총알을 쏘아대는 것이 아니라 차분하게 말씀하신다.

"네, 저희가 찾아뵙겠습니다."

우리는 시간을 쪼개고 마음을 모아 장례식장으로 네 바퀴를 움직였다.

"저희 어머니가 1년 6개월 동안 요양원에 계셨는데 그동안 편안하게 잘 모셔주셔서 감사합니다."

외아들인 보호자는 눈물을 흘리며 우리를 맞이한다. 요양원에 계신 동안 사진을 앨범으로 만들어 보호자에게 드렸다. 앨범을 보며 또 마르지 않는 샘을 닦아내며 주위를 엄숙하게 한다. 워낙 효심이 깊은 외아들이라 상심이 크셨을 텐데도 직원의 손을 한 사람 한 사람 정성을 담아 잡으며 감사의 인사를 전한다. 영정사진의 주인공이 웃으며 인자하게 바라보는데 코끝이 시려온다. 우리 직원들은 서로 말은 하지 않았지만, 감사의 감동이 물밀듯 솟아올랐다. 사회복지를 하는 사람들은 퇴근할 때 물에 젖은 솜을 철근처럼 매달고 베개에 덜어내고는 아침이 되면 보람이라는 가치와 희망으로 깃털 같은 마음이 생겨나 출근한다.

2022년 11월 28일 이후로 두 번의 PCR 검사에서 확진자가 더 이상 나오지 않았다.

코로나라는 태풍이 휩쓸고 지나간 자리에는 후유증과 또 다른 상처가 남게 될지 모른다. 더 큰 폭풍우가 내릴지 모르니 더욱 만전을 다하자고 우리 모두 다짐했다.

그런데 12월 초 고령의 조리원 선생님이 코로나로부터 직격탄을 맞았나.

"제가 몸이 좋지 않았는데 코로나 양성 확진 이후에 건강이 더 나빠졌습니다. 더 이상 근무하기가 힘들 것 같아요."

너무나 가슴이 아팠지만 어찌할 방법이 없었다. 감사패와 선물을 드리고 마음을 다해 감사를 드렸다.

사회복지시설은 사회적 약자와 함께 생활하는 곳이다. 직원들은 사회적 약자와 함께 인생이라는 여정을 행복하게 걸어갈 수 있도록 때로는 업어주기도 하고, 안아주기도 하고, 토닥거려주기도 한다. 중요한 것은, 직원들이 사람에 대한, 사회에 대한 애정과 열정, 경험적 노하우가 없이는 이 길을 가기 어렵다는 것이다. 한배를 탄 우리 직원들이 각자의 역할에 최선을 다할 때 어떤 조난을 당해도 당당하게 이겨낼 수 있음을 이번 위기상황을 통해 더욱 협력하고 합심하는 계기가 되었다. 음지에서 묵묵히 섬김의 사랑을 실천하고 있는 직원들이 있어 이 직장이 더할 나위 없이 좋다. 만 21년을 요양원에서 감사와 행복의 이유를 하나씩 더해가며 오늘이라는 선물을 받고 있다. 이번 위기는 끈끈한 사우애(社友愛)가 되어 섬김의 실천을 다짐하는 계기가 될 것이다.

· Part 6 ·

단풍잎은 떨어지고
봄은 새싹을 피운다

죽음을 처음 마주한 날,

어르신이 숨을 가늘게 몰아쉬고 있다.

한쪽에서는 다급한 목소리가 119 구조를 애타게 부르짖고 있다. 보호자에게 연락하는
음성이 촉각을 다툰다. 심폐소생을 위해 깍지낀 손은 쉴 새 없이 생사의 기로 속에 정신을
놓지 말라고 꺼져가는 심장을 북돋우며 최선을 다하고 있다.

압력밥솥에서 김이 빠지기 막바지다. 산소통에 매달려 요란했던 압력 추는 시간이 지나자
아무 소리도, 반응도 없어진다.

주위 사람들이 숨죽이며 한곳을 응시하고 있다.

난 지금 처음으로 죽음을 마주하고 있다.

사람의 체온이, 혈기가 사라진다.

돌나무처럼 뻣뻣해진다.

사람이 아니라 물건이 되어버린다.

갑자기 공포가 몰려왔다. 사람이 이렇게 죽는구나. 119는 주검은 후송하지 않는다.

이젠 물건을 처리하는 절차에 들어간다.

죽고 싶은데 끊어지지가 않아

"할머니, 지금 제일 바라는 것이 무엇인가요?"

"뭐, 바랄 게 있나. 빨리 저세상으로 가는 거지."

"할머니도 참. 보고 싶은 사람이나, 드시고 싶은 것, 가고 싶은 곳, 갖고 싶은 것이 있잖아요?"

"애들은 면회 잘 오고, 먹고 싶은 것도 다 먹어봐서 그런 거 싫고, 가고 싶은 곳도, 갖고 싶은 것도 없어. 인제 와서 그런 것들이 무슨 소용이야. 다 부질없어."

"그래도 손주들은 보고 싶지 않으세요?"

"늘 보고 싶지. 그런데 포기가 쉽더라고. 뭐 사진도 있고, 지들이 알아서 잘 키우는데 뭘, 보고 싶어도 그때뿐인 걸 뭐."

할머니는 모든 걸 부정적으로만 생각하는 듯하다. 정말 희망이라는 것이 없을 수가 있나! 난 할머니가 소소하게 즐거움을 느끼는 것이 무엇인지 궁금했다. 일상생활 속의 작은 행복들 그것이 삶의 활력이 되지 않을까 생각했다.

"할머니, 활짝 핀 벚꽃을 보고 싶지 않으세요?"

"보고 싶지. 근데 지난번에 조금 걸었다가 숨이 차서 힘들었어."

"휠체어 타시면 되잖아요."

"휠체어도 탔지. 근데 나 때문에 힘들고 귀찮게 하는 것 같아 미안하기도 하고, 그래도 숨이 차더라고."

몸이 비대한 어르신은 조금만 움직여도 매우 힘겨워한다. 이젠 여기저기 통증이 심하고 지뢰투성이라 어디든 조심스럽다.

"이젠 정말 끊고 싶은데 끊어지지가 않아."

정말 죽고 싶은데 방법이 없다. 앞으로 죽을 것이 뻔한데 그냥 빨리 갔으면 하는데 어찌할 수가 없다. 살아서 뭐하나. 지금은 사는 것보다 죽음이 더 필요하다.

5년이 지났다.

인간은 누구나 시간이 낡아 세월에 고장이 나면 기본적인 욕구에 충실하기 마련이다. 배설, 식욕, 수면이 그렇다. 그러나 때가 되면 단풍이 자연스럽게 물들듯이 노년도 자연의 순리에 따른다. 그럼에도 기억으로부터 저장된 삶의 애착은 오늘이라는 생명을 끈질기게 붙잡고 있다. 생명의 끈이 닳아가고 있는지 할머니는 무기력한 생활에 하루가 그저 무겁기만 하다. 요 며칠 칼날 같은 시간이 할머니를 덮치고 가니 순식간에 기력이 절벽 아래로 떨어진다.

"어르신이 식사도 잘하지 못하시고 머리 통증도 심하다고 날마다 이야기합니다. 병원에 가서 정밀 검사를 받아야 합니다."

"95세의 고령이신데 검사를 해서 결과를 안다고 해도 무슨 의미가 있습니까? 그냥 여기서 사시는 대로 살다 가시게 해주세요."

"그래도 정확한 진단을 모르면 저희가 어떻게 대처할지 막막합니다. 요양원은 고려장이 아닙니다. 꼭 검사를 받아야 합니다."

대학병원에서 검사를 받고 진단 결과를 들었다.

"오늘 병원에서 검사한 결과 뇌종양 말기라고 합니다. 95세의 연세라 항암치료는 큰 의미가 없을 겁니다."

보호자는 빠른 이별을 바라고 있다. 할머니는 점점 시간이 다하고 있다. 두 다리를 부실하게 하고 언어를 빼앗아가고 비싼 식욕은 포장을 뜯지도 않은 채 버린다. 이따금 눈을 뜨지만, 초점이 없다. 생물학적인 움직임만 있다. 시간이 또 흐른다.

침상에 산 송장이 있다고 옆 어르신이 불편해한다. 불길한 전염병이라도 옮을 듯 결코 가까이 가지 않는다. 직원은 정해진 시간과 때에 맞게 경관식을 제공하고 라운딩을 할 뿐이다.

5년 전 할머니가 말한 소원이 생각난다.

"끊고 싶은데 끊어지지가 않아."

시간은 멈추지 않는다.

하늘을 품은 그리움

"뭘 그렇게 보세요?"

"그냥, 하늘 보는 거지 뭐."

두 달째다. 92세 된 L 할머니는 점심 식사 후 매일 같이 하늘을 보고 있다. 오늘은 비가 내리려는지 먹구름이 끼어 있다.

"따님 기다리시는 거예요?"

"그러게, 오늘은 딸이 오려나~"

73세 고령의 큰딸은 일주일에 한 번 이상은 L 어르신이 좋아하는 팥죽을 가지고 면회 왔다. 그런데 요즘 발길이 뚝 끊겼다.

"따님에게 하실 말씀이라도 있나요?"

"말은 무슨…. 늘 보고 싶은 얼굴이지."

사무실에 내려와 따님에게 전화했다. 통화가 되지 않아 다른 자녀와 통화했다. 무거운 수화기를 내려놓으니 창가에 빗물이 한두 방울씩 부딪힌다.

한참을 망설이다가 L 할머니 방에 들어섰다. 아직도 창밖의 하늘을 보고 계신다. 하늘에는 그리움이 담겨있다.

"하늘은 어디든 연결되어 있잖아."

"네. 전국, 아니 세계 어디든 이어져 있죠."

"내가 보는 하늘을 우리 딸도 보고 있을까?"

나는 할 말이 없다. 할 수도 없다. 마음속으로 말했다. '분명 보고 있을 거라고.'

"우리 딸과 같은 하늘을 바라보고 있다고 생각하니 미소가 생겨. 내 시선이 머문 하늘에 딸 얼굴이 그려지니까. 그러면 딸에게 편지를 보내."

난 할머니와 같은 하늘을 바라보고 있다.

"미안하다고, 보고 싶다고 바람에 마음을 담은 편지가 저 하늘에서 딸에게 전해지길 소원하지!"

"뭐가 미안하세요?"

"내가 너무 오래 살았잖아. 딸 고생만 시켰어. 너무 오래 살아. 앞으로도 얼마나 더 살지…. 휴~"

무거운 공기가 한숨 소리와 함께 할머니 주위로 떨어진다.

"그럼, 따님에게 어떤 답장을 받고 싶으세요?"

"글쎄, 대답이라도 하면 그 무슨 말이라도 좋아."

딸이 죽었음을 이미 알고 계신 걸까?

잔잔한 바람이 떨어지는 비와 함께 그리움을 담은 창가의 하늘이 어르신의 두 눈에 빗물처럼 눈물이 쏟아져 내리고 있다.

살아서 또 들어왔소

C 어르신이 환한 미소로 휠체어에 앉아 요양원 현관에 들어선다.

"죽지도 않고 이렇게 또 살아서 돌아왔어요."

"이제 몸은 좀 괜찮으세요?"

"죽어야 하는데 자꾸 이렇게 살아서 돌아오니 미안하요."

"그런 말씀 마세요. 사람 목숨이 얼마나 중요한데요. 이깟 병 가지고는 쉽게 빼앗아가지 못해요!"

"그르게, 그런가 봐요. 이번엔 병원에 가서 죽기 전에 자식들 보고 맘 편히 저세상 가려고 했는데, 자꾸 병원에 마실만 가게 되네요."

특유의 재치와 유연함이 듣는 사람들의 입가를 미소짓게 한다.

"이제 웃음의 여유도 찾았으니 식사 잘하시고 약도 잘 드시면 돼요."

5일 전 늦은 시간 요양원에 큰 신음소리가 났다. C 어르신이 고열과 복통으로 식은땀이 펄펄 끓어 넘쳐 촌각을 다투게 했다. 발 빠른 대처와 병원 치료로 일상으로 되돌아오는 과정이 요즘 들어 부쩍 반복되고 있다. 직장수술 후 건강이 더 악화되었다. 변을 배출하는 기본적인 생리적 현상마저 출산하는 고통처럼 매우 힘들다고 한다. 그 고통을 줄이기 위해 음식량을 최소화하고 있다. 매일같이 갑판 위로 물이 넘쳐나는 인생의 폭풍우 속에 힘들만도 할 터인데 연륜의 유연함이 죽음과 삶의 경계선에서조차 여유마저 느끼게 한다.

"아이고, 그런 소리 하지 마. 죽을 때가 다 되었어."

"자식들은 어떻게 하고요?"

"애들은 이제 지는 꽃 그림자일 뿐이야."

"네? 그게 무슨 말씀이세요?"

"내가 젊어서 화분에 씨앗을 심었어. 물을 주고 햇볕도 잘 드는 곳에 정성과 시간을 아낌없이 사랑을 주었지. 시간이 지나자 예쁜 꽃을 피우고 또 열매를 맺더라고. 그리고 다 자란 꽃은 오후에 기울어지는 그림자처럼 길게 드리우게 되더라구. 이젠 아무리 물을 주어도 반응이 없어. 꽃 그림자는 기울어질 뿐이야."

"그래도 자녀들에게 바라는 것이 있잖아요?"

긴병에 지쳤는지 자녀들은 연락도, 면회도 뜸하다. 요양원에 살아도 먼 고향 집에 사는 명절날 시골의 부모님일 뿐이다.

"그림자는 빗물에 젖지 않아. 그저 꽃이 되는 과정까지, 열매를 맺을 때까지 함께 했던 그 시간들이 기쁨과 감사가 되어 오늘을 살아가는 버팀목이 되는 거야. 단지 그때를 떠올리며 지금 행복해할 뿐이야. 그게 전부야. 그걸로 충분히 만족해. 이제 꽃잎마저 떨어져 지는 그림자는 밀알이 되어야지."

C 어르신은 잔잔한 미소를 지으며 밖을 내다본다. 요양원 현관 앞으로 4월의 꽃향기가 쏟아지고 있다. 눈 부신 햇살을 받은 하얀 목련화가 앞다투어 자태를 뽐내고 있다.

죽음으로 가는 시간

　P 어르신이 식사도 제대로 못 하시고 호흡도 가쁘다. 창밖으로 겨울 찬바람이 불어온다. 보이지 않는 바람이지만 소리가 무섭게 창에 부딪히기를 반복하더니 매서운 시간이 할머니에게 다가와 그날 밤 응급실로 가셨다.

　며칠이나 지났을까. 마음 한켠에 어르신이 걱정되었지만 주어진 일과는 초침이 되어 쏜살같이 하루가 지나간다.
　P 어르신이 소천하셨다고 큰따님에게서 소식을 전해 들었다.
　어르신이 돌아가셨구나. '안녕하세요.' 인사하면 온기를 띄우고는 늘 반갑게 미소를 지으셨는데….
　장례식을 다녀온 후 살아계신 어르신들을 정성껏 살펴본다.
　"P 어르신은 잘 돌아가신 거야."
　"많이 아프고 힘들었을 텐데 고생 많으셨어. 이젠 편히 계시겠지?"

　두 직원은 죽음 앞에 숙연해졌다. 요양원에서 어르신을 잘 모신다고 해도 그 끝은 늘 죽음이다.

"죽음에 대해 생각해봤어?"

"죽음? 무슨 생각?"

"내가 어떻게 죽을지 말야. 내 죽음에 대해서 어떻게 생각하냐고."

P 어르신을 생각하니 한순간 공포가 몰려왔다. 내가 죽는다면, 난 어떻게 죽을까?

"난 죽음에 대해 진지하게 생각해봤어. 인간은 누구나 죽잖아. 시기를 알 수 없을 뿐이지."

"그래, 죽음을 어떻게 생각해?"

"종교적 의미나, 가치 있는 죽음, 죽음 때문에 삶이 아름답다 등 그런 고리타분한 이야기를 하려고 하는 것이 아니야. 인간이기에 죽음의 과정과 순간을 어떻게 맞이하느냐의 단순한 질문이지."

동료는 이해를 못 하는 것같이 다음 이야기가 궁금한지 귀를 쫑긋 세운다.

"난, 죽음에 대한 간절한 소원이 있어. 결론을 말하자면, 저녁에 안녕히 주무세요라는 이야기가 마지막이 되었으면 좋겠어. 일상처럼 잠이 들고 아침에 눈 뜨지 않고 편안하게 죽음을 맞이하고 싶어. 또 이런 죽음은 어떨까? 편안한 휴일 오후에 꿀잠을 자는 경우가 있잖아. 피곤한 몸에 이끌리어 스르르 눈을 감고 달콤한 낮잠을 자는 거지. 그렇게 하늘나라로 가고 싶어."

"그게 무슨 말이야? 자다가 죽고 싶다는 거야?"

"그래, 맞아. 자살을 말하는 것이 결코 아니야. 내가 정말 두려워하는 죽음은 긴병으로 고통스럽게 맞이하는 죽음이야. 하루를 십수 년처럼 살지만, 생물학적으로 천수를 누리며 온갖 통증에 시달리며 죽는 거지."

"그래, 오늘내일 죽음을 기다리는 어르신이 몇 년 동안 서서히 악화되어 돌아가시는 경우를 종종 봤어. 나중엔 의식도 없이 통증 호소도 사치로 보이는 중증의 질환자들 말야."

"삶의 의미와 가치를 생각하거나 존엄사에 대해 논의하자는 것이 아니야. 반드시 죽게 될 당사자는 뭘 어떻게 받아들여야 할지 스스로 어떠한 선택도 할 수 없잖아. 그런 불쌍한 죽음은 맞이하기 싫어."

"그래, 그런 죽음을 누가 좋아하겠어?"

"잘 생각해봐. 여기 요양원에 계신 어르신들, 병원에 계신 어르신들이 대부분 그런 죽음을 맞이하고 있잖아."

유병장수라 하지 않던가. 평균수명이 늘어나기만 하면 뭐하나 10년 이상의 긴병으로 고통 속에 앓다가 죽고 있다. 요양원에서는 구구팔팔이삼사[5]라는 말이 유행한 적이 있다. 그러나 지금은 100세 이상의 삶을 산다.

"갑작스런 사고로 죽는 경우도 있잖아. 고통이 한순간이라 긴병이나 통증 없이 죽음을 맞이할 수도 있잖아."

"그래, 만약 사고로 일순간에 죽는다면 남겨진 사람들에겐 미안하지만 난 받아들일 수 있어. 그런데 말야. 요즘은 의학기술과 정보통신의 발달로 사고로 즉사하는 경우는 많지 않은 것 같아. 어찌했던 사고란 불확실한 것이고 무수히 많은 변수가 있기에 예측 불가능한 죽음인 것

---

5) 99세까지 팔팔하게 살다 이틀 앓고 3일째 죽는 것

같아."

죽음, 그리고 삶에 관해 생각하자니 머리 아프다. 먹고사는 일도 바쁜데 그딴 거 뭐 신경 쓸 필요가 있을까? 백세시대라고 하는데 앞으로 산 날보다 살아갈 날이 더 많다. 죽음을 생각해서 좋을 것이 없기에 인간의 뇌는 지능적으로 죽음을 회피하고 관심을 전환하는 데 익숙하다.

"그런데 말야. 삶과 죽음의 경계선을 오가는 사람들이 있어. 바로 치매로 사는 사람들이야. 시간이 지날수록 자신도 잃고 기억도, 삶도 부서지고 조각나 하루를 하얀 백지 속에 살아가지. 그래서 치매 어르신에게 죽음에 대해 물어봤어. 뭐라고 대답하셨는지 아나?"

"글쎄, 어르신마다 다르게 말하지 않을까?"

"내 표현이 잔인해도 이해해. 치매 어르신은 사고와 인지력을 잃어 멍하니 죽음이라는 단어만 되새기는 어르신이 있는가 하면, 그저 의성어로 듣는지 죽음이 죽음일 뿐이라고 대답하더군. 죽음 그 너머도, 지금 죽음 같은 삶도 큰 차이가 없는 거 같았어. 그런 삶이 20년 이상 이어진다고 생각해봐. 내 삶이라면 받아들일 수 있겠어?"

죽음, 피해갈 수도 준비할 수도 예측할 수도 없다. 매 순간 다가오는 죽음을 어떻게 맞이할 것인가. 죽음으로 가는 과정 중 시커먼 터널만큼은 들어서지 않았으면 좋겠다. 누구나 바라는 편안한 죽음이란 살만큼 살았을 때, "안녕히 주무세요."가 살아 있는 날 내 가족에게 듣는 마지막 말이 되는 것이다.

단풍잎은 결국 떨어진다

"식사를 잘하지 못해 병원에 가서서 진료를 받아야 합니다."

아들은 망설였다. 고령에 잦은 병원 진료는 비용뿐만 아니라 꺼져가는 촛불에 불어오는 바람을 막는 격이기 때문이다.

"병원 가지 않고 요양원에서 최대한 신경 써 주시면 안 될까요?"

"네, 저희가 지금까지 할 수 있는 모든 최선의 노력을 했습니다. 꼭 병원에 가셔야 합니다."

"네, 알겠습니다."

어르신은 그날 입원하셨다. 일주일이 지났다. 건강이 조금 회복하였는데 아직은 퇴원할 상태는 아니다. 주치의의 만류에도 보호자의 고집은 막무가내다. 간병비에 입원비가 부담되기 때문이다.

요양원에 복귀한 후 이틀은 잘 계셨으나 또 식사를 못 하시고 열이 난다. 보호자와의 불편한 통화는 계속된다.

"식사를 잘 못 하시니 콧줄을 하시면 가래나 폐렴, 연하곤란의 문제를 다소 해결할 수 있다고 합니다."

"코에 튜브로 식사하는 것은 절대 안 됩니다. 예전에 콧줄을 하셨던 저희 어머니가 무척 힘들게 돌아가셨습니다."

"요양원에서 영양제를 드리는 것으로는 한계가 됩니다. 병원에서 입원치료 받으셔야 합니다."

요양원에서 자녀의 마음을 알아서 아버님을 잘 모셔주셨으면 좋겠는데 무조건 병원에만 가라고 하니 참 난감하다.

"아버님이 고령이고 병원에서 검사받고 치료받는다고 해서 건강하게 회복되는 것은 아니잖아요. 요양원에 책임을 묻지 않을 테니 끝까지 잘 모셔주시면 좋겠습니다."

"네, 그 마음 잘 압니다. 당연히 저희가 끝까지 잘 모셔야죠. 그런데, 요양원의 역할에 한계가 있습니다. 아버님이 식사를 잘하시지 못하는 상태를 저희가 그냥 묵인할 수 없습니다. 치료하지 않는다면 그냥 돌아가시게 될 수 있습니다. 꼭 병원에 가셔야 합니다."

아들은 생각했다. 튜브로 영양을 섭취하는 것은 결코 선택하지 않을 것이다. 3년 전 어머니가 콧줄을 하신 지 한 달도 지나지 않아 고통스럽게 돌아가신 기억이 생생하다.

"튜브로 식사를 하시거나 병원에서 입원치료, 마지막으로는 집에서 간병하는 방법이 현재로선 최선입니다."

아들은 머리가 너무 아팠다. 요양원에서 생활하시다가 하늘나라로 가는 것이 가장 좋은데 콧줄을 하라고 하니, 고통스럽게 무의미한 생명 연장을 하라고 하니 도저히 받아들일 수 없다. 그렇다고 병원에서 입원 치료한다고 해도 병이 호전되지 않을뿐더러 비용이 만만치 않다. 더구나 집에서는 결코 모실 수 없다. 어느 것 하나 해결될 방법이 없다. 시설 직원은 생각했다. 자녀들은 대학교수로 사회적 지위와 경제적 여력이 있어 보이는데도 최소한으로 자녀의 역할을 하지 못하는 것 같아 답답했다. 겉으로 표현하지만 않았지, 얼른 돌아가셨으면 좋겠다는 마음이 통화할 때마다 느껴졌다. 아들 손에는 피를 묻히지 않고 돈과 시간, 부양에 대한 스트레스를 최소화하려고 하니 자식 생각대로 될 리가 없다. 시설과 자녀 간 팽팽한 줄다리기를 하고 있다는 것을 어르신은 알고 있을까? 이가 빠진 노년의 질병은 거품이다. 빨리 닦아내고 씻어버리고 싶은 것이 현실이다.

결국 어르신은 병원으로 가셨다. 병원에서는 선택의 줄다리기 없이 당연히 콧줄을 하게 되었다. 요양원으로 복귀하기엔 건강이 좋지 않아 죽음이 앞당겨지기를 바라고 있다. 꺼질 듯 말 듯 시간은 초조하게 지나간다. 위급하다고 해서 부리나케 병원을 간 적이 몇 차례. 이젠 영양제의 비용부담도 만만치 않다. 지갑도 텅 비었고, 마음도 지쳤다.

"수액이나 영양제를 줄여주세요."

"줄이면 돌아가십니다. 차라리 집으로 모시고 가시는 게 좋겠습니다."

"집에서는 모실 수가 없으니 최소한의 치료만 해주세요."

담당 의사와 보호자는 심한 욕설이 오가며 서로의 관점이 극에 달했다. 협력병원에서는 까다로운 보호자를 연결해주었다며 불편한 내색을 감추지 않으며 보호자의 뒷담화를 생생하게 전해준다.

한 달 반이 지나 초가을 이른 바람에 결국 낙엽이 졌다. 살아 있는 사람의 마음은 가벼워졌는지 모르지만, 꼴사나운 이 세상에서의 힘겨운 생활을 마감한 어르신이 분명 더 행복해하지 않을까.

왜 이렇게 안 죽는대요?

삼월이다. 아침 찬 바람은 뇌를 시리게 한다. 창문을 닫았다.

한동안 건강이 좋지 않아 침상에 종일 누워계시다가 서서히 짙은 안 갯속에서 벗어나 자립으로 허리를 펼 수 있을 즈음 J 할머니는 지긋지 긋한지 내게 말한다.

"왜 이렇게 안 죽는대요?"

"무슨 말씀을 그렇게 하세요?"

"이렇게 오래 살았으면 됐지. 아주 지겨워죽겠어."

"할머니, 그런 말씀 마세요. 옆에 누워계신 P 어르신이 들으면 많이 좌절하실 거예요."

할머니는 남의 사정에 신경 쓸 여력이 없다. 남은 그냥 남일 뿐이다.

"저 노인네는 뭐가 뭔지도 모르는 사람이요."

옆의 어르신이 들으면 맘이 상하실까 봐 재빠르게 화제를 돌렸다.

"아침 식사는 많이 하셨어요?"

"아침은 잘 먹었는데 점심은 먹을 것이 하나도 없더라고. 입안이 텁텁 하니 흙먼지가 잔뜩 낀 것처럼 까끌까끌해서 통 먹을 수가 있어야지."

"그래도 드셔야 기운을 내시죠."

"그냥 빨리 뒈져버렸으면 좋겠구만.~"

"내 마음대로 죽음과 삶을 정하지는 못해요."

"저 할망구 봐~ 저렇게 살아서 뭐하냐고. 죽지도 않고 사는 게 사는 거냐고!"

시간 속에 갇혀 바래진 유리알은 초점을 잃은 듯하다. 그러다 갑자기 자기 이야기를 들었는지 잠자던 물고기가 눈을 뜨는 것처럼 P 할머니가 째려보는 것 같다. 움찔하실 만도 할 텐데 J 할머니는 태연하게,

"빨리 죽어야 해."

아침까지 식사도 잘하셨던 J 할머니에게 밤 그늘이 덮치자 돌연히 숨소리가 거칠어졌다. 뇌졸중이 있는 J 할머니에게 삼월의 칼날 바람이 머릿속을 뚫고 뇌혈관을 괴롭혔나 보다. 무기력한 심장은 칼날을 이겨낼 재간이 없다.

3년이 지났다. 오늘도 J 할머니는 종일 침상에서 암흑 같은 시간을 예약 없이 보내고 있다.

3년 전 빨리 죽어야 한다고 입버릇처럼 말했던 푸념은 이젠 소원이 되었다.

부메랑이 된 날카로운 송곳

K 어르신은 최근 영양 상태가 좋지 않고 잦은 미열과 심장 기능이 나빠져 지난달에도 두 번이나 원외 병원에 입원했다. 보름 동안 병원 생활을 털어내고 오늘에서야 요양원으로 복귀했다. 요양원 현관에 들어선 K 어르신은 눈을 들어 이 층 자신의 방을 바라본다. '그래도 요양원이 내 집 같아.' 편안한 마음으로 살며시 감은 눈 위로 갑자기 거센 바람이 몇 가닥 남아 있는 눈썹을 휘날리게 하더니 이내 찡그리게 한다. 고개를 돌려보니 K 어르신 옆으로 중형차가 갑자기 멈춰 선다. 그러더니 Y 어르신 따님이 급하게 내리더니 요양원 담당 직원을 호출한다. Y 어르신은 일주일 전 폐 기능이 악화해 대학병원에 응급이송되었는데 물품이 필요하여 Y 어르신 따님이 요양원에 방문한 것이다.

담당 직원이 에어매트를 가지고 보호자 앞에 섰다.

"우리 엄마 죽지도 않고 또 살아서 중환자실에서 일반실로 옮겼어요. 지금은 잘 계세요."

담당 직원은 무슨 말을 해야 할지 몰라 그저 눈이 동그래졌다.

오늘 복귀한 K 어르신은 말없이 고개를 돌린다. 남 자식의 말이지만 꼭 자신에게 하는 말 같다. 그리고는 휠체어에서 몸을 뒤척이며 어서 들어가자고 불편함을 애써 숨긴다.

Y 어르신 따님은 차에 올라타며,

"조만간 또 들어올 테니 잘 봐주세요." 뭐가 그리 바쁜지 네 바퀴는 엔진소리와 함께 신속히 시야에서 사라졌다.

긴병에 효자 없다고 하더니 아픈 어머니를 삼일 이상 모셔보지도 않은 따님은 속으로만 생각할 말을 입 밖으로 소문내니 분명 송곳이 되어 자신의 심장을 찌를 것이다.

일주일이나 지났을까? K 어르신이 예고 없이 하늘나라로 떠났다. 복귀하고 마음 편하게 잘 계셨는데 날카로운 송곳이 죄가 없는 K 할머니 심장에 꽂혔나 보다.

3년이 지났다. 망백(望百)의 Y 어르신은 원외 병원을 입·퇴원하며 오늘도 숨을 쉬고 있다. 따님은 어머니가 병원 가는 것에 진저리가 났는지 통화 때마다 한숨 소리가 짙어지더니 지난주부터는 전화를 차단했다. 며느리의 연락처를 찾았다. 이제부터 부양의 몫은 며느리가 되었다.

시간이 지나 더 이상 요양원에서 연락이 오지 않자, Y 어르신 딸은 생활의 일상을 찾았다. 경제적인 부담도, 시간의 쫓김도, 마음의 거슬림도 시간 속에 잊혔다. 신경 쓸 일이 사라지니 마음이 편해졌다.

그해 겨울의 문턱에서 Y 어르신 딸이 집 앞 계단에서 넘어졌다. 그 후 두 번의 수술을 거치며 고령의 고속기차를 탄 딸은 급격하게 늙어간다.

삶의 끝, 그리고 죽음의 시작

누구나 하루를 바쁘게 살아가지만, K 어르신은 뵐 때마다 책을 읽기도 하고, TV도 보시고, 뭔가를 쓰기도 하는 것 같다. 두 다리가 성했다면 주위가 온통 깨끗해졌을 것이다. 이른 저녁 K 어르신 방에 들어가니 눈을 감고 멍하니 있는 것 같았는데 입안으로 뭔가 중얼거리고 있다. 자세히 들어보니 기도하시고 있다. 잠시 후 인기척에 눈을 뜨고는 시선이 침상 옆을 쓸어낸다. 난 시선을 따라 앉았다.

"오늘은 어떻게 보내셨어요?"

"눈이 침침해서 말야. 뭐 하려고 해도 맘처럼 몸이 말을 잘 듣지를 않네."

옆 침상의 L 어르신 복부에 근육이 힘껏 모이더니 기침 소리와 함께 더운 바람을 쏟아낸다. L 어르신을 살펴보니 다시 고요해진다.

"저이는 가래가 많아. 약을 먹어도 침을 삼킬 때마다 가래가 생기는가 봐."

"네, 근데 어르신은 매일같이 왜 그렇게 바쁘게 지내세요?"

"언젠가 내가 나를 알지도, 표현할 수도 거부할 수도 없게 될까 봐

그게 무서워서 그래."

"왜 그런 생각을 하세요?"

"내가 다리(거동)를 잃어버렸을 때 분노와 좌절을 넘어 문득 시간에 몸을 실어 그냥 흘러가는 시간 속에 내가 있는 걸 알게 되었지. 오늘이 며칠이지? 내 나이가 몇이지? 내가 어떻게 생겼지? 생각할수록 백지가 되는 거야. 그때부터 죽음이 시작되고 있음을 알게 되었어. 그 후 무의미한 생각의 도전을 멈춰버린 이후 이미 죽음이 폭풍처럼 몰려오고 있음을 뼈저리게 자각했지."

"걷지 못한다고 해도 죽지는 않잖아요?"

"그렇지. 그러나 죽음은 항상 가까이에 있다는 것을 알게 되었어. 우린 모두 죽음을 지니고 살아가고 있지. 바로 내 등 뒤에 죽음이 있더라고. 단지 보지 못할 뿐, 볼 수 없을 뿐이지."

"너무 심각하게 생각하는 것은 아닌가요?"

"그렇지 않아. 죽음은 언제나 남의 일이기 때문에 자신의 등 뒤를 보려고 시도하는 사람이 지혜로운 사람이야. 삶을 가장 아름답게 사는 사람이지. 누구나 죽지만 그 죽음이 자신에게 가까이 있는 사람은 죽음에 이르기까지 슬프거나 고통스럽지가 않아. 왜냐면 죽어가는 과정의 준비가 있기에 갑작스럽지 않기 때문이지. 노인의 죽음은 그래서 쉽게 받아들여. 젊음이나 노인, 누구나 똑같은 죽음임에도 말야. 난 그걸 너무 늦게 알게 된 것뿐이야."

"그럼, 죽음을 준비하고 있는 건가요?"

"아니, 그저 내 삶을 살아가고 싶은 것뿐이야. 내 죽음으로 인식되는 순간 난 가만히 있을 수가 없더라고. 죽은 사람에게는 시간이 사라지고 한 세계가 닫혀 살아남은 사람들의 시간 속의 뒷담화가 될 뿐이야. 그렇지만 결국 나에게 닥쳐올 죽음을 팔짱 끼고 보고 있을 수만은 없잖아."

"콜록, 콜록."

옆의 L 어르신이 깊은 곳에서부터 뭔가 토해낼 듯이 기침을 하지만 마른 숨소리는 허공에 산산조각이 난다.

"저이는 통증이 심해 모르핀을 처방받고 있어. 모르핀에는 천장효과[6]가 없다고 하지. 우리도 죽음을 수없이 보면서도 천장효과가 없어. 많은 죽음의 천장을 보고 있지만, 그 천장은 하늘 높은지 모르게 치솟고 내 죽음에 이르러서야 천장이 무너지거든. 그래서 오늘의 내 삶을 살아가고 있는 것뿐이야."

난 어르신을 보며 그냥 대단하다고만 생각했다. 문밖을 나서는 내 멀쩡한 두 다리를 보며 L 어르신이 나지막이 말한다.

"건강할 때 등 뒤의 죽음을 바라봐야 해."

나는 등 뒤를 보고 양쪽의 어르신을 번갈아 보았다. 등 뒤의 죽음이 소름 끼치게 바짝 다가왔다.

---

6) 어떠한 수준이 이미 최상위여서 성취도나 수치가 더 이상 올라가지 않는 현상.

언니, 죽은 거요?

    L 어르신과는 한방에서 4년을 함께 살고 있다. 가족 이외에 가장 가까이 지낸 사이다. J 어르신이 처음 L 어르신을 만났을 때 고향 언니처럼 마음 편하게 챙겨주고 먼저 이야기도 해줘서 늘 고마웠다. 생각도 비슷하고 자식 자랑도 많이 하지 않는다. J 어르신은 거구의 L 할머니를 큰언니처럼 생각하며 서로 간식을 챙겨주며 각별한 사이가 되고 있다.

    서로 다른 환경에서 살아온지라 시간이 둥글지만은 않다. 시계추가 돌고 돌아 초겨울이 되니 바람이 차다. 더위를 타는 L 어르신이 방 창문을 열었다. 반대로 추위를 타는 J 어르신은 방 밖으로 나가며 불편한 생각을 속에서 겉으로 표현하며 L 어르신에게 일방적인 폭언의 횟수가 늘어나고 있다. 그뿐만 아니라 귀가 어두운 L 어르신이 TV 소리를 크게 틀어 그때마다 짜증이 극에 달한다. 그때마다 L 어르신에게 신경질을 부린 적이 한두 번이 아니다. J 어르신은 L 어르신을 큰언니처럼 생각하지만 생활에 불편함이 많다.

가혹한 검은 시계가 고령의 L 어르신을 휘감더니 요즘 기력이 떨어지고 걷지 못하게 되었다. 그리고 L 어르신은 침상에 누워있는 시간이 부쩍 늘어났다. 어제 병원에 다녀온 이후 콧줄에 매일 한 움큼의 약(분말)을 콧속으로 집어넣는다. J 어르신은 L 어르신이 불쌍해 보인다. 연세가 자꾸 녹슬어 이곳저곳에서 신음소리가 흘러나온다. 안돼 보여도 끙끙거리는 저 신음소리는 듣기 싫다. 자꾸 신경을 거슬린다. 미간이 저절로 일그러지는 예민한 밤에는 죽었으면 좋겠다고 생각한다. 그리고 더한 것은 매일매일의 변 냄새다. 걸쭉한 것만 먹는데 변 냄새가 지독하다. J 어르신은 저 노인네(L 어르신)를 다른 방으로 옮기거나 이승을 떠났으면 좋겠다고 생각한다. 시간이 지나자 생각에서 혼잣말로 죽음이라는 단어의 횟수가 늘어나고 있다. L 어르신은 뇌종양 말기다.

겨울이 지나 개나리가 노란색을 뽐내기 시작할 즈음 L 어르신은 눈을 감고 있는 시간이 더 많아졌다.

노인들은 하루 시작이 이르다.

"어디 아파요?"

대답이 없다. L 어르신이 좋아하시는 가요무대를 크게 틀었다. 심장이 잔잔하다.

"눈을 떠 봐요. 이미자 노래 나와요."

L 어르신은 겨울잠을 자는 곰처럼 조용하다.

"언니, 죽은 거요?"

호출벨을 눌렀다. 금세 온 직원은 활력증후를 체크하더니 이부자리를 잘 챙긴다.

J 어르신이 아침에 눈을 떴을 때, L 어르신은 차가운 방으로 옮겨졌다. J 어르신은 자책했다. 자신이 L 어르신더러 죽으라고 해서 그런가 싶다. 한방에서 오랜 시간 지냈더니 남편보다 더 정들었는데 J 어르신은 마음이 굳어 아침 수저를 들지 못했다.

다음, 또 그다음 날이 되었다. 찬바람도, 신음소리도, TV 소리도, 변 냄새도 없다.

창밖은 봄을 알리는 꽃으로 화창하다.
J 어르신 입가에 개나리꽃이 수만 개 피었다.

Part 7

삶은 관계

바다 끝에 노를 잃고 서 있다. 요즘 같은 시대엔 살아있는 것이 기적이다. 무너진 하늘을
이고 하루가 망설여지는 그대에게 어르신이 인자한 눈빛을 보낸다.

[괜찮아. 그렇게 발버둥 치지 않아도 돼. 고민한다고 아무리 방법을 찾는다고 해도 해결되지
않아. 그렇다고 능력 밖의 기적을 바랄 수도 없으니 주어진 환경에 순응해. 인생의 시간은
그렇게 부딪히며 굴곡을 따라 흘러가는 것이니 인위적으로 유속을 조절하려고 하지 마.
내버려 둬.
그냥 괜찮아.
너무 걱정하지마.
너무 고민하지 마.
소리 내어 울어도 돼.
또 기회가 올 거야.
분명 다음 차례는 네가 될 거야.
그렇지 않더라도 삶을 포기하지 마. 살아보니 지난 일이야. 흉터일 뿐 살아지더라. 그러니 그냥
네 삶을 살아. 그저 네가 배운 대로 경험한 대로 생각한 대로 너를 계속 살아가.]

직원 다스리기

　Y 할머니는 걷지 못하게 되자 결국 요양원에 들어왔다. 갖은 방법을 다 동원해 셋째 며느리와 10년간 줄다리기를 했지만 이제 버텨낼 명분과 묘책의 한계가 극에 달했다. 지금까지 함께 살아온 것만으로도 대단한 것이리라. 세상사 이치와 사람과의 손해 없는 관계 형성은 자신의 인생 경험에서 배운 노하우다. 이제 요양원의 시설환경, 직원, 룸메이트, 제도와 정책 등을 파악하는 데 걸리는 시간은 한 달이면 충분하다. 이미 시설에 들어오기 전 방문요양, 주야간보호센터를 장기간 이용해본 경험이 있어 웬만한 눈치는 다 꿰고 있다.

　Y 할머니는 새로운 안방마님처럼 위엄과 인자함의 분위기를 의도적으로 연출했지만, 시간이 지나자 조금씩 불편한 생활이 온통 거슬린다. 먼저, 침대 자리를 바꾸고 싶다며 지금 있는 자리보다 TV도 잘 보이고, 햇살이 잘 비치는 남향의 전망 좋은 자리로, 지금의 K 할머니와 바꾸길 바랐다. 몇 차례 불편함을 호소하니 인지가 부족한 K 할머니 보호자의 동의와 사례회의를 통해 금방 자리를 바꾸어주었다.

　중요한 것은 직원이다. 다른 직원들은 말을 잘 듣는데 H 요양보호사만 내게 딴지를 건다. 말투가 기분 나쁘다. Y 할머니가 싫어하는 성격을 죄다 가졌다. 얼굴도 발뒤꿈치도 밉다. 능구렁이 전라도 사람들 치가 떨린다. 팀장에게 H 요양보호사의 불친절에 대한 건의를 해도 그때뿐이었고 호출벨 즉각 대응이나 라운딩에 대한 문제도 구두로 주의 정도로 조치하니 별다른 변화가 없었다. '이것 봐라. 보통이 아니네.' 약점을 잡아야 한다. 그래야 내가 기선을 제압할 수 있다. Y 할머니는 계략을 세웠다.

원장이 라운딩하며 Y 할머니 방에 들어왔다.

"원장님! 내가 분해서 살 수가 없시오."

"어르신, 무슨 일이 있으세요?"

"걷지 못해 불편한 것이 한둘이 아닌데, 똥오줌 못 가린다고 이렇게 푸대접을 할 수가 있어요?"

"네? 말씀해보세요."

"이거 말하면 또 내가 해코지당해요. 무서워서 살 수가 있어야지요."

"제가 여기 원장이에요. 걱정하지 마시고 무슨 일인지 말씀하세요."

"그럼, 원장님만 믿고 말합니다. 어젯밤에 근무했던 키 큰 직원 말이에요. 그 사람이 기저귀 교체하러 와서는 이러더라고요. '아이구, 많이도 쌌네. 뭘 처먹었길래.' 내 들으라고 하는 말인 것 같기도 하고. 그 말투와 표정을 보면 지금도 치가 떨려요. 내 참 원통해서 참을 수가 있어야지."

"몇 시에 그런 거예요?"

"밤 열 시가 넘었을 거요."

"네, 많이 속상하셨겠네요. 잘 알았으니 확인해볼게요."

"확인한다고요? 내가 하루 종일 속이 부글거려서 참고 있는 거요. 내 아들한테 말할 수도 없고 누구한테 하소연이라도 해야 하는데 내 어찌 살아야 해요? 내 아들 공무원인 거 아시죠?"

Y 할머니는 아차 싶었다. 불필요한 말로 원장을 겁박 주는 것은 올바른 대화법이 아니다. 이왕지사 며느리가 건보 직원이라는 것도 은근슬쩍 내비쳤다.

"이런 일이 있으면 안 되죠. 제가 꼭 조치할게요."

원장은 자녀 된 심정으로 화가 단단히 났다. 원장실에서 Y 할머니의 서류를 살펴보고는 당장 팀장을 불렀다. 팀장은 잘 아는 듯,

"Y 어르신은 오늘 식사도 잘 하시고 평상시처럼 생활 잘 하셨습니다. 최근 H 요양보호사와 사이가 좋지 않아 몇 번 주의를 주긴 했는데 Y 어르신의 과장이 좀 심한 거 같습니다. 우리 직원은 어르신에게 저속한 말을 절대 하지 않습니다."

"그러면, 어르신이 없는 말을 꾸며서 이야기했다는 건가요?"

"네, 어르신이 한쪽으로 치우쳐 생각을 깊게 하면 오해가 사실처럼 왜곡될 수도 있습니다."

"그래도 어르신과 무의미한 갈등으로 마음을 상처 주지 마시기 바랍니다. 우리는 어르신이 왜 그런 행동과 말씀을 하는지 잘 알고 있습니다. 친어머니처럼 기분 맞춰드리고 고개를 숙이는 게 뭐가 어려운 일입니까? 만약, Y 어르신 말씀대로 인권이나 노인학대의 문제가 있다면 결코 좌시하지 않을 것입니다. 그러나 감정으로 인한 소소한 이견은 어르신 입장에서 맞춰가시기 바랍니다. 불필요한 감정싸움을 하지 않아야 합니다. 여기 계신 어르신들은 몸과 정신이 건강하지 않은 분들입니

다. 내 자존심을 세우는 것은 어르신을 초라하게 만드는 것이나 다름 없습니다. 직원은 권력자가 되어서는 안 됩니다."

"원장님, 잘 알고 있습니다. 그런데 현장에서 일하는 저희도 감정이 있는 사람들입니다. 어르신 입장을 우선으로 생각하시는 것은 이해합니다만 저희 생각도 해주시기 바랍니다."

"힘드신 건 잘 알지만, 친어머니라는 생각으로 어르신을 대해주시기를 부탁드립니다."

다음 날 H 요양보호사는 출근하자마자 Y 어르신 방에 들어가 고개를 숙이며 사죄했다. 이 사건은 직원들의 귀에 일순간으로 퍼졌다. 시간이 지나자 Y 할머니와 친하게 지냈던 직원들이 왠지 소원한 느낌이 든다. 자신들이 할 일만 하고 자리를 비우는 것이다. 호출벨을 누르면 필요한 것만 기계처럼 할 뿐이다. 이야기도 없고 눈 마주침에 생기가 없다. Y 할머니는 답답해졌다. 친한 K 요양보호사가 방에 들어왔을 때 웃으며 떠본다.

"요즘 직원들 분위기가 왜 그래?"

"왜요? 분위기가 어떤데요?"

"아니, 찬바람이 쌩쌩 불잖아. 나만 느끼는 건가?"

"아무 일도 없어요. 저 나가 볼게요. 편히 쉬세요."

"아니, K 선생. 내가 너무 했지? 나 나쁜 사람 아니야."

Y 할머니는 방을 나서는 K 요양보호사의 손을 잡고 진심으로 말했다.

"어르신이 원장님께 그렇게 말씀하시면 직원 모두가 힘들어져요. 아무리 잘 모시려고 해도 좌절이 돼요."

"내가 잘못 생각했네. 내 생각이 짧고 어리석었어. 우리 선생님들 힘들게 하려고 한 건 아니야."

K 요양보호사는 생기있는 눈빛을 하고는 방을 나섰다. Y 할머니는 깊은 미소를 잔잔하게 띤다.

다음 날부터 직원들은 말수도 늘고 생기있는 눈빛 교류도 한다. 오후에 팀장이 방에 들어와서는,

"H 요양보호사에게 미안하다고 말씀해주시면 어떠세요?"

Y 할머니는 오후 간식으로 먹은 참외 조각이 목에 걸린 것같이 흠칫 놀란다. 얼른 재치를 발휘해야 한다. 그년한테는 죽어도 사과할 수 없다.

"그런 건 꼭 말하지 않아도 내 맘 잘 알잖아. 자네가 잘 전해줘. 어른이 머리를 숙이는 게 쉽지 않잖아. 나는 우리 선생님들과 잘 지내고 싶어."

"잘 지내고 싶으시니 오해를 직접 풀어야죠. H 요양보호사는 마음에 상처가 커 그만둘지도 몰라요."

그만둘지 모른다는 말에 화색이 돌았다.

"H 선생이 진짜 나한테 그런 말을 했다니까. 거짓말이 아니야."

Y 할머니는 또 아차 싶었다. 하지 말아야 할 말을 또 하고 말았다. 지금까지 좋았는데 불필요한 과거의 문제를 꺼낼 필요가 없었다.

"두 분의 대화라 제가 확인할 수는 없지만, H 선생이 그런 성품이 아닌 것 같아서요."

"내가 분명 들은 것 같은데 밤이고 TV 소리와 혼동할 수도 있을지 몰라."

"그러니까 직접 사과하세요."

팀장도 만만치 않은 고집이다. Y 할머니는 묘수를 찾아야 한다. 늘 그렇듯이 손해 보지 않는 인간관계는 상처가 남기도 한다. 이번엔 Y 할머니 자존심이 긁히기로 했다. 그게 더 이익이다. H 요양보호사는 이 일로 담당 방이 바뀌었고 두 번 다시는 내 방 담당이 될 일이 없기 때문이다.

"그래, H 선생 오면 사과할게."

팀장은 당장 H 요양보호사를 불렀다. Y 할머니 앞에 H 요양보호사가 서 있다.

"H 선생, 나 때문에 맘고생 많았지. 미안혀~이."

"아니에요. 저도 잘한 건 없는데요 뭐. 저도 죄송하고 감사합니다."

직원이 나가자 Y 할머니는 쓴웃음을 지었다.

Y 할머니 방문 앞에서 팔짱을 끼고 동향을 살핀 팀장은 살며시 팔짱을 푼다.

다음 날이 되었다. 이른 아침 H 요양보호사가 웃으며 Y 할머니 방으로 들어온다.

"오늘부터 다시 이 방을 맡게 되었어요. 잘 부탁드릴게요."

"어…. 그래. 잘 되었네."

Y 할머니는 쓰라린 두 눈을 감았다. 복잡한 계산을 통해 다시 묘책을 찾아야 한다.

황금률

　K 할머니는 다리가 망가져 스스로 화장실에 갈 수는 없지만 자식들 전화번호는 다 기억하고 있다. 요양원에서 생활한 지 한 달이 지나 이곳 사람들과 생활에 익숙해졌다. 그런데 한 가지 마음에 들지 않는 것이 있다. 바로 J 할머니다. 저 노망한 할머니를 보고 있자니 짜증이 솟구친다.

　"아니, 뭐하러 여기 또 기어들어 와!"
　J 할머니는 아랑곳하지 않고 자신의 서랍장을 반복적으로 여닫는다.
　"저 미친 할망구, 왜 쓸데없이 서랍장을 여닫고 있어?"
　J 할머니가 알아듣지는 못하지만 좋지 않은 소리란 것을 표정이나 억양을 보면 아는 것 같다. 어슬렁거리며 방을 나간다.
　'저년, 걷는 것만 봐도 신경질이나!'
　K 할머니는 J 할머니가 뭘 하든, 어떻게 걷든 신경 쓰지 않으면 되는데 괜한 심술을 부리는 걸까? 도저히 서로에게 맞지 않는 룸메이트이다. 아니, 일방적인 거부반응이다.

K 할머니는 큰아들에게 전화한다.

"내 옆에 있는 미친 할망구 땜에 이 방에서 살 수가 없어. 저 정신 나간 노인네 하는 짓이 모두 밉상이야!"

"어떻게 하는데요?"

"창문을 닫아 놓으면 계속 창문을 여는 거야. 아무리 소리치고 하지 말라고 해도 듣지 않아. 밤에는 무슨 주문을 외는지, 혼잣말하는지 듣기 싫어 죽겠어. 저거 좀 어떻게 해봐!"

"네, 어머니. 제가 이따가 요양원에 들를게요."

K 할머니를 보러 아들이 왔다. K 할머니는 큰아들을 보니 천군만마를 얻은 것처럼 불편함을 더욱 생생하게 말한다.

아들은 방 안의 J 할머니에게 홍시를 건네며 점잖게 이야기한다.

"우리 엄마가 추위를 타시니 창문은 열지 마세요. 그리고 밤에 조용히 주무시고요."

J 할머니는 홍시를 드시다가 그만 방바닥에 떨어뜨렸다. 떨어져 찌그러진 홍시를 애써 주우며 다시 입으로 가져간다.

"에이, 더럽게! 아줌마, 여기 좀 치워줘요!"

직원이 곧바로 달려와 J 할머니 입 주위와 방바닥을 깨끗이 청소한다.

"어머니, 저 노인네 말이 통하지 않네. 내가 사무실에 가서 이야기할게."

사무실에서도 속 시원한 해결안을 제시하지 못한다. 조금만 기다려보라고 한다. J 할머니를 방에서 내보내면 되는데 그렇게 하지 않는다. 시간은 흐르고 K 할머니는 짜증에 울화통까지 생겨났다. 같은 공간에서 한시도 살 수 없기에 K 할머니는 효자 큰아들에게 다시 전화했다. 한걸음에 달려온 아들은 사무실 문을 노크도 없이 열었다.

"아니, 정신 나간 노인네를 우리 어머니랑 같은 방에서 생활하게 하면 돼요? 얼른 방에서 내보내요!"

"J 어르신은 치매가 있지만 타인에게 큰 피해를 주는 분은 아닙니다. 나이 들면 누구나 치매가 생길 수 있어요. 그리고 방 조정을 일방적으로 할 수는 없습니다."

"뭐가 문제요?"

"J 할머니 보호자는 방을 옮기지 않겠다고 합니다. K 할머니가 방을 옮기는 것은 어떠신가요?"

"아니, 왜 우리 어머니가 방을 옮겨요? 저 정신 나간 노인네가 나가야지!"

큰아들은 거침없이 말한다. 듣는 사람 모두를 불편하게 한다.

J 할머니 보호자와 직접 통화하겠다고 전화번호를 달라고 한다. 전화번호를 알려줄 수는 없다. 아들이 집요하게 통화를 고집하여 J 할머니 보호자가 승낙하면 통화할 수 있도록 하였다. 지성인답게 배려하며 통화하라고 신신당부를 했다. K 할머니의 큰아들은 중소기업의 CEO고 J 할머니의 딸은 대학교수다. 그러나, 두 보호자끼리 통화하도록 연결한 것은 잘못된 선택이었다. 보호자 간의 싸움이 시작되었다.

"무슨 말귀를 그렇게 못 알아들어요? 그쪽 어머니가 방을 옮기면 되는 일을 왜 이리 고집을 피우는 거요?"

"우리 엄마가 왜 방을 옮겨요? 그 방에서 훨씬 더 오래 잘 살고 계셨는데, 방을 옮기려면 그쪽에서 나가야지요!"

"생각해보세요. 정신없는 사람에게 방이 무슨 의미가 있어요. 우리 어머니는 정신이 온전하니 잔말 말고 얼른 옮기세요."

"치매가 죄요? 당신 무슨 말을 그렇게 해요?"

막말이 번지며 인신공격부터 시작해 고소한다고 당장 보자고 서로에게 송곳 같은 상처의 말이 오가다 전화를 끊는다. J 할머니 보호자가 서울에 살아서 그렇지 금방이라도 사무실로 올 것만 같았다.

"내가 여기에 돈을 얼마나 내는데 이런 거 하나 해결하지 못하고 뭐 하는 거요!"

K 할머니 아들은 애꿎은 직원에게 폭탄을 터뜨리며 화풀이를 한다.

그 후로도 두 번 보호자 간의 불편한 다툼이 있고 난 뒤 변화가 결정되었다.

J 할머니가 다른 방으로 옮기게 되었다. 2년 동안 그 방에서 계신 탓에 방을 바꾼 이후에도 J 할머니는 무의식적으로 K 할머니가 계신 방으로 들어갔다가 된서리를 맞곤 했다. K 할머니는 방장이 되어 리모컨을 녹점하고 좋은 자리를 선점하며 생활하던 중 룸메이트를 세 사람이나 쫓아내더니 세월에 기세도 기억도 꺾이게 되었다. 치매가 가속화되고 허리도 더 구부러져 하루를 안갯속에서 살아가고 있다. 그러던 중 K 할머니 방에 예상치 못한 강력한 손님이 찾아왔다. 한방에서 생활한 지 한 달이 지나자 손님은 방장의 준비를 마쳤다.

"저 노인네 매일 똥만 싸나 봐~ 냄새가 천지를 진동하네."

"사람은 누구나 배설하잖아요. 조금만 참으세요. 금방 환기해 드릴게요. 아니면, 잠깐 밖에 나가 계시든가요." 직원이 K 할머니 기저귀를 교체하며 등 뒤의 따가운 시선을 부드럽게 풀어준다. 잠깐 밖에 나갔다 들어온 S 할머니는 K 할머니를 보자,

"먹는 건 똑같은데 뭔 냄새가 그리 독해! 씨부럴 작작 먹어야지~"

K 할머니는 아무 대꾸가 없다. 대꾸할 수가 없다. 한마디라도 했다간 폭탄을 맞을 것 같다. 이불 속에서 숨소리만 가늘게 내뱉을 뿐이다.

저녁 시간이다. 기억에 상처 난 K 할머니는 본능적으로 식사를 한다. S 할머니가 또 참견한다.

"게걸스럽게 처먹는 것 좀 봐! 저러니 매일 독한 똥만 싸지!"

K 할머니는 먹는 데에만 집중한다. 트림이라도 하면 숟가락이 날아올 기세다.

"저 불여시 같은 눈 좀 봐, 저년이 여러 사람 홀렸을 것이여."

K 할머니는 아들 전화번호를 잊었다. 아들도 긴병에 발걸음이 뜸해졌다. K 할머니는 더 초췌해간다. 한마디도 대꾸하지 못한다. 다행일까?

사무실에서 사례회의를 한 후 K 할머니는 2년 동안 계신 방에서 다른 방으로 이동하기로 했다.

이사의 걸림돌

　어르신들이 방을 옮기는 경우가 있다. 가장 큰 이유가 룸메이트 간의 갈등이다. 성격이 맞지 않으면 결코 한방에서 같은 공기를 나누어 마실 수가 없다. 그리고 증상에 대한 차이, 직원의 사례회의, 시설 환경적인 요인, 운영적인 측면, 어르신이나 보호자의 요청 등이 있다.

　"다음 주에 어르신이 새로 들어오시는데 2층에서 방을 조정해주셔야 합니다."

　대부분 새로 들어오시는 어르신은 3~4등급이시다. 치매가 있지만, 일상생활이 어느 정도는 자립할 수 있다. 요양원은 2층 건물이다. 1층 에서는 대부분 와상의 중증 어르신들이 생활하고 2층엔 거동 가능한 치매 어르신들이 많다. 건강이 악화되어 퇴소하는 비율이 1층에 많다 보니 빈방은 1층에 생기는데 새로 들어오시는 3~4등급의 어르신들은 2층에서 생활하시기에 적합하다. 그래서 2층의 어르신 한 분이 1층으로 이사를 해야 한다. 문제는 어떤 방에 누가 이사를 하느냐다. 방을 옮기는 것은 어르신과 보호자, 직원의 이해관계가 복잡하게 얽혀있어 쉽지 않다.

3명의 팀장이 모였다.

"우리 팀이 현재 가장 힘들잖아. 직원 수도 부족하고 새내기 직원들도 많고 그래서 2팀의 K 어르신이 내려가면 좋겠어."

2층의 2팀장이 포문을 연다.

"뭐라고? K 어르신은 안돼! 우리 팀이 감당할 수 없어. 어르신 치매 증상과 낙상 위험 때문에 하루 종일 붙어있어야 하잖아. 우리 팀도 소변줄, 콧줄, 기저귀 케어 어르신들이 많아 몸이 부서질 것만 같다구!"

1층의 1팀장은 K 어르신은 가당치도 않다며 고개를 젓는다.

"나도 그 팀에서 오래 일했잖아. 우리 팀보다 그래도 좀 수월한 것 같아. 몸은 힘들어도 정신적인 스트레스는 덜하잖아."

"무슨 소리야. 나도 2층에서 근무해봐서 잘 알아. 일은 상대적인 거라서 내가 하는 일이 제일 힘들고 어렵다고~"

잠잠히 듣고만 있던 3팀장이 주머니에서 손을 뺀다.

"우리끼리 이야기해봤자 서로 싸울 뿐이야. 객관적으로 판단하는 사회복지사에게 일임해서 들어보자."

직원, 팀 환경, 룸메이트 증상, 시설 환경, 보호자 성향, 새로 오신 어르신의 증상과 성격 등을 종합하여 사회복지사는 나름대로 정했다.

"시설 운영상 어르신의 방 이동이 불가피하니 자기 팀 입장에서만 고집하지 마시고 그냥 따라주셨으면 좋겠습니다."

1층 팀장은 그 어르신만 아니기를 간절히 바랐다. 그런데 불길한 예감은 늘 비껴간 적이 없다.

"제가 생각할 때에는 ○○호에 계신 L 어르신이 1팀으로 이동하시면 좋겠습니다. 여러 가지 종합적으로 고려한 것이니 이해해주시기 바랍니다."

퇴근 무렵,

1층 팀장이 찾아왔다.

"생각해보고 또 생각해봐도 도저히 L 어르신을 모시기가 힘듭니다. 제발 다른 분을 생각해주세요. 차라리 2팀의 K 어르신을 모실게요."

"L 어르신은 조용하시고 식사도 잘하시고 잠도 잘 주무시잖아요. 모시기 어려운 이유가 무엇입니까?"

"네, L 어르신 모시는 거라면 전혀 어렵지 않죠. 그런데 아시잖아요. 보호자 성격! 그 따님은 절대 맞출 수가 없어요."

1층 팀장은 보호자를 생각하니 스트레스를 담은 눈물샘이 분수처럼 흘러넘친다. 정말 어쩔 수 없이 L 어르신을 아니, 보호자를 상대하게 된다면 10여 년 동안 정든 이곳을 떠날 것도 심각하게 고민하고 있다.

"그렇게 보호자가 힘드세요?"

"네, 간섭이 너무 심하세요. 저희를 믿지도 않구요. 면회 오고 연락 올 때마다 심장이 뛰고 숨이 막혀요. 순차적으로 L 어르신을 맡게 되면 모를까. 이렇게 일방적으로 변경하면 안 될 거 같아요. L 어르신 아니 그 보호자만 아니면 누구든 상관없어요."

팀장은 생각한다. 요양원에 계시는 것은 어르신인데 실질적으로 서비스를 이용하고 평가하는 것은 보호자다. 어르신을 케어할 때 보호자가 느껴진다. 미소가 예쁜 어르신은 건강하게 생활하고 있는데 딸은 매일같이 머리부터 발끝까지, 생활의 온 구석을 샅샅이 먼지를 털어내니 우리는 너무나 힘에 겹다. 그럼에도 보호자 눈높이에 맞추라는 상사의 잔소리는 찔린 데를 또 쑤셔 판다.

입으로만 사는 자식(보호자)에게, 책상머리에 있는 클릭쟁이들(상사)에게 꼭 한마디 하고 싶다.

'느그덜이 똥 기저귀 교체, 목욕 한번 해봐~'

성탄절 예배

요양원은 세상과 동떨어져 사는 외딴섬이 아니다.

매주 수요예배를 인도해주시는 목사님께서 성탄절에 행사가 있어 그 날 요양원 방문이 어려워 시설에 거주하는 어르신들에게 성탄의 기쁨을 함께 나누고자 한 달 전부터 인근 교회에서 방문해줄 것을 말씀드렸지만 이런저런 이유로 거절당했다. 다행히 직원이 섬기고 있는 교회의 목사님이 오시기로 했다. 요양원에서의 예배가 처음이신 목사님에게 인사했다.

"어르신들의 반응이 없거나, 돌출 언행을 해도 이해해주세요. 예배시간은 1시간 내로 해주십시오."

"네, 알겠습니다."

목사님은 목회경력이 32년이다.

강당에서 캐럴이 흘러나오고 어르신들이 자리를 채우신다. 어르신과 직원, 봉사자들이 모이니 80명이 되었다. 목사님과 교인들은 찬양을 하며 성탄의 기쁨을 표현한다. 불편한 몸으로 박수를 치며, 웃음과 함께 어설픈 가사를 마음 다해 따라 하시는 어르신과 고개를 꼿꼿이 들고 멍하게 바라만 보고 계시는 어르신들도 있다. 찬양이 무르익자 분위기를 정돈한다. 설교시간이다.

목사님이 기타를 내려놓고 반갑게 인사한다.

"어르신들! 안녕하세요?"

"안녕하세요. 어서 와요."

여기저기서 인사하더니 누군가 박수를 치자 폭풍 박수가 되었다.

"저도, 여기 계신 어르신들처럼 어머님이 계세요."

"목사님, 엄마가 몇 살이에요?" 말씀을 계속 이어가야 하는데 중간에 말을 가로채고는 S 할머니가 질문을 한다. 친근해서 그럴까? 목사님은 어르신이기에 최대한 존중하며,

"여든세 살입니다."

"나보다도 어리네. 어디 살아요? 건강하시죠?"

"네, 건강하십니다. 어르신, 이제부터 제가 설교할 테니 중간에 말을 끊으면 안 됩니다. 알았죠?"

"목사님 말씀하시는데 끼어드는 사람이 어디 있어? 저런 사람은 내보내요!"

H 할머니가 갑자기 합류한다.

"나 같은 엄마가 있다니 반가워서 그런 거요. 이제 목사님 말씀하세요."

목사님이 짧은 한숨을 쉬고 준비한 말씀을 이어가려고 할 때다.

"근데, 목사님은 어느 교회에서 왔어요? 나는 예산제일감리교회에 35년을 다녔어요."

"아니, 저것이 또 끼어드네. 저거 내보내요!" H 할머니가 강하게 소리

쳤다. 직원이 재빠르게 S 어르신에게 다가가 검지를 코에 대었다.

"할망구가 뭐라고 날 나가라고 해! 난 교회 권사요! 권사!!"

"저년이 아직도 정신 못 차리네!"

욕설을 들으니, H 어르신이 가까운 곳에 있었으면 당장 싸움이라도 벌어질 기세다.

그때다! 목사님이 엄중한 목소리로,

"조용히 하세요! 예배시간에 싸우시면 하나님이 기뻐하지 않으십니다."

찬물을 끼얹은 듯 한순간 순한 양이 되었다. 두 분이 조용하니 이젠 됐다.

목사님이 다시 마이크를 잡았다.

"오늘이 무슨 날인지 아세요?"

목사님이 아차 싶다. 질문하는 게 아닌데 재빠르게 물음표를 마침표로 바꾸려는데,

"목사님, 그걸 몰라요? 성탄절이잖아요. 나 교회 권사요, 권사!"

S 어르신이 앞자리에서 느긋하게 여유 부리며 웃고 있다.

"아니, 저년이 또 끼어드네, 저년, 빨리 내쫓아내요! 얼른!"

H 어르신이 뒤에서 화가 단단히 났다. 결국 직원이 나서서 S 어르신을 밖으로 모시려 하자,

"아니, 왜 그래요? 예배드리는데 이거 뭐 하는 거요?"

강하게 반발하며 자리에서 일어나지 않으신다.

목사님이 마이크를 꽉 잡고는 다시 교통정리를 한다.

"예배시간에 떠들고 싸우면 두 분 다 내보낼 겁니다!"

그때 목사님 앞에서 다리 꼬고 앉아 온 과정을 지켜본 L 어르신이 옆 사람에게 한심하다는 듯이 조용히 말하는데 귀가 어두워 반응이 없다.

"저 두 노인네 다 예수쟁이들 아니요?"

목사님이 참았던 헛웃음이 나온다.

설교 시작한 지 15분의 시간이 훌쩍 지났다. 교회강단에 처음 설교할 때처럼 목회경력 32년의 목사님이 그때처럼 이마에 땀이 송글 맺혔다.

무사히 예배를 마친 후 목사님은 허탈한 웃음을 지었다. 그리고 S 어르신과 H 어르신을 찾아가 손을 잡고 차례로 기도해주었다.

예배의 형식이, 목사라는 위엄이 뭐 그리 중요하겠는가. 치매는 타인의 시선과 상관없이 자기가 하고 싶은 대로, 말하고 싶은 대로 어린아이처럼 주저 없이 살아간다. 그 안에 구원의 본질만 있으면 되지 않은가….

노년의 의부증

"보호자 중에 가장 기억에 남는 사람이 있습니까?"

"그럼요. 어르신뿐만 아니라 보호자 중에도 생각 많이 나는 사람들이 있지요."

귀를 쫑긋 세운다.

"제가 잊을 수 없는 보호자는요, 자신이 초기치매인지도 모르면서 매일 같이 면회 오는 할아버지가 있었어요. 할머니는 기억을 잃어 남편과의 추억을 기억하지 못했습니다. 할아버지가 면회 왔을 때 옆 룸메이트 할머니와 바람났다며 된서리를 한 바가지 쏟아내기도 했지요. 옆의 할머니에게 눈길을 줬다고, 말을 걸었다고, 물을 챙겨드렸다고 퍼붓는 소나기 욕에 견디기가 힘들었을 텐데도 할아버지는 온몸으로 흡수하며 그 폭언을 견뎌냈지요. 왜 그랬을까 하는 궁금증이 사람과 사람을 연결하고 계속 이 일을 하게 만드는지도 몰라요. 할아버지가 젊었을 적 바람을 심하게 피우고 놀음을 무척 좋아했답니다. 할머니는 그 모진 세월 외로움과 배고픔을 견뎌내며 아이와 가정을 지켜냈다고 합니다. 그러니 지금에서야 매일같이 할머니에게 면회를 오고 심한 욕을 한다 해도 그대로 다 받아주는 것입니다. 그 이야기보따리를 풀어볼 테니 잘 들어보세요."

G 할머니가 요양원에 들어오신 이후 할아버지(남편)는 요양원에 면회를 하루가 멀다고 오셨다. 할아버지는 언어소통도, 추억공유도, 거동도 불편한 자신의 아내와 3~4시간을 함께 보내고 있다. 방 안에 함께 있으면 할머니의 잔소리가 지겨우신지 요즘엔 방 밖으로 나와 의자에 앉아계신 시간이 더 많아졌다. 그래도 결코 면회를 거부하거나 면회시간이 줄어들지 않는다. 할머니를 만나고 이야기하는 것은 할아버지의 중요한 일과가 되었다. 할머니는 치매 증상이 심한 편이다. 또한 망상, 오인, 언어장애, 집착, 우울증, 고혈압, 고지혈증, 심장질환 등 종합병원 수준이다. 할머니는 할아버지가 매일같이 면회 오면 좋은 이야기보다는 잔소리를 많이 하신다. 잔소리는 이해할 수 없는 치매 증상의 표현들이다. 언젠가 할아버지가 할머니를 면회 왔을 때 문밖에서 두 분이 하시는 대화를 들어보았다.

그날도 할아버지는 다리가 구부러져 느릿하게 할머니가 계신 방으로 들어갔다.

"아니, 왜 이렇게 늦게 와?"

방 안에 들어서는 할아버지를 향해 할머니가 처음 하신 말씀이다.

"뭘 늦게 왔다고 그래?"

"누구를 만나느라 이렇게 늦게 오냐고?"

"아무도 안 만나고 집에서 막 오는 거야."

"저 노인네가 뭐 한다고 이 여자 저 여자 만나고 다니는지 몰라, 으휴~"

할아버지는 더 이상 대꾸를 하지 않는다. 할머니 침상 옆에 떨어진 물건을 집으려 같은 방 옆 할머니를 잠시 쳐다보며 인사를 나누었다. 그러자 할머니가 매우 화를 내며 더 크게 소리쳤다.

"이 미친 노인네가 딴 여자를 보고 뭐 하는 거야? 아주 눈 맞았나 봐~ 그려, 어디 같이 잘살아 봐!"

할아버지는 멋쩍은 표정으로 그저 하는 일을 계속했다. 그러자 할머니는 더 큰소리로,

"아니, 다 늙은 노인네가 여기에서 하릴없이 바람을 피워? 벼락 맞을 사람 같으니라고! 저번에는 침대에 같이 누워 잠을 자더니 이제 대놓고 저 짓을 하고 있네."

할머니의 입술이 좀 걸걸하다. 듣는 사람이 좀 짜증이 날 만도 할 텐데 그 방 주인공의 독백처럼 아무도 대꾸하지 못한다. 다행스러운 것은 할아버지와 인사했던 할머니가 청각이 부족한 와상 어르신이다. 폭풍 우처럼 된서리를 맞은 할아버지는 슬그머니 자리를 피하려 밖으로 나온다.

"할아버지, 참 인내심이 좋으시네요. 어떻게 한마디 대꾸도 하지 않으세요?"

"뭐 대꾸해봤자 무슨 소용이야? 서로 의미 없이 얼굴만 붉힐 뿐이지."

"네, 그렇네요. 그런데도 매일 같이 이렇게 할머니 면회 오는 게 쉽지 않을 텐데 대단하시네요."

"아, 나야. 두 다리로 걸을 수 있고 건강하니까 괜찮지. 이 할망구는 저렇게 누워있으니 내가 모른 척할 수가 없잖아."

"네, 할아버지. 편히 계세요."

난 자리를 떠나려고 인사했다. 그때 할아버지가 내 팔을 붙잡고는,

"근데 말야. 우리 할망구 언제 걸을 수 있는 거야? 아픈 곳도 없는데 걷지 못하잖아. 얼른 걷게 재활운동 해주어야지."

"네, 어르신. 물리치료사가 관절운동, 전기치료 등을 통해 재활에 더욱 신경 쓰도록 할게요. 구축이 심한 상태라 재활운동을 꾸준히 하더라도 걷기는 좀 힘들 거에요."

"아니, 무슨 소리야! 잘 걷던 사람이었는데 여기 와서 치료는 하나도 안 하고 계속 이렇게 눕게 놔두는 것은 뭐야?"

"할아버지, 여기는 병원처럼 치료를 위주로 하는 곳이 아니에요. 병원에서 치료하더라도 할머니가 걷게 되기에는 무리가 있을 거예요."

나는 있는 그대로를 이야기했지만 할아버지는 도저히 이해할 수 없다는 반응이다. 그나마 아드님하고는 의사소통이 수월했다. 아드님도 할아버지(아버지)를 이해시킬 수는 없다고 했다. 그 뒤로 할아버지는 사사건건 간섭하며, 할머니에 대한 건강과 운동을 강하게 요구하셨다. 할아버지가 왜 이렇게 고집을 꺾지 못하는지 궁금했다. 자칫 할머니에 대한 지나친 관심과 애정이 도를 넘은 듯했다. 난 할아버지에게 단도직입으로 여쭈어보았다.

"할아버지, 할머니에게 왜 이렇게 집착하세요?"

"내가? 집착하는 게 아니야. 얼른 나아야 같이 집에서 살지."

"젊어서 할머니에게 큰 잘못이라도 하셨나요?"

할아버지는 뜨끔하셨는지 움찔하셨다.

"그랬지 뭐. 그때는 젊어서 잘 몰랐으니까…."

난 좀 더 길게 말씀하시도록 기다렸다. 하지만 더 이상 이야기를 하

지 않을 것 같아 남자의 3대 악(술, 여자, 도박) 중인 술에 대하여 여쭈어
보았다.

"술을 잘 드셨나요?"

"술만 먹었나? 여자도 많이 좋아했어. 저 사람(할머니) 나 땜시로 고생
엄청 했어. 내 재력에 빌붙은 여자들은 금방 다 떠나가더라고."

"아 그러셨구나. 그래서 할머니의 의부증이 도를 넘으시는 거였군요.
아까 옆자리 할머니 눈만 마주쳐도 한 이불 속에 있었다고 말씀하시던
데요."

"그럴 만도 하지. 내가 바람을 많이 피웠거든. 술도 엄청나게 마셨어.
여태껏 살아준 것만 해도 기적 같은 일이야. 내가 이제야 나이 들어 우
리 마누라 고생을 이해하겠더라고."

할아버지는 이미 지나간 일이라며 숨기고 창피한 것이 무의미한 듯
다 이야기한다.

"그때에는 내가 왜 그랬나 몰라. 후회했을 때에는 젊음이 이미 한참
지나가 버렸더라고. 죽을 때까지 아내에게 속죄하는 마음으로 살아야
하지 않겠나 싶어. 죄는 내가 크게 지었는데 저 몹쓸 병은 할망구에게
생겨버렸어. 그래서 병든 아내를 끝까지 책임질 거야."

1년이 채 지나지 않아 건강이 악화된 할아버지가 봄향기를 달고 요
양원으로 들어왔다. 그리고 할머니와 함께 부부실에서 생활하게 되었
다. 이제부터 할아버지의 죗값은 본격적으로 시작이다.

(다음 페이지에 계속)

부부의 요양원 생활

"아니, 시퍼럴 인간이 어딜 들어와! 저리 안 나가!"

걸걸한 목소리가 열린 문을 타고 지붕까지 솟구친다.

축 처진 어깨가 아기 걸음으로 사뿐히 방에 들어선다.

"저 인간이 뒈지지도 않고 살아서 잘도 들어오네! 급살맞을 저 염병
~"

할머니 다리가 망가졌기에 다행이지 할머니의 커다란 손이 할아버지
뺨이라도 금방 후려칠 기세다.

신체적으로도, 성별로 봐도 할아버지가 주도권을 잡을 만도 할 터인
데 남편은 죄인처럼 고개를 들지 못한다.

성이 가라앉지 않았는지 중얼거리듯 모이를 쪼듯 계속한다.

"이젠 그만 혀~ 남사스럽구먼~"

자신에게 말하는 듯 혼잣말로 작게 말했지만, 귀가 밝은 할머니는
이 기회를 놓치지 않는다.

"시방, 뭣이 잘했다고 입을 씨부려?"

"이젠 되었어. 그만하자니까."

"뭘 그만하자고 그래? 오늘은 어느 잡년을 만나고 오는 거야? 망할 놈의 영감탱이~"

할아버지는 주섬주섬 옷을 다시 챙긴다. 도저히 방에 앉아 있기가 힘들다.

"저 또 어딜 나가? 술에 곯아서 어느 년을 만나려고 평생을 저 지랄이여!"

뛰노는 저녁 아이들 밥 먹으라는 엄마 부름 소리에 저마다의 집으로 돌아간 해 저문 시간, 텅 빈 거실 안에 할아버지가 혼자 앉아 있다.

"할머니랑 또 싸우셨어요?"

"싸우긴 뭐~ 맨날 그런 거지~"

젊어서 여러 사업체를 운영할 때의 위풍당당한 모습이 그려지지 않는다.

"할머니랑 왜 그렇게 싸우세요?"

"내가 잘못한 것이 많아."

할아버지의 코가 유난히도 빨갛게 보인다.

"술을 많이 드셨다면서요?"

"술? 많이 먹었지. 돈도 많이 까먹고."

"바람은 안 피우셨어요?"

"여자도 많이 만났지."

"돈도 많이 버셨다면서요?"

잠시 화려한 과거를 생각한 탓일까? 할아버지의 눈가가 늘어진다. 웃는 모습이 낯설다.

"읍내에서 내 돈을 거치지 않은 곳이 없을 정도였지. 그땐 살만했지."

"근데 무슨 일이 있었어요?"

"이제 그만혀. 쓸데없는 이야기니께. 들어가 봐야지."

"네, 편히 쉬세요."

일어서는 발걸음 속에 혼잣말하듯 중얼거린다.

"인생? 돈? 다 헛되고 부질없는 거여. 꽃향기 바람은 주머니에 담을 수 없어. 내 뺨을 스쳐 가고 내 눈으로, 코로 들락거려야 의미가 있는 거지. 잡을 수가 없으니 그냥 내버려 둬야 해. 그게 순리고 최선이야. 움켜쥘수록 내 살이 썩고 세월에 곪아 가족을 잃어버리게 돼."

자신의 잘못을 알게 되었으니 그나마 다행일까? 돌이킬 수 없는 과거를 기억하는 것이 고통일까? 할아버지의 현재는 다 헛된 것의 탑을 쌓아 올린 거품일까? 방으로 걸어가는 뒷모습 주위에 바람의 흔적이 하나도 없다. 방으로 들어가셨는데 조용하다. 할머니가 주무시는가 보다. 다행이다.

부부의 아침이다.

"저 늙다리가 언제 여기 들어왔대? 뒈지지도 않고 잘만 살아~"

할아버지는 잔소리가 무의미한지 창문 가까이 간다. 욕도 기력이 있을 때, 관계의 기억이 있을 때라야 가능하다.

오월의 꽃향기를 태운 바람은 할아버지 창밖에서 수만 개가 사방으로 흩어지고 있다. 창문을 살짝 여니 꽃향기 바람이 펼쳐진다.

내가 모를 줄 알아!

5년 전 두 다리가 망가지더니 이젠 내 말도 빼앗아갔다. 혀가 마르지도 않았는데 말이 나오지 않는다.

큰며느리가 면회를 왔다. 눈만 깜빡거리니 일상적으로 짧은 면회를 마치고 이내 돌아간다.

저 사람(직원)들이 모여 내 가족 이야기를 한다.

"아니, 들어와서는 어르신 손 한 번 잡지 않고 약만 타다 주고 찬바람 쌩하게 가나? 아무리 며느리지만 매정해."

"바쁘니까 그러겠지."

"화장이나 옷차림 보면 시간을 들였을 텐데 그 시간 아껴서 눈이라도 마주치고 손이라도 잡아주고 가지."

"그러게 말야. 그래도 찾아오지 않는 아들보다는 낫잖아."

"그래, 맞아. 지난번에 큰아들이 한참 만에 면회 와서는 갑질을 하더라고. 피부가 건조해 각질이 많은데 어떻게 관리하는 거냐고~"

"말투가 어르신 닮았는지 가시가 있어."

저것들이 내 아들 흉본다. 니들이 뭘 안다고 내 아들을 욕해! 화가 머리끝까지 오른다.

"어르신, 며느님이 떡을 가지고 왔네요. 드셔보세요. 근데, 왜 이렇게 빤히 쳐다보세요? 제 얼굴에 뭐가 묻었나요?"

내가 할 수 있는 것은 눈에 힘을 주고 째려보는 것이 전부다.

'레이져 광선아 나와라!'

하루 종일 누워있으니 잠도 오지 않아 물고기 눈으로 허공만 바라보고 살아있으니 숨 쉬며, 움직여주는 대로 시간에 매여 하루를 산다.

어둠이 내린 늦은 밤 참고 참다가 할 수 없이 또 기저귀에 변을 보고 말았다. 지랄 맞은 인생사 참 슬프다.

"아이구~ 변을 많이도 보셨네. 뭘 드셨기에 냄새가 이렇게도 독해요?"

이년이 사람 비참하게 만든다. 나도 냄새가 싫은데 속으로 해도 될 말을 왜 씨부리나. 내가 말을 못 할 뿐이지 다 듣고 있는데….

"이쪽으로 좀 움직여봐요. 몸집이 크셔서 제 허리가 부서질 것 같아요. 아니, 아니, 왜 그렇게 움직여요!"

"뽕~ 부지직!" 이왕지사 방귀로 공격했다.

"으윽! 이게 뭐야! 에이 참!!"

성에 차지 않아서 있는 힘껏 소변을 보았다.

이내 두 사람이 들어오더니, 시트를 벗겨내고 목욕을 해준다.

'또 씨부려 봐~'

종일 누워있으니 기억을 잃어 나 자신도 모르게 하루를 모래 위로 걷고 있다. 시간이, 내가 어떻게 지나가는지 모른다.

손닿을 만큼 떨어져서 저 어리고 불여시 같은 것이 내 식사할 때의 모습을 흉내 낸다. 내 표정과 어눌한 말을 따라 하고는 이상한 제스처를 취한다. 뭐가 재밌다고 서로 맞장구를 치고 있다. 내가 저렇게 행동했나? 게걸스럽게 먹었나? 저것들이 분명 나를 흉보고 있다. 혈압이 차오른다. 얼른 가서 지팡이로 후려쳐야지! 머리끄덩이라도 잡아채야지!

어라~ 내 몸이 왜 이러지? 생각 따로 몸 따로네.

저 얄미운 표정들 기분 나쁘다. 저 말투 귀에 거슬린다.

저녁시간이 되자 옆에 오길래 죽을힘을 모아 어깨로 툭 쳤다. 그리고 입안에 있는 음식물을 모두 쏟아냈다.

"커억~ 흑으윽~!"

깨끗하게 치운 후, 음식을 다시 주니 내장 깊은 곳에서 끌어내어

"어억~~ 크어억~!!!"

'이런 씨부럴 것들~'

2주 동안 대학병원에 입원했다가 요양원으로 복귀했다.

몸도 마음도 수척해졌다. 난 이제 얼마 가지 못할 거야. 두 사람이 내 침상에 오더니 몸 구석구석을 살펴본다.

"K 할머니 폐렴에 패혈증으로 고생을 많이 하셨다나 봐~ 콧줄에 소변줄까지 하셨네."

"통증 호소 없이 잠은 잘 주무시나?"

"하루 종일 끙끙 앓는 소리 내셨다나 봐. 잠도 안정제 드시고 있으나 깊은 잠은 못 주무시나 봐~"

"아니, 그럼 요양병원에 가셔야 되는 거 아냐?"

"병원에서도 특별히 할 게 없으니 이곳이 편하다고 했나 봐."

"아휴~ 또 힘들게 되었네."

"얼마 못 사실지 몰라."

"얼른 죽는 게 모두에게 좋을 거야."

저것들이 내가 시퍼렇게 듣고 있는데 나 들으라고 하는 것처럼 이야기한다. 원통하고 분해서 살 수가 없다. 마음속으로 할 수 있는 욕과 저주를 퍼부었다. 그날 밤 저년들과 똑같은 저주 인형을 허공에 만들어 이를 갈며 밤새도록 송곳으로 찌르고 또 찔렀다. '나쁜 년들! 무사하지 못할 거야!!'

그날 밤 직원은 원인 모를 두통과 몸살에 밤새도록 시달려 다음 날 출근하지 못했다.

냉정한 홀로서기

나를 이런 곳에 버리다니!!

"이런 상놈의 새끼를 봤나…. 이것 봐요. 자식들 키워봤자 아무 소용 없어요. 자식한테 다 쏟아부었지만 남보다 못해요."

막 시설의 새 가족이 되신 어르신은 이곳(요양원)이 어디인지 둘러보시더니 분노와 좌절에 닳은 이를 갈며 이야기한다.

"내 이야기 잘 들어요. 남의 일이 아니니 잘 새겨요!"

막 요양원에 들어오셔서 자리에 앉은 지 채 5분이나 지났을까. 어르신은 이내 자신에게 놓인 환경을 금방 파악한다.

"내가 오 남매를 키웠지요. 큰아들 말이요. 아니 아까 그놈 새끼, 내가 얼마나 애지중지한 줄 아시오? 나한테 이러면 안 되는 거요. 절대로 이러면 안 되지요."

요즘 요양원은 식사도 잘 나오고 간호사나 물리치료사 사회복지사가 있어 생활하는 게 집보다 더 나을 수 있다고 마음 편히 갖으시라고 이야기하지 않았다. 타이밍이라는 인간관계는 경험의 노하우가 잘 알려 준다. 요양보호사는 말없이 평온한 표정으로 어르신에게 필요한 물품을 확인하며 침상을 정리한다. 어르신은 이야기하면서 생각할수록 더 화가 나시는지 목소리가 한층 커졌다.

"아니, 이 우라질 놈이 나를 어찌 이렇게 대한단 말이오! 내 집이 멀쩡하게 있는데 내가 왜 여기에 온 거요? 이놈의 새끼 언제 온대요? 내가 울화통이 터지는데 어찌하면 좋것시오?"

어르신은 움직이지 못해 발만 동동 구르는 어린아이 투정 같다.

시간은 상처도, 생각도 아물게 해준다. 시간이 지나자 외형상으로는 목소리에 힘이 빠졌다.

"아들이 잘되기를 바라며 모든 것을 다 주었는데…. 내가 자식이 없나, 집이 없나, 돈이 없나 내가 분해서 살 수가 없어요. 집에 가야 하는데 내 이제 어찌 산다요?"

분명 물음표인데 대답할 수 없는 한탄의 자기 고백처럼 느껴진다.

"이런 곳에 오면 감옥처럼 사람을 가둬둔다지요? 먹을 것도 제대로 주지 않고 움직이지도 못하게 묶어놓는다면서요? 돈 없고 자식 없는 불쌍한 사람들만 오는 것이 맞아유?"

어르신은 불안과 불신의 눈으로 주위 사람들을 쳐다본다. 팀장님이 어르신 옆에 앉아 살며시 손을 잡고 안정적으로 이야기한다.

"어르신, 걱정하지 마세요. 여기가 조금이라도 불편하거나 마음에 들지 않으시면 언제든지 집으로 가서도 돼요. 그러니까 편안하게 생활해 보시고 내일 또 이야기해봐요."

어르신은 조금 위안이 되었나 목소리 톤이 낮아졌다.

"할아버지가 저세상으로 떠난 지 100일도 안 되었어. 할아버지가 너무 보고 싶은데 불쌍해서 어쩌면 좋아. 나를 어떠할까!"

"어르신이 많이 힘드시겠어요. 할아버지도 할머니가 마음 편하게 식사도 잘하시고 건강하게 생활하시기를 바랄 거예요."

어르신의 눈에 소리도 없이 이슬이 내렸다. 동의하신다는 것일까. 말수가 줄어들었다.

"요즘 입이 까칠해~ 오늘 죽을 좀 해줄 수 있나? 이도 몇 개 남지 않았어."

"네, 영양죽으로 준비할게요."

식사하신 후 목욕하시니 몸이 한결 상쾌해졌다. 요양원 정원 앞 살구꽃의 봄향기 향긋함이 바람에 실려 할머니 방으로 포근히 내려앉으니 할머니에게 매여있던 단단한 시간이 생각이란 불청객을 불러오게 만든다.

"내가 왜 여기 있지! 이 우라질 놈이 날 이곳에 버리다니, 나 집에 갈 수 있게 좀 해주시오."

"네, 아드님이 오시면 말씀드릴게요. 좋아하시는 가요무대 보실래요?"

"내가 집이 가서 해야 할 게 있다니까! 집이 언제 간다요?"

"몸 건강하게 잘 치료 받고 다리가 좀 나아지면 집에 가세요."

"아녀, 아들놈한테 말해서 나 좀 데려가라고 해줘요."

"네, 연락해볼게요."

다음 날이다. 어르신은 집 걱정과는 다르게 숙면했으며, 아침 식사도 잘하셨다. 오전의 바쁜 일과의 회오리바람이 지나가자 어르신은 또 아들이 생각난다.

"이런, 나쁜 놈의 새끼! 나를 이런 데다 놓고 나 몰라라 하다니, 내가 원통해서 어찌 사나?"

지나가는 사람 아무에게나 말하는데 들어주는 사람이 없다.

"이것 봐요? 우리 아들한테 전화 좀 해줘요?"

"아드님 전화번호가 어떻게 돼요?"

어르신은 전화번호를 잊었다. 아니 처음부터 기억에 없는지도 모른다. 연락처를 확인하고 전화를 연결했다.

"이놈의 새끼야, 엄마를 여기에 두고 가면 어떡하냐!"

"어머니, 거기엔 친구도 있고 밥도 잘 챙겨주니 좋잖아요. 어디 아픈 데는 없으세요?"

"만날 다 아프지, 근데 언제 올 거야?"

"지금은 세상이 뒤숭숭하고 저도 일이 바쁘니까 다음에 찾아뵐게요."

"이런 상놈의 새끼가 있나! 지금 당장 와야지! 내가 너를 어떻게 키웠는데, 이런 짐승 같은 놈아!"

"어머니, 욕하지 마세요. 욕한 대로 되면 안 되잖아요. 제가 조만간에 갈게요."

"그랴~ 얼른 와."

핸드폰을 건네주며 고맙다고 연신 말한다.

시간이 지나 다음 날이 되었다.

"이런 나쁜 놈의 새끼 어디 갔어?"

"큰아들 찾으세요?"

"응, 우리 아들 좀 불러줘~"

어제 이후로 아들은 어머니와의 통화를 거부한다.

"아드님이 온다고 했으니까 욕하지 마시고 기다려 보세요."

"그려~ 아들이 온다고 했어. 나도 알아."

다음 날이 수백 번 지났다. 여전히 식사도 잘하시고 잠도 잘 주무신다. 그런데 외아들이 전쟁터에 나간 것처럼 늘 조마조마하다.

'이놈의 새끼, 나 보러 언제 오나?'

Part 8

치매 속으로 퐁당

파도는 쉬지 않는다

머릿속의 파도가 모래 위의 발자국을 순식간에 지운다.

"나 배고파. 얼른 밥 줘."

금방 밥을 드시고도 또 달라고 한다. 밥을 맛있게 드신다.

또 파도가 일어난다. 처음처럼 맛있게 드신다.

하루에도 수백 번 파도가 일어난다. 파도가 잠잠해지기를 간절히 바란다.

간절함이었을까? 파도가 사라졌다.

지금 어르신은 고요 속에 꿈나라다.

파도는 잠시 썰물이 되어 저 멀리 보이지는 않지만, 달이 떨어지지 않는 한 파도는 물밑에서 또 몰려올 것이다.

집에 돌아갈래

열두 살이 되었을 때 해외로 어학연수를 한 달 동안 가게 되었다. 처음엔 모든 것이 신기하고 마냥 재미있고 즐거웠다. 그런데, 음식 향 때문에 속이 매스껍고 물이 텁텁하고 날씨가 변화무쌍하니 풍토병처럼 시름시름 아프게 되었다. 주위 사람들이 자기 일처럼 약을 챙겨주기도 하고 위로해주며 격려해준다. 그럼에도 몸이 아프니 엄마가 보고 싶고 집밥을 먹고 싶고 꼭 집에 가고 싶다. 그러나 지금은 집에 갈 수가 없다. 몸이 나아서 일정을 소화해야 하는데, 해가 질 무렵만 되면 너무 무섭고 불안하고 엄마가 그리워 발만 동동 구리며 눈물을 훔친다.

해가 서쪽으로 기울자 K 어르신은 오늘도 요양원의 닫힌 문을 잡고 잡아당긴다.

할머니와 사탕

오전 거실의 소파에 앉아계신 C 어르신이 평안하게 쉼을 즐기고 있다. 난 살며시 할머니 옆에 앉았다. 무릎 위로 가지런히 포개어 있는 양갓집 마나님 손이 보인다.

"할머니, 손이 참 고우시네요."

할머니는 청각에 이끌리는 듯 말없이 나를 빤히 쳐다만 보고 있다. 80년 세월의 흔적에 쭈글쭈글해진 손등을 지나 가늘고 긴 손가락 끝으로 여름날 해변 모래알 속의 조개껍데기처럼 바래져 버린 손톱이 윤기 없이 흐릿하다.

"할머니, 제가 지압해드릴까요?"

할머니는 말없이 아니, 별로 관심이 없다. 조금 전부터 오물거리는 내 입을 주시하고는 뚫어지라 쳐다보고만 있다. 아차 싶다. 내 잘못이다. 출근길 차 안에 있는 껌을 입에 댄 것이 지금까지 이어지고 있다.

"할머니, 사탕 드릴까요?"

할머니는 반짝이는 눈빛을 하고서는 반갑게 웃으며 내 눈을 본다.

"주세요~"

꼭 필요한 것처럼 애교를 섞어 유치원 아이처럼 말씀하신다. 알사탕을 꺼냈다. 달콤한 사탕이 입안에서 녹아내리자 어린아이가 된 듯 즐거워하신다. 10년 전, 할머니는 자신도 잊게 만든, 반갑지 않은 노년의 불청객인 치매를 맞이했고 현재 불치의 늪인 세상 속에서 기울어진 삶을 살고 있다. 난 할머니 손을 잡고 조심스럽게 마사지를 하며 지압했다. 돌아서는 발걸음 속에 할머니 손안에 사탕 두 개를 더 쥐여주자, 밝게 웃으며 갑자기 자리에서 일어나신다. 그러시고는 두 손을 가지런히 가슴에 모으고 고장 난 허리를 기역 자로 굽혀 고맙다고 인사한다. 80살 노인이 아들뻘에게 허리 굽혀 인사한다. 나 또한 할머니 눈높이를 맞추며 맛있게 드시라고 머리 숙여 말하는데, 해맑은 어르신의 천진난만한 모습을 보니 나도 모르게 감동이 물밀 듯 밀려와 눈시울이 발개졌다.

그 후 요양원 앞뜰에 햇살이 수천 번은 지나갔다.

난 조급한 마음으로 수화기를 들고 무거운 마음으로 보호자와 통화했다. C 할머니 계신 방 창밖으로 느긋한 햇살이 이른 봄을 알려주고 있다. 할머니에게 주어진 촛불의 심지가 바닥을 드러낸 가운데 바람도 없는 적막 속에서 위태롭다. 의료용 산소통에 연결된 게이지 아래로 증류수가 요란하게 보글거리며 응급 상황이라고 소리 없는 고요를 깨우고 있다. 할머니는 이 세상과의 작별을 힘겹게 준비하고 있는 것이다. 난 생기를 잃어가는 할머니의 가늘고 긴 손가락을 잡고 두 눈을 감았다. '아픔과 고통이 없는 곳에서 편히 쉬세요. 할머니와 함께한 13년의 요양원 생활 참 감사했어요. 사랑합니다.' 요양원에서 어르신들의 삶의 끝은 늘 정해져 있다. 죽음으로 가거나, 죽음으로 가는 길목까지이다. 숙연해지는 가운데 보호자가 도착했다. 천수까지 사신 것이라며 이곳 요양원에서의 길고 정든 관계를 감사의 인사로 마무리한다. 어르신 삶과 삶의 뒤안길이라는 그 과정을 함께하는 중요한 사람 중에서 한사람이라고 생각하니 이 직업이 얼마나 소중하고 가치 있는 것인지, 결코 지식으로 돈으로 구할 수 없는 가르침을 하루하루 체험으로 생생하게 배우고 있다. 하루가 값지고 보람으로 가득하니 주어진 환경에 감사할 뿐이다. 창가로 내리는 하얀 빛을 곱게 차려입고 떠나시는 어르신 주위에 사이렌 소리가 앰뷸런스 도착을 알린다.

할머니 침상 옆 테이블에 드시지 못한 사탕이 여러 개 놓여 있다. 창문을 여니 요양원 창밖으로 시원한 바람과 함께 또 다른 햇살이 내리고 있다.

젊음을 만져보았으면

한 세기에서 3년이 모자란 J 어르신은 다리가 아프시다. 녹슨 오감이 제 기능을 못 해도 그런대로 쓸만하다. 바래진 구슬 안으로 촉촉함이 형광등 빛에 반짝인다. 아직 눈은 밝다. 그러나 기억이 닳아 자꾸만 과거 속에서 살아간다.

J 할머니는 아침 시간에 분주하게 움직이는 직원들을 느슨하게 바라보고 있다.

"오늘도 거실 소파에 나오셨네요? 뭐 보시는 거예요?"

"보긴 뭘 봐~ 그냥 있는 거지."

한겨울 마른 나뭇가지처럼 앙상한 손가락이 가늘게 마디마디 구부러져 있다.

"어깨라도 주물러 드릴까요?" 관심이 없다. 축 처진 어깨는 금방이라도 무너져 내릴 것만 같다.

"좀 시원하세요?"

"여기 좀 앉아봐~"

내 손을 잡고는 한참 동안 바라다본다.

노인의 손이 젊은 손을 만지작거린다. 그러다가 내 손을 얼굴에 가져다 댄다. 볼에 대고 비빈다.

젊음이 그리운 걸까? 간신히 남아 있는 근육이 잠자는 세포를 깨운 것일까?

시샘 많은 L 할머니의 따가운 시선이 가까이에서 느껴진다.

"저 할망구 주책인가 봐~"

J 할머니가 내 손을 잡고는 갑자기 혀로 핥는다. 난 순간 움찔했다.

"저 노인, 노망났어!"

L 할머니는 옆에서 기가 차는지 헛웃음을 내뱉는다.

나는 민망해진 J 할머니를 바라다보았다. 그리고 살며시 안고 어깨를 토닥이며,

"할머니, 건강하게 잘 지내세요. 자주 어깨 주물러 드릴게요."

J 할머니는 아무런 말씀이 없다. 생기있는 구슬이 초롱초롱 반짝일 뿐이다.

옆에 계신 L 할머니에게 웃으며 다가섰다.

"할머니, 백 살까지 건강하게 사세요."

"백 살 되면 뽀뽀라도 해주시려나 봐요?"

장난기가 있는 직원은 L 할머니를 놀렸다. 소녀가 된 L 할머니는 순간 얼음이 되었다.

"실없게시리."

나는 할머니 손등에 뽀뽀했다.

"할머니, 건강하게 사는 게 우리 모두가 바라는 거예요."

최소한의 남아 있는 오감으로부터 생각을 자극하여 죽어가는 뇌세포를 생기있게 유지해야 한다.

생각과 마음은 사는 날까지 이팔청춘이다.

기울어진 땅을 걷는 어르신

하루 종일 목적 없이 서성이는 어르신이 계시다. 발이 바닥에 머무는 시간이 거의 없다. 잠깐 쪽잠을 자는 시간 외에는 늘 이곳저곳을 다닌다. 초점을 잃은 눈동자는 정신을 빼앗긴 사람처럼 멍하다. 이방 저방 화장실로 막히면 돌아가고 왔던 길을 또다시 간다.

"어디 가세요?"

아무 말이 없다. 듣지 않으시려 하는 것일까? 단어를 이해하지 못하는 것일까? 귀찮은 것일까?

"계속 걸으시니 힘드시잖아요. 여기 앉으세요."

소파를 털어내며 앉으라는 시늉을 보이니 내 쪽을 힐끗 쳐다본다. 이내 관심 밖이다.

고개 숙이고 한쪽으로 쓰러질 듯이 걷는 K 어르신의 입에서 걸쭉한 액체가 중력에 이끌려 아래로 아슬하게 떨어진다. 지체없이 목에 걸친 수건으로 직원이 입가를 닦아준다.

"제가 가시는 거 도와드릴까요?"

옆에서 팔짱을 끼는데 거부하지는 않는다. 불편해하시는 모습에 몇 발짝 못 버티고 팔을 빼냈다. 구축이 있어 나도 많이 불편하다. 이번엔 손을 잡았다. 귀찮은 듯 손을 뿌리친다.

K 어르신은 무엇에 관심이 있을까? 무의식을 전환할 동기부여가 필요하다.

K 어르신을 보니 항상 입을 오물오물한다. 치아가 전혀 없다. 무엇을 드시는 것이 아니라 습관처럼 오물오물한다. 부드러운 젤리를 꺼내 눈앞에 보여주니 시선이 옮겨지나 경계하는 듯하다. 보라색의 길쭉한 저것은 무엇일까? 라고 생각하시는 걸까?

젤리를 입에 넣고 달콤한 표정으로 오물오물 쩝쩝거리니 젤리 향에 이끌렸는지 또 꺼내든 젤리에 시선이 고인다. 입안에서 투명한 액체가 반사적으로 흐른다. 소파에 앉아 자리를 털어내니 드디어 앉는다. K 어르신의 입안에서 오물거리는 젤리가 있다. 그러나 그것도 잠시, 그새 자리에서 일어난다. 또 발이 움직인다.

저 걸음의 목적은 무엇일까? 방향은 있나?

누가 봐도 미로 속인데 어르신에게만은 문이 있는 듯하다. K 어르신과 요양원 밖으로 산책 나왔다. 앞뜰에는 갖은 꽃들이 색채를 뽐내고 있다. 4월의 햇살을 느낄까? 정원을 거니는 어르신과 나는 발걸음이 멈춰 섰다. K 어르신은 잔디 속의 노란 민들레 꽃을 바라본다. 그리고 하얀 민들레 홀씨를 손으로 눈앞으로 이끌어낸다. 후우~ 압력이 빠진 입바람은 홀씨 근처에도 못 미쳐 맥없이 사라진다. "우리 같이 불어볼까요?" 후우~ 하얀 홀씨가 바람을 타고 하늘 위로 올라간다. K 어르신이 하늘을 바라본다. 눈동자에 초점이 생겼다. 살짝 미소짓는다. 홀씨를 보며 기억이라는 과거를 떠올리기라도 하면 얼마나 좋을까? 현실로 돌아온 나는 생기 잃은 무표정의 K 어르신 앞에서 민들레 홀씨를 하늘로 날리며 소망을 불고 또 불었다. 원내로 들어왔다. 본능에 이끌린 걸음은 장소를 가리지 않고 계속 이어진다. 다리가 본연의 역할을 수행하는 것은 뇌가 의미를 부여해야 가능한 것이다. 그러나 K 어르신은 뇌가 지시하는 걸음이 아니다. 다리의 근육이 쉴 새 없이 움직였으면 피곤함에 두 눈이 장시간 감겨야 하는데 잠도 빼앗겨버렸다. 입맛도 없으니 시간이 지날수록 수척해지고 살이 빠져 나무젓가락처럼 가늘어진다.

살아가고 있으니 생물학적인 기능은 남아 있다. 아랫도리에 뭔가 매달린 것 같다. 가까이 가니 중력에 이끌렸는지 배설물이 나의 미간을 자극한다. 기저귀를 교체하는 직원이 깜짝 놀랐다. 변에서 비닐이 나왔기 때문이다. 자세히 보니 위생장갑이다. 휴지통을 뒤지셨나 보다. 화장실에, 거실에, 복도에 눈에 띄는 색채와 물건들을 다 치웠다.

이렇게 살아가야 하나. 산다는 것이 무슨 의미가 있을까? 그럼에도 삶은 계속되어야 하나?

오늘도 K 어르신은 기울어진 땅을 걷고 있다.

그리고 언젠가 분명 기울어진 땅은 무너질 것이다. 그럼에도 삶은 계속 이어진다. 깨지지 않는 깊은 얼음 시간 속에서 더 단단하게 굳어갈 것이다. 삶의 마지막에는 시간에서 완전히 자유롭게 될 것이다.

의미 있는 소음

하루 종일 소음을 내는 H 어르신이 있다. 주무실 때는 코를 고시고 주무시지 않을 때는 무의미한 소리(듣는 사람 입장에서)를 낸다. 그런데 소리가 무척 크다. 주위 사람들 고막이 흔들려 노이로제에 걸릴 것만 같다. 어느 때엔 누구를 부르는 것 같고, 혼잣말하는 것 같기도 하고, 생각을 말하는 것 같기도 한데, 자세히 들어보면 그저 의미 없이 소리를 내는 것 같다. 리듬을 타거나 노래를 부르는 것은 절대 아니다.

누군가 언어를 빼앗아간 것일까? 어르신 안의 또 다른 무언가의 지시를 받는 것일까? 80년 이상 같은 언어로, 같은 모양으로, 같은 환경에서 살아왔는데 어느 날 다른 사람이 되었다.

H 어르신이 소음을 내지 않을 때는 식사시간이나 취침시간뿐이다. 얼굴을 마주 보고 분명 말을 하는데 전혀 알아들을 수가 없다. 다른 나라 언어도 아니다. 뭐라고 말씀하신 건지 글로 쓰라고 할 수도 없다. 껌이나 육포, 사탕, 칡뿌리 등 무엇을 드려도 소용없다. 무슨 말씀이라도 하고 싶은 것일까? 못된 저주에 걸렸는지 도무지 이유와 원인을 알

수 없다.

"어~야! 아~~오!! 가~이!!"

"네, 저를 부르셨어요?"

"야~~~ 그."

"물 좀 가져다드릴까요?"

분명 나를 보고 듣고 있는데 질문하면 도대체 엉뚱한 소음으로 일관한다. 대화라기보다 동문서답식이다. 일방적인 질문과 엉뚱한 대답으로 전혀 대화가 되지 않는다. 그래도 중간에 말을 끊거나 시선을 피하지는 않는다.

방향을 바꾸었다.

"에~ 으!!"

"에~ 으!!"

"오~ 휫!!"

"오~ 휫!!"

어르신이 내는 소리를 똑같이 따라 했다. 그러나 어르신은 별 상관하지 않는다. 무표정한 얼굴로 소리 내며 나를 바라본다. 나도 모르게 피식 웃음이 난다. 내가 뭐 하는 거지?

같은 방에 계신 어르신들이 말라간다. 와상 어르신들이라 밖에 나갈 수도, 귀마개도 한계가 있다. 정신이 피폐해진다. 결국, H 어르신을 특별침실로 옮겨 단독생활하도록 했다. 혼자 계시니 창문의 진동이 더 커진다.

어르신이 왜 이렇게 소리를 내시는 것일까? 일정한 패턴도 없고, 단어나 문장도 아니고, 통증도, 의사전달도 아니다. 불안하거나 불만족을 표출하는 것일까? 어르신에게 무슨 일이 벌어진 것일까? 약물이나 재갈 같은 것의 물리적인 제재는 고려하지 않고 있다. 혹시나 하여 가족사진을 어르신에게 가져가 보았다. 잠시 관심이 있는 듯 보였지만 이내 창가가 흔들린다. 듣기 싫은 불편함으로 통제하거나 관리하고자 하는 관점에서 방향을 생활 중심으로 바꾸었다. 그냥 있는 그대로 수용하자. 소리도 기력이 있을 때야, 건강해야 낼 수 있지 않은가.

그럼에도 한 달 동안 계속되었다. 결국 약물을 처방받아야 하나 고민하고 있는데 어르신 소음이 잦아들었다. 그리고 1년이 지난 현재는 소음 소리가 전혀 없다. 나중에 하늘나라 가면 꼭 물어보고 싶다.

"어르신, 하고 싶은 말이 무엇이었나요?"

요양원에는 세계 7대 불가사의보다 더 수수께끼 같은 궁금증이 현존하고 현재에서 마주하고 있다.

우물에서 퍼온 물

할머니 한 분이 새로 방에 들어오셨다. J 할머니는 다리가 아프지만, 대화는 할 수 있다. 같은 방에 계신 Y 할머니는 새로 오신 J 할머니를 안쓰럽게 생각한다. 하루 종일 침상에 누워서 생활하니 너무 불쌍하다. 갓난아이처럼 엉덩이에 기저귀를 차고 밥도 먹여줘야 하니 너무 애처롭다.

해가 서쪽으로 기울어져 새들도 둥지를 찾는 저녁이다. 느긋했던 J 할머니의 시계추보단 하루 종일 째깍거렸던 C 어르신에겐 하루가 짧았을 것이다.

할머니 방문 앞에 서니, 방에서 TV 소리만 조용히 새어 나오고 있다. 누워계신 J 할머니가 Y 할머니를 보며 이야기한다.

"지금 밤이여?"

"해 떨어진 지 한참 되었구먼."

J 할머니는 몸을 뒤척이며, 약간의 신음소리를 낸다.

"아이고, 목이 마르는구먼."

Y 할머니는 침상 주위를 살펴보았다. 물통에 물이 있는데도 빈 컵을

보고는 물이 없다고 확신한다.

"잠깐만 기다려~ 내가 물 떠올게."

Y 할머니는 방을 나서자 갈 곳이 없다. 우물이 없다. 물을 어디서 길어야 하나 이곳저곳을 한참 돌아다녔다. 주위에 사람이 있는데도 도움을 청하시 않는다. Y 할머니는 다시 방으로 향했다. 그리고 방 옆의 화장실로 들어갔다. 어머나, 하얀색 좌변기 안에 깨끗한 물이 충분히 있다.

"우물이 여기 있구먼!"

Y 할머니는 변기에 있는 물을 한가득 담았다.

"여기 물 먹어."

"고마우이~"

J 할머니는 컵을 받고는 단숨에 목 안으로 물을 넘겼다.

"시원하구먼~"

"그려? 나도 한번 마셔볼까?"

흰색 변기 안에는 물이 맑고 깨끗하다. 할머니는 물을 컵에 담았다.

"으메, 물맛 참 좋다."

할머니들은 꿀맛을 느끼고는 단잠을 잔다.

변기의 물이 줄어든 이유를 수상히 여긴 직원이 어르신의 행동을 보고야 원인을 알게 되었다.

직원이 변기에 청크린을 걸어놓았다.

"아이쿠, 물 색깔이 이상해~ 못 먹겠어."

Y 할머니는 물을 찾으러 또다시 주변을 서성거렸다. 옆방의 화장실

변기도 물 색깔이 이상하다. 할머니는 이곳저곳을 다니지만, 우물이 없다. 빈 컵을 들고 좌절한 어르신을 보자 직원이 할머니에게 말했다.

"우물을 찾으세요?"

"그랴~ 우물이 없어."

"요즘 가물어서 그래요. 컵 주세요. 제가 한가득 물을 떠놓을게요."

"고마우이."

J 할머니는 Y 할머니의 부탁에 계속 우물을 찾으러 다닐 것이다. 직원은 Y 할머니에게 시간마다 물을 드리고 물양을 확인했다.

요양원은 소꿉장난 터다. 직원은 소꿉장난에서 가장 중요한 역할 중 엄마를 맡아 어르신들과 함께 생활하고 있다.

누군가가 나를 지켜보고 있어

한 지붕 아래 100명이 넘는 사람들이 아기자기하게 살아가고 있다. 각자의 변화무쌍한 달을 가지고 오늘의 일기장을 채워간다. 달이지도 태양이 뜬 5월의 아침 햇살이 요양원 주위에 반짝인다. 오늘은 무슨 일이 일어날까?

어르신 방문을 노크한다.

"거기 서 있지 말고 이리 와서 앉아봐요."

방 안에 들어서는 나를 보고 옆자리를 쓸어낸다.

"네, 어르신 감사합니다."

"내가 할 말이 있어. 답답해서 그러니까 나 좀 도와줘."

사뭇 진중한 표정으로 말씀하시니 K 어르신 눈을 보며 집중하게 된다.

"나는 늙고 병들어서 이곳에 있는데 자꾸 약을 사라고 강요하는 거야. 내가 싫다고 이 방을 벗어나면 괜찮은데 이 방만 들어오면 날 아주 귀찮게 해. 내가 무슨 돈이 있어. 보기 싫어도 자꾸 나를 보면서 웃고 사달라고 조르는데 어떻게 해?"

"누가 그러는데요?"

"저기 봐봐. 또 그러잖아." 어르신은 살며시 고개를 들어 TV 화면을 본다. TV 속에서는 건강식품 홍보가 한창이다.

"저 사람이 날 보면서 강매를 하는 거야. 내가 밖에 나갔다가 와도 자꾸 나오더라고. 이상하게 이 방에 있는 나한테만 강요하는 거야. 훤칠한 사람이 멀쩡하게 생겨서는 알지도 못하는 내게 왜 이러는지 몰라. 어떻게 하면 좋을까?"

"저 사람 나오지 않게 TV를 꺼 버릴까요?"

"에이, 그러면 되나. TV는 봐야지. 그리고 저 사람도 먹고살아야지."

"네, 저분께 안 사시겠다고 잘 말씀드릴게요. 걱정하지 마세요."

될 수 있으면 정규방송을 볼 수 있도록 채널을 정해놓았다.

오늘이 목욕 날이다. 해야 할 일이 많기에 분주하다. TV 소리에, 사람들에 분주함으로 사람 사는 냄새가 시간을 정겹게 재촉한다.

여직원이 어르신에게 목욕 후 정리를 한다.

"어르신 목욕하시니 개운하시죠?"

"그래 몸이 찌뿌둥했는데 상쾌하네."

사방으로 가림막을 쳤다. 정갈한 옷이 침상에 놓여 있다.

"이제 옷을 벗으셔야죠. 상쾌한 기분으로 갈아입어요."

"큰일 날 소리 하고 있어. 저기 젊은 남자가 시퍼렇게 보고 있는데 남사스럽게!"

"이 방에는 남자가 없어요. 그리고 가림막을 해서 아무도 못 봐요."

"쓸데없는 소리 말아. 다 늙었다고 날 무시하는 거야? 그럴 거면 그냥 이 옷을 입고 있을 거야."

이해가 되지 않는 일들이 요양원에는 참 많다. 그렇기에 K 어르신의 상황과 환경에 맞추어야 한다.

"네, 죄송해요. 그럼, 이 옷은 남자가 가고 나면 그때 갈아입어요. 근데 젊은 남자가 누구예요?"

어르신이 우측을 향해 손가락으로 방향을 가리킨다.

손가락을 따라가니 정말 남자가 우리를 쳐다보고 있다. 그러나 놀라지는 않았다.

TV에서 젊은 사람이 밝은 목소리로 상품을 소개하고 있다.

나를 보자 K 어르신은 내 손을 잡고는 홍조 띤 얼굴로 조심스럽게 이야기한다. 누가 들을까 봐 목소리를 낮춰 비밀스럽게 이야기하는데 귀가 어두워서 그런지 방 안에 있는 모든 사람이 들을 수 있다. 그러나 표정과 태도는 엄중하다.

"내 이 나이에 부끄러워서 지금까지 말 못 했는데, 매일같이 날 힘들게 해서 말야."

"무슨 일이 있으세요?"

"젊고 잘생긴 총각이 양복을 차려입고는 내게 계속 말을 걸어."

순간 웃음이 나왔다. 이내 정신을 차리고 사뭇 진지한 어르신의 표정에 공감대를 형성하여 귀를 쫑긋 세웠다.

"무슨 말을 하나요?"

"글쎄, 나도 잘 모르겠어. 귀가 어두워서 잘 들리지 않는데 그가 내 눈을 보며 날 보고 웃어. 내가 다른 곳을 보거나 이 방을 나가도 계속 나만 기다리더라고."

"총각한테 관심받으면 기분 좋지 않으세요?"

"다 늙어서 내가 무슨 연애를 하겠어? 실없어~"

잠시 총각 생각을 하는지 사춘기 소녀가 되어 설레는 표정이 가득하다.

"총각한테 관심 없다고 싫다고 이야기해보지 그러세요?"

"처음에 이야기했지. 그런데도 계속해서 나만 보고 이야기하니 어떻게 해. 거절하는 것도 한두 번도 아니고 말야."

"제가 가서 그놈 아주 혼내줄까요? 다시는 여기 오지도 말고 말도 걸지 말라고요."

"아니, 뭐 그렇게까지 할 필요 있어? 내가 미안해지잖아."

"그럼, 만나자고 하는 것도 아니고 돈 달라는 것도 아닌데 그냥 귀엽게 봐주면 안 돼요?"

잠시 망설이며, 고민한다. 연륜의 굴곡이 관계라는 주판을 계산해보았을까?

"그럼, 그럴까…."

그때 키가 훤칠한 남자대학생(근로장학생)이 방에 들어오더니, 물컵을 정리하고는 나간다.

"저 사람이에요?"

"아니야, 옷도 잘 차려입고 잘생겼어~"

K 어르신은 매일 뉴스 시간이 되면 가슴 설렐 것이다.

TV와 현실 사이에서 나름대로 삶을 활력 있게 살아가는 치매 어르신의 인생에 끼어드는 나는 TV 속에 사는 것일까? 현실 속에 사는 것일까? K 어르신의 세상 속에 사는 것일까? 그 경계를 넘나드는 마법사가 되었다고 생각해보니 그저 웃음이 나왔다. 치매 어르신은 어느 때에는 공포감을 느끼고, 답답함을 호소하고, 봄처녀가 되기도 한다. 문제를 말끔히 해결해 줄 수는 없지만 같은 마음으로 옆에서 용기를 돋우고, 함께 공감하며, 설레며 오늘이라는 행복을 지원해주고 싶다. 그래서 각자가 만든 환경 속 세상에서 오늘이라는 선물에 최선을 다할 수 있도록 주어진 역할을 수행하는 것이 가치 있는 일기장을 만들어내는 것은 아닐까. 오늘 해가 지면 시시각각 크기가 변하는 달이 반드시 떠오르기에 하루가 기대된다.

동화 속 치매 세상

87세의 K 할머니는 자주 화장실에 간다. 화장실에 가면 한동안 나오지 않는다. 화장실에는 상반신을 볼 수 있는 거울이 있다. K 할머니는 오늘도 거울을 본다. 늘 조그마한 빗을 가지고 희끗희끗해진 머리카락을 빗고 또 빗으며 볼 터치하듯이 뺨을 만지작거린다. 거울 속의 자신에게 여러 표정으로 말을 건다. 가장 상냥한 말투와 예쁜 미소를 지으며 거울에게 말한다. 때론 뚫어지게 쳐다보기도 하고 화가 나 침을 뱉기도 한다. 그러다가 달래주기도 하며 거울을 정성스럽게 닦아낸다. 거울 안에는 분명히 자신이 있는데 다른 누군가와 이야기하는 것만 같다.

식사시간이 다가오자 스물여섯 살의 신입사원이 화장실에 계신 K 할머니를 모시러 갔다.

"할머니, 거울 보시며 뭐라고 말씀하시는 거예요?"

거울 속엔 뽀얀 피부에 눈망울이 맑은 소녀와 주름이 깊게 팬 할망구가 대조되게 보인다. 할머니는 갑자기 침을 뱉으며 알 수 없는 욕을 퍼붓는다.

"할머니, 왜 그러세요? 화나셨어요?"

K 할머니는 손바닥으로 거울을 내리치며 주체할 수 없는 화를 폭발한다.

"할머니, 이러시면 안 돼요. 다칠 수 있어요. 그만 하세요!"

거울 속에 젊은 처녀가 다시 나타나면. 할머니는 더 화가 난다. 변기 옆의 변기 솔을 주어 들더니 거울을 향해 몇 번이나 내리친다. 힘에 부친 할머니는 거울을 보며 좌절하듯이 바닥에 털썩 주저앉는다. 그리고 어린아이가 되어 울음을 터뜨린다.

가까이에 있는 팀장님이 급히 화장실에 들어와서는 불안해하는 K 할머니를 안고 달래며 한참을 가슴안에서 시간을 품는다.

"거울이 많이 아팠겠어요. 우리 거울을 깨끗이 닦아요."

마른 수건으로 거울을 닦은 후에야 할머니 표정이 안정되었다.

"거울도 쉬어야 하니 우리가 자리를 피해 주는 게 좋겠어요."

팀장이 K 할머니를 모시고 방으로 들어왔다.

K 할머니는 아무 일 없었다는 듯이 점심 식사를 한다.

신입사원은 팀장님께 물음표를 던진다.

"나도 할머니가 왜 그런지 몰라. 거울에 애착이 있는 것은 분명한데 어떤 이유가 있는지는 알 수 없지."

"그래도 안정을 찾도록 노하우를 보여주셨잖아요."

"절망으로 인한 불안을 해소하는 데 엄마 가슴보다 더 좋은 치료제는 없거든."

"저를 미워하시는 걸까요?"

"그럴지도 모르지. 젊음을 시샘하는지, 자신을 한탄하는지, 또 다른 무언가가 있는지."

오후 시간이 되자 K 할머니는 여느 때처럼 화장실에 간다. 그곳엔 거울이 있다. K 할머니는 거울을 바라본다.

"엄마, 백설공주 또 읽어줘!"

엄마는 거울을 가지고 와서는 예쁜 표정을 지으며,

"거울아, 거울아 이 세상에서 누가 제일 예쁘니? 거울은 항상 백설공주라고 이야기했어. 백설공주는 너처럼 아주 예뻤어."

"엄마, 엄마, 나 백설공주 할래."

엄마는 예쁜 드레스를 가져와 딸에게 동화를 현실로 옮겨준다.

"어머나, 우리 공주님~ 진짜 백설공주가 되었네!!"

다섯 살의 백설공주는 K 할머니 거울 속에 여전히 예쁘게 남아 있다.

거울을 보면,

엄마가 예쁜 표정을 지으며,

"거울아, 거울아 이 세상에서 누가 제일 이쁘니?" 하고 말한다.

방에 들어서니 K 어르신이 창가로 향하고 있다.

밖은 비가 내린다.

잿빛으로 물든 서쪽 하늘이 먼 산 아래로 낮게 내려앉고 있다.

창가로 다가가 창문을 연다.

손을 허공으로 내미니 물방울이 하나둘 느껴진다.

「나는 지금까지 무수히 많은 날들을 선물 받았어.」

떨어지는 물 구슬이 손바닥에서 흩어지니 새롭다. 손바닥 위로 시선을 드니 맑고 투명한 물방울이 수없이 하늘을 세로지고 있다. 한적한 빗소리에 이끌리어 잠잠히 귀를 여니, 동쪽에서 바람이 휘이~ 불어온다. 몇 가닥 남지 않은 콩나물 머리카락을 스쳐 가니 머릿속이 시리다.

모두가 비를 피하고 있는지 사방이 고요하다. 단지 잔잔하게 흐르는 물소리가 청각을 깨우니 시선을 아래로 당긴다. 물 구슬들이 흙과 뒤섞이더니 이내 흙탕물이 되어 시야에서 흘러간다.

「저 흙탕물이 내 인생 같아.」

　인생의 시간을 담은 의미심장한 눈으로
　하늘 위를 바라보니
　방백이 된 K 어르신 손바닥으로 여전히 많은 물방울이 떨어져 내리
고 있다.

　K 어르신 방에서 나왔다. 지천명을 목전에 둔 나는 밖에 나가 손을
내밀어 본다. 손바닥 위에서 아래로 떨어지는 물방울이 물줄기가 되어
흐른다. 고요함 속에 '졸졸졸' 물소리가 상쾌하게 들린다.